TANGUY

DU MÊME AUTEUR

DANS PRESSES POCKET :

LE SILENCE DES PIERRES
TARA

MICHEL DEL CASTILLO

TANGUY

Histoire d'un enfant d'aujourd'hui

roman

JULLIARD

ISBN : 2-266-02621-6

A tous mes camarades morts et vivants

1

UNE ENFANCE D'AUJOURD'HUI

« *La vérité, l'âpre vérité...* »
DANTON, d'après Stendhal.

I

Tout avait commencé par un coup de canon. C'était la guerre en Espagne. Mais Tanguy ne gardait de ces années que quelques souvenirs confus. Il se rappelait avoir vu de longues queues immobiles devant les boutiques, des maisons décharnées et noircies par la fumée, des cadavres dans les rues, des miliciennes fusil à l'épaule qui arrêtaient les passants pour leur demander leurs papiers; il se souvenait d'avoir dû se coucher sans rien avoir mangé, d'avoir été réveillé par le triste hululement des sirènes, d'avoir pleuré de peur en entendant les « miliciens » frapper à la porte aux premières heures du matin...

Le soir, il écoutait sa mère qui parlait à la radio. Elle disait que « le bonheur qui prive autrui de son propre bonheur est un bonheur injuste », et il la croyait, car elle ne mentait jamais. Il pleurait souvent en l'entendant. Il ne comprenait pas ce qu'elle disait, mais il savait qu'elle avait raison, car elle était sa mère.

Il allait souvent aussi au *Retiro*. Il s'y rendait avec sa nurse. Il lui fallait s'arrêter dans les rues et lever le poing au passage des enterrements.

Au *Retiro* il y avait un gros canon que l'on appelait le « grand-père ». Au début les républicains ne savaient pas s'en servir et les obus retombaient sur leurs propres troupes. Il fallut attendre l'arrivée des techniciens russes pour connaître son maniement. Les Madrilènes venaient le voir de près. Tout le monde aimait bien le « grand-père » : il protégeait la ville contre les canons fascistes. On criait presque de bonheur en entendant, la nuit, son gros coup de gueule qui répondait aux aboiements des autres.

Tanguy aimait sa mère plus encore que les autres garçons de son âge aimaient la leur. Il ne se connaissait pas de père et avait la vague impression que sa mère était très seule. Aussi cherchait-il à « être un homme » et à la protéger.

Les communistes l'arrêtèrent un jour. Il alla la voir à la prison. C'était un ancien couvent. Ses fenêtres étaient protégées par de gros barreaux; des miliciennes montaient la garde devant chaque porte. Il aperçut sa mère derrière des grilles, avec d'autres femmes. Il ne voulait pas pleurer pour ne pas augmenter sa peine. Mais il entendit qu'elle expliquait à sa nurse comment chaque nuit des groupes de prisonnières étaient emmenées pour le « paseo ». Il ne comprenait pas très bien ce genre de mot. Mais il l'avait si souvent entendu qu'il devinait que sa mère courait un grave danger; il éclata en sanglots; une milicienne lui ouvrit alors la porte afin qu'il pût l'embrasser. Tanguy se précipita dans ses bras. Elle aussi pleurait. Il s'accrochait à son cou, s'y cramponnait, ne voulait plus le lâcher. La milicienne l'avait attrapé par les jambes et tirait de toutes ses forces. Mais il ne lâchait pas. On réussit enfin à les séparer. Il regagna sa maison la mort dans l'âme. Il avait dans sa poche deux petites poupées de laine faites par sa mère... Cette scène, Tanguy ne devait plus l'oublier.

Sa mère fut pourtant épargnée. Elle revint.

Mais depuis son retour deux « messieurs » couchaient dans l'antichambre de l'appartement. Ils étaient armés. Ils étaient là, avait-on dit à Tanguy, pour protéger sa mère. Lui, il les aimait bien.

Tous ces souvenirs s'étaient effacés peu à peu. Il ne gardait de ces premières années qu'une étrange sensation d'angoisse, qui devait grandir avec le temps. Ses « vrais souvenirs » commencent par une froide nuit de novembre de l'année 1938. Tanguy avait alors cinq ans.

Sa mère le réveilla au milieu de la nuit. Elle l'embrassa, le caressa, en lui disant « qu'ils avaient perdu la guerre et qu'il fallait partir ». Elle avait des larmes plein les yeux.

Tanguy était triste. Il ne comprenait pas comment sa mère, qui était bonne et avait défendu les pauvres gens, avait pu « perdre la guerre ». Il garda néanmoins le silence et se laissa habiller par sa vieille nurse qui pleurait aussi. Dehors le « grand-père » répondait toujours aux canons fascistes.

Ils partirent pour Valence en voiture. Tanguy avait appuyé sa tête sur la poitrine de sa mère. Il s'y sentait bien. Mais autour de lui planait un étrange silence. Les grandes personnes parlaient peu et à voix basse. Sa mère pleurait toujours. Elle demanda à un ami qui les accompagnait si les fascistes n'allaient pas couper la route et les arrêter. Leur peur fut vaine : ils arrivèrent sains et saufs à Valence.

***

Là Tanguy devait avec sa mère s'embarquer pour la France. Comme à Madrid, le canon tonnait dans la ville et aux alentours. Au port, des milliers de gens attendaient sur les quais. Il y avait des vaisseaux battant tous les pavillons. Les gens, assis sur leurs malles ou sur leurs baluchons, attendaient patiemment. Il y avait parmi eux de nombreux enfants, des femmes, des vieillards, quelques blessés aussi, couchés sur des civières.

L'attente fut longue. Toute une journée, Tanguy demeura debout auprès de sa mère. Il avait faim et était fatigué. Mais il ne pleurait pas, car il se croyait un homme, et les hommes ne pleurent pas. Il regardait avec tristesse ces gens qui pleuraient et semblaient las et affamés comme lui.

Au début de la soirée ils purent enfin s'embarquer. La mère de Tanguy prit congé de l'ami qui les avait accompagnés. Elle le supplia de monter à bord avec eux. Mais l'homme ne voulut rien entendre. Lorsque le bateau leva l'ancre, il leva son poing et cria : « Bonne chance, camarades! Salut! » Les « exilés » répondirent. Ils levèrent leurs poings et chantèrent un hymne : *Negras Tormentas.* Tanguy, lui, cacha son visage dans la jupe de sa mère. Il ne voulait pas regarder ces lumières timides qui étaient celles de son pays et qui allaient bientôt s'évanouir dans la nuit. Il avait le cœur lourd. Il entendait des sanglots tout autour de lui et ne comprenait toujours pas très bien ce qui lui arrivait, ni *pourquoi* ils avaient perdu la guerre, ni *comment* ils l'avaient perdue.

II

Le voyage fut long. Le cuisinier du bord donna à manger aux Espagnols. C'était un bateau anglais et le cuisinier était noir. Tanguy devint son ami et apprit de lui quelques mots d'anglais. Il était fier de demander au capitaine : *How do you do?* Le capitaine lui serrait la main et répondait : *All right, boy. How are you?* Là néanmoins s'arrêtait la conversation. Car Tanguy n'en savait pas plus long.

Les voyageurs étaient contents. Ils parlaient de la France. Ils disaient que c'était le pays de la liberté. Tanguy était ravi. Il ne savait pas ce qu'était la liberté. Mais sa mère lui avait assuré qu'en France il n'y avait pas de guerre et que l'on y mangeait très bien.

Ils firent escale à Oran et quittèrent là le vaisseau britannique. Avec sa mère Tanguy parcourut des rues étroites, remplies de commerçants mal élevés qui parlaient tous en même temps. Elle lui acheta une boîte de soldats de plomb. C'étaient de beaux cavaliers aux capes coloriées de teintes vives, tous coiffés d'un turban.

Ils passèrent une nuit à Oran, dans une belle chambre, avec une salle de bains. Tanguy était heureux et se disait que la France devait être un beau pays. C'est ce soir-là que sa mère lui apprit qu'il était Français, comme son père qui les avait quittés peu avant la guerre d'Espagne. Ils avaient eu, en effet, son père et elle, quelques « différends », elle avait renié sa position sociale et le passé de sa famille pour défendre les intérêts des pauvres. Cela, le père de Tanguy ne l'avait pas compris. Mais sa mère fit promettre à Tanguy qu'il serait gentil avec son père.

— Il faut être gentil avec lui. C'est ton père. De plus, il peut nous aider. Nous n'aurons là-bas personne d'autre que lui... — Puis changeant de ton : — D'ailleurs, il va être fier de toi. Vous vous ressemblez comme deux gouttes d'eau.

Tanguy ne répondait pas. Il n'avait aucune envie d'être gentil avec son père. Il avait compris que celui-ci avait abandonné sa mère en Espagne, en pleine guerre, et n'avait même pas voulu la réclamer. Il trouvait cette attitude lâche.

La deuxième partie du voyage, ils la firent à bord d'un paquebot français. C'était un grand bateau. Les cabines étaient confortables, le service empressé et gentil. Tout le monde disait « merci » et « s'il vous plaît ». Tanguy se disait que les Français étaient des gens très polis. Il était flatté de cette idée qu'il était Français comme son père et se demandait à quoi devait ressembler la France.

Sa première impression ne fut pourtant pas très bonne. Marseille lui apparut sous la pluie. C'était une ville laide, grise, sale. Les « gendarmes » qui étaient montés à bord n'étaient pas polis. Ils traitaient les Espagnols avec brusquerie, leur enlevaient leur argent et leurs bijoux. Les Espagnols ne se plaignaient pas. Ils donnaient tout cela en silence. Les « touristes » quittèrent le paquebot. Ils étaient bien habillés et des porteurs se ruaient sur leurs bagages tout couverts d'étiquettes. Les Espagnols, au contraire, durent attendre à bord. Bientôt les quais furent remplis de soldats noirs, en armes. Tanguy demanda à sa mère qui étaient ces « gens ». Elle lui répondit que c'étaient des Sénégalais, mais que, pas plus que lui, elle ne savait ce qui se passait.

Soudain sa mère s'écria :

– Voilà ton père, Tanguy! Le voilà!

C'était un homme très jeune et très grand. Il avait des cheveux frisés, de grands yeux noirs, était élégamment vêtu. Il serra la main de sa mère, sans paraître s'apercevoir que Tanguy était là. Celui-ci était triste. Il comprenait que cet accueil était volontairement froid et qu'ils n'étaient pas les bienvenus. Il en eut de la peine pour sa mère.

– Et, je suppose, évidemment, que votre argent ne vaut plus rien, disait son père.

– C'est probable, en effet.

– C'est du propre! Te voilà communiste, maintenant, insistait son père.

– Je t'ai déjà dit que je ne suis pas communiste...

La voix de sa mère avait un étrange accent de lassitude qui émut Tanguy.

– Pourtant, tu t'es mêlée à cette racaille...

Tanguy eut envie de pleurer. Il se rendit compte que son père parlait des Espagnols réfugiés. Il se sentit rougir et regarda ces femmes et ces hommes, maigres, décharnés, qui attendaient sans se plaindre.

– Je vais essayer de te sortir de là. Mais je te préviens : je n'ai pas beaucoup d'argent.

Tanguy n'entendit même pas la réponse de sa mère. Il se sentait de plus en plus seul, de plus en plus triste. Il s'accrocha avec force à sa mère et descendit avec elle la passerelle du bateau. Avec elle il monta dans la voiture de son père. Mais avant de quitter le port, il remarqua que les Espagnols étaient divisés en deux groupes : les femmes d'un côté, les hommes de l'autre. Encadrés par les Sénégalais, les deux groupes furent emmenés hors du port.

— Où les emmènent-ils? demanda sa mère.

— Dans un camp, répondit son père.

Tanguy se sentait mal à l'aise. Il ne comprenait pas tout à fait ce que disaient ses parents. Mais il ressentait au ton de sa mère que ce « camp » signifiait du malheur pour les réfugiés. Il en eut le cœur serré.

Au bout de quelques instants, pourtant, une étrange sensation de bien-être emplit l'âme de Tanguy. Il faisait bon dans la voiture. Tanguy aimait cette odeur d'essence et de cuir et, plus encore, celle du parfum de sa mère. Assis entre ses parents il était content. Ceux-ci semblaient avoir oublié leurs querelles. Ils parlaient de Paris, d'anciens amis. Tanguy se disait qu'il était devenu un enfant comme les autres, avec un père et une mère. Il était fier de ses parents, car ils étaient tous deux beaux et intelligents.

Ils couchèrent dans un hôtel. Tanguy s'endormit, pendant que ses parents, assis auprès de lui, discutaient à voix basse. Il se réveilla au milieu de la nuit et fut heureux parce que ses parents étaient toujours là. Ils fumaient et bavardaient, et semblaient ne plus se disputer. Et le lendemain matin, ils étaient toujours là.

Sa mère lui dit qu'ils allaient partir pour une charmante petite ville située au milieu de la France, qu'ils allaient avoir une maison et seraient heureux. Son père viendrait chaque semaine les voir. Tanguy se sentait joyeux à l'idée d'avoir une maison et des parents. Il demanda à sa mère s'il pourrait aller à l'école et sa mère le lui promit.

⁂

La petite ville avait des maisons toutes pareilles mais la leur était située un peu en dehors. Le pays tout autour était vert et boisé. Le soir, sa mère et lui se promenaient bras dessus bras dessous. Tanguy était heureux : il avait une maison; c'était la paix; il allait à l'école; il avait un copain et un chien.

Le chien s'appelait Tom. Tanguy l'avait trouvé abandonné sur la route. C'était un chien méfiant, et méchant avec les enfants parce que ceux-ci l'avaient blessé. Des voyous lui avaient, en effet, attaché à la queue une boîte de conserves remplie de poudre. Le pauvre chien avait été blessé. Depuis lors il montrait les dents aux enfants. Tanguy s'était proposé de s'en faire un ami. Chaque jour, il offrait un morceau de sucre à son protégé. Le chien, au début, n'en voulait pas. Il fallait le déposer à terre et s'éloigner. Alors l'animal rampait, s'en emparait et s'enfuyait aussitôt pour le croquer dans un coin. Mais, petit à petit, Tom prit confiance en Tanguy. Il alla bientôt jusqu'à se laisser caresser par l'enfant. Et, un soir, il le suivit. Tanguy le fit entrer chez lui, supplia sa mère de le laisser le garder, et celle-ci le lui accorda. L'enfant alors baigna son chien, lui acheta un beau collier et lui donna à manger. Tous les jours Tom allait attendre Tanguy à la sortie de l'école. Au début ses camarades se moquaient du chien parce qu'il était maigre et boiteux, mais bientôt il devint un chien comme les autres, parce qu'il avait trouvé un foyer et mangeait à sa faim. Tom était fidèle à Tanguy. Il sautait de joie lorsque son maître rentrait.

Tanguy avait trouvé un copain. C'était un garçon d'un roux ardent, aux yeux minuscules et légèrement divergents. On le surnommait « l'avertisseur d'incendie ». Tanguy ne lui donna jamais de sobriquet. Il l'appelait de son vrai prénom, Robert, et c'est sans doute pourquoi ils devinrent copains.

Tanguy avait de bonnes notes. Il annonçait un élève brillant, car il apprenait avec facilité. Robert, par contre, avait du mal à suivre sa classe. C'était un garçon travailleur, mais à l'entendement lent. Tanguy l'aidait à comprendre ses devoirs. Robert venait souvent goûter chez Tanguy. Celui-ci, alors, était heureux parce que Robert lui disait que sa mère était jolie et que son père était « très bien ».

Le père de Tanguy venait passer les fins de semaine à la maison. Il arrivait en voiture. Tous les trois ils repartaient aussitôt pour une promenade aux alentours. Ils allaient voir la rivière, parcourir la forêt. Tanguy cueillait des champignons ou des violettes. Il était heureux de voir ses parents se promener bras dessus bras dessous derrière lui. Il courait avec Tom et lui jetait des cailloux que le chien rapportait avec fierté. Tanguy commençait d'aimer la France parce qu'il y était heureux. Il avait oublié les coups de canon, les queues interminables à la porte des boulangeries et le bruit nostalgique des sirènes dans la nuit.

Tout n'allait pas bien pourtant. Ses parents se disputaient souvent. Tanguy était réveillé parfois par le bruit de leurs voix. Ni lui ni elle ne criaient, mais ils se disaient des choses horribles. Tanguy en avait le cœur serré. Il n'aimait pas son père, car il devinait qu'il mentait toujours.

Un jour la discussion fut plus violente que d'habitude. Sa mère disait :

— Je n'ai pas besoin de ton aide pour élever mon fils. Je m'arrangerai bien toute seule. J'irai travailler à Clermont.

— Je t'interdis d'aller à Clermont, répondait son père.

— Et de quel droit, s'il te plaît?

— Du droit qu'il me plaît... Je ne tiens pas à ce que toute la ville sache que j'ai un fils. Tu devrais comprendre que je veuille refaire ma vie et que j'aie des ambitions...

— Moi aussi, j'ai des ambitions! Je veux gagner ma vie et celle de mon fils. Je travaillerai. Personne ne pourra m'empêcher d'aller où il me plaira...

— Je te préviens que nous commençons à en avoir assez de toute cette racaille socialo-communiste qui déferle chez nous d'Espagne. Un de ces jours vous irez tous finir en taule...

— Serait-ce une menace?

— Un conseil plutôt. F... le camp en Amérique, où tu voudras, mais que je n'entende plus jamais parler de toi ni de ton fils!

— Je m'en irai quand il me plaira et comme il me plaira. Tu devrais avoir honte, honte à en mourir!... Mais tu ne sais certainement pas ce que c'est que la honte.

Tanguy écoutait cette dispute. Il avait envie de pleurer. Il aimait plus sa mère que son père, parce qu'il était petit et qu'il avait toujours vécu avec elle. Mais il était triste de cette discorde. Il aurait voulu pouvoir vivre entre eux deux et leur en voulait de toujours se disputer. Ils détruisaient son bonheur.

***

C'était au début du printemps. La forêt voisine était plus belle encore qu'à l'accoutumée. Ils quittèrent la ville au petit matin. Tanguy sentit quelque chose se briser en lui. Il avait aidé sa mère à faire leurs valises et les installer dans la voiture qui devait les conduire à Clermont-Ferrand. Robert était venu lui dire adieu. Tanguy lui avait serré la main puis était monté dans la voiture auprès de sa mère. Elle démarra. Il tourna la tête, revit la petite maison, cachée dans les lilas du jardin. Puis elle disparut. Tom galopait derrière, toute langue dehors. Tanguy le regardait. Petit à petit, la voiture distançait l'animal. Mais Tom n'abandonnait pas. Il galopait toujours, en plein milieu de la route. Tanguy ne dit rien. Puis, soudain, il éclata en sanglots.

⁂

Clermont-Ferrand était, comme Marseille, une ville sale. Elle contenait beaucoup d'usines. Tanguy habitait avec sa mère dans un petit hôtel, assez mal tenu. Il attendait là son retour pendant de longues heures, dans une chambre étroite. Elle cherchait du travail. Ce n'était pas facile. Les étrangères devaient être pourvues d'une carte de travail. Or, pas de carte de travail sans emploi et pas d'emploi sans carte de travail. Ce dilemme semblait insoluble à Tanguy. Il n'osait même plus demander à sa mère le résultat de ses démarches, tant la lassitude pouvait se lire dans son regard. Il cherchait à la distraire, en lui parlant d'autres choses. Jamais il ne se plaignait de la faim, bien que les repas chauds fussent devenus pour lui chose d'un autre monde. Sa mère le nourrissait de sandwiches et de fruits. De temps à autre, elle lui rapportait une bouteille d'eau Perrier, ce qui le comblait de joie, car il aimait « l'eau qui pique ».

Cependant, il regrettait chaque jour davantage la petite maison des environs de Vichy où il avait connu le bonheur : un chien, un copain, l'école; et, chaque fin de semaine, son père qui l'emmenait se promener en forêt. Il se demandait quand il aurait de nouveau une maison, un chien et un copain. Il ne haïssait plus son père et, au fond de son être, s'attristait de ne plus le voir. Il entrevoyait vaguement que sa mère cherchait à l'influencer et à lui faire partager ce qu'elle nommait sa « sainte haine ». Mais Tanguy ne se sentait pas la vocation de haïr. Ces samedis soir, où son père s'asseyait dans son fauteuil pour lire les journaux, lui manquaient. La fumée de ses cigarettes, le bruit que faisait sa mère à la cuisine : Tanguy ne pouvait oublier ces rares instants de paix où il demeurait sagement assis en lisant les contes d'Andersen.

Maintenant, à Clermont-Ferrand, les journées lui paraissaient longues, grises. Il n'allumait pas l'électricité parce que le patron de l'hôtel prétendait qu'ils en dépensaient trop. Il restait dans le noir, à regarder la foule aller et venir dans les rues. Un soir, il vit des boy-scouts qui partaient en chantant. Sa mère le trouva en pleurs. Comme elle lui demandait pourquoi, il répondit qu'il aurait voulu être boy-scout et partir dans les forêts.

— Mon pauvre petit! Tu es bien trop maigre et bien trop fragile pour cela! Tu serais capable d'attraper une pneumonie et d'y rester. Ce n'est pas fait pour toi, ces choses-là.

Cette réponse ne fit qu'augmenter la sourde angoisse qui le minait. Car s'il souffrait, c'était justement de ne pas être comme les autres garçons; de ne pas avoir comme eux un foyer avec un père et une mère qui s'entendent, ou feignent de s'entendre. Mais ces pensées, il ne les partageait avec personne.

Sa mère trouva enfin un emploi de sténo-dactylo dans une grande usine. Du coup, il mangea mieux et le patron de l'hôtel cessa de grommeler « sales Espagnols », lorsque sa mère et lui descendaient dans le hall. Tanguy put même allumer l'électricité pour lire en attendant sa mère, qui rentrait à six heures et demie.

Deux hommes vinrent un jour la demander. Il leur répondit qu'elle était à son travail. Ils s'installèrent dans la chambre pour l'attendre. Tanguy se demandait qui étaient ces messieurs impolis qui restaient là, comme chez eux, sans être invités. Il décida d'ignorer leur présence et continua de lire et d'écrire, comme si de rien n'était.

La surprise de sa mère ne fut pas moindre que la sienne. Dès qu'elle se trouva en présence de ces deux inconnus, ils lui demandèrent ses nom et prénoms. Elle répondit, en leur montrant sa carte de travail récemment obtenue.

— Il va falloir venir avec nous, ma petite dame, dit l'un.

Sa mère semblait avoir retrouvé son sang-froid et interrogea le policier :

— Mais que voulez-vous? Que se passe-t-il?

— On vous dira ça au commissariat. Prenez quelques affaires. On ne sait jamais. Cela pourrait vous être utile.

La mère de Tanguy prit une petite valise, y entassa un peu de linge, y ajouta un costume de Tanguy et deux de ses chemises. Puis, escortée de l'enfant et des deux policiers, elle descendit.

Le patron la regarda passer dans le hall. C'était un homme petit, chauve, qui portait des lunettes. Il avait été bedeau dans sa jeunesse, puis croque-mort. Il en avait l'allure et le regard. Il les dévisagea avec haine :

— Sales étrangers! Tous les mêmes... murmura-t-il.

Tanguy rougit. Il aurait aimé pouvoir lui flanquer un coup de poing. Mais il ne dit rien et suivit sa mère, sans regarder ni à droite ni à gauche, dans la rue. Il lui semblait que les passants n'avaient d'yeux que pour sa mère et lui. Il se demandait ce qu'ils allaient devenir et si son père viendrait à leur secours.

⁂

Pendant plus d'une heure, Tanguy attendit au commissariat le retour de sa mère. Les murs de la salle étaient couverts d'affiches. Quelques agents bavardaient paisiblement. Tanguy se dit que ce devaient être de braves types et qu'après tout, ils ne faisaient que leur métier. Enfin, une porte s'ouvrit. Sa mère, très pâle, vint vers lui :

– Mon chéri, il va falloir que tu sois très fort. Ces « messieurs » vont nous emmener dans un camp. Quelqu'un nous a dénoncés. Mais tu ne dois pas avoir peur. Nous resterons ensemble et, tant que nous serons ensemble, rien de mauvais ne pourra nous arriver.

Tanguy baissa la tête :

– Mais nous n'avons rien fait de mal! protesta-t-il.

– Je le sais, mon Tanguy. Mais la question n'est pas là.

– Qui nous a dénoncés?

– Ton père.

Tanguy maîtrisait mal ses larmes... Il haïssait tout le monde à ce moment : son père, sa mère, les gendarmes, le patron de l'hôtel. Il en voulait à toutes les grandes personnes, car toutes les grandes personnes semblaient lui en vouloir, à lui qui n'avait que huit ans.

– C'est pas vrai, gémit-il.

– Si, c'est vrai. L'inspecteur est un socialiste. Il m'a tout dit.

Tanguy détestait moins son père pour sa lâcheté misérable qu'il n'en voulait à sa mère de lui apprendre cette lâcheté. Il lui semblait qu'elle n'aurait pas dû, qu'elle n'avait pas le droit de lui faire autant de mal. Il se mordit les lèvres, prit la petite valise et la suivit. On lui avait mis des menottes, qu'elle essayait de dissimuler dans ses manches.

III

Le camp de concentration où Tanguy fut emmené avec sa mère était situé dans le Midi de la France. Il n'avait jamais vu un lieu pareil et se l'était imaginé différent. Au vrai, ce n'étaient que quelques baraques en bois, rongées d'humidité et entourées de fils de fer barbelés.

C'était un camp « spécial ». La plupart des internées — il n'y avait là que des femmes — étaient « juives » ou « détenues politiques ». Pourtant, il avait entendu dire qu'il y avait aussi quelques « prostituées ».

Les prisonnières firent un mauvais accueil à Tanguy et à sa mère. En entrant dans la baraque des « détenues politiques », Tanguy aperçut quelques visages hagards, très pâles, très maigres. Des rires fusèrent d'un peu partout. Tout était dans le noir et l'on ne pouvait distinguer ce qu'il y avait au fond de la baraque. On entendait des voix, mais sans pouvoir discerner de visages.

— Tiens, un manteau de fourrure! C'est une capitaliste, ça!

— T'en fais pas. Elle restera pas longtemps ici, celle-là!

Une femme aux yeux fiévreux, aux cheveux

décoiffés, vint à leur rencontre et s'inclina avec cérémonie :

– Madame, c'est pas le *Ritz,* ici. Mais nous essaierons de vous loger convenablement, vous et Monsieur votre fils. Nous avons une chambre donnant sur le jardin, avec une salle de bains attenante.

Les rires redoublèrent, des rires grossiers. Tanguy cacha sa tête dans la jupe de sa mère. Il avait le cœur gros, mais ne voulait pas que les femmes le vissent pleurer. Il se sentait las. Il songeait à Tom, à Robert, à son père, se demandait ce qu'il avait bien pu faire pour mériter cela. Il se maîtrisa néanmoins, ne voulant pas offrir à ces femmes le régal de sa douleur. Il suivit sa mère. Elle installa sa petite valise sur une paillasse. Leurs lits étaient superposés. Tanguy se coucha tout habillé et s'endormit.

⁂

De ces dix-huit mois passés au camp, Tanguy ne devait guère conserver de souvenirs précis. Les jours étaient pareils. On était réveillé par les cris des prisonnières qui s'insultaient, se bagarraient, juraient, blasphémaient. Aussitôt, on avait faim. C'est le souvenir le plus net que garde Tanguy : la faim. Toute la journée, il rêvait d'un peu de nourriture. Il attendait le moment où les cuisinières viendraient d'en bas, apportant la grande marmite fumante. Mais, après avoir avalé ce liquide jaune et rouge qu'elles appelaient la « soupe », on avait plus faim encore.

Tanguy ne se plaignait pas. Il savait que sa mère aussi avait faim. Il restait étendu sur sa paillasse de longues heures. Il dormait beaucoup, mais était néanmoins toujours fatigué, apathique. Sa mère écrivait auprès de lui. Elle écrivait des centaines de pages. Autour d'elle, les autres « détenues » s'insultaient et l'insultaient sans répit.

Elles la détestaient, la traitaient de capitaliste, de « bourgeoise », de « vendue », se moquaient parce qu'elle écrivait ou lisait des livres. Elles la menaçaient. Quand, dans la baraque, quelque faute contre la discipline était commise et que la « surveillante » demandait le nom de la responsable, toutes à la fois désignaient sa mère, qui était régulièrement punie.

Tout le monde s'ennuyait. Les femmes passaient leurs journées à remâcher leur faim, leur manque de liberté. A bout de nerfs, elles se battaient parce qu'elles n'avaient rien de mieux à faire. Se sentant abandonnées de tous, ignorant ce qu'elles allaient devenir, leur misère était extrême. Elles étaient maigres à faire peur, couvertes de poux, de vermine.

Les surveillantes ressemblaient aux miliciennes dont Tanguy gardait un souvenir imprécis. Elles portaient, comme elles, des fusils. Leurs façons étaient grossières. Elles s'ennuyaient autant que les prisonnières. C'est pourquoi elles passaient leurs journées à persécuter les détenues. C'était leur seul passe-temps.

Rachel, une Juive de l'Europe centrale, était une grande femme blonde aux yeux bleus, dont le sourire était un réconfort. Elle était devenue l'amie de Tanguy et de sa mère. Tanguy l'admirait. Rachel parlait plusieurs langues étrangères, connaissait des contes magnifiques où il était question de gnomes et de fées. Elle était artiste aussi, et dessinait à l'encre sur de petits morceaux de carton tout ce qui s'offrait à son regard : les baraques, les « cuisinières » qui montaient la « soupe », les « surveillantes » qui passaient la revue, les proches forêts de sapins. Tanguy restait assis de longues heures auprès de Rachel. Il aimait la voir travailler : sur le carton blanc, l'encre noire recréait le camp à petites touches. Mais Rachel était trop indulgente. Elle peignait un camp de concentration sans rapport avec la réalité, où les baraques ressemblaient à des maisons de poupée, les prisonnières à des écolières très sages. La mère de Tanguy lui en faisait le reproche :

– Vous êtes bien optimiste, ma bonne Rachel. Si les journaux publiaient vos dessins, ils pourraient titrer : « Voyez comment nos internées se plaisent dans nos camps... »

Rachel répondait en souriant :

– Vous savez, toute chose peut être vue de bien des façons. Il y a du bon en toute chose. Même dans un camp. Le tout, c'est de savoir l'y discerner. Pour moi, voyez-vous, c'est presque une chance d'être ici. J'ai réussi à échapper aux camps nazis. Ceux-là sont moins drôles, je crois.

Tanguy demanda, une nuit, à sa mère « pourquoi » Rachel était là, ce qu'elle avait bien pu faire. Sa mère lui répondit que c'était « une Juive » et que les Allemands persécutaient « les Juives ». Tanguy en éprouva de la peine. Car il savait Rachel bonne et généreuse.

***

De l'extérieur du camp, certaines organisations venaient apporter quelques secours aux prisonnières : les protestants distribuaient des colis à tout le monde sans distinction de race ni de religion; les « Juifs » ravitaillaient les Juifs; l'aumônier catholique venait dire des messes.

De cette répartition, Tanguy et sa mère furent écartés par les internées. Tanguy regardait chaque samedi ces colis passer de main en main sans s'arrêter à lui. Il lui arrivait alors de pleurer. Mais bientôt, la situation changea grâce à Rachel. Elle en parla à un rabbin qui, dès lors, apportait chaque semaine un gros colis pour l'enfant. C'est ainsi qu'une fois par semaine il put désormais manger du chocolat, des biscuits, du fromage.

Sa mère ne voulait toucher à rien de ce colis. Elle prétextait qu'elle n'avait pas faim, ne se sentait pas bien... Tanguy savait que sa mère se privait pour lui. Il en éprouvait du remords.

L'hiver arriva. Un hiver rude. Il neigeait. Le ciel était gris, les flocons de neige blanchissaient l'air aussi bien que la terre. Tanguy passait ses journées enveloppé dans sa couverture. Il avait froid. Il se serrait contre sa mère ou contre Rachel. Celle-ci lui avait tricoté un pull-over. Mais le froid était si vif qu'il tremblait quand même de tous ses membres et claquait des dents.

Il était devenu un enfant renfermé, maussade. Sa mère lui disait qu'il était insupportable et elle avait sûrement raison. Il ne parlait que rarement, dissimulait ses intimes pensées, ne se livrait plus qu'avec difficulté et comme à contre-cœur. Il continuait cependant d'aimer sa mère par-dessus tout. Elle demeurait pour lui la plus intelligente et la plus belle de toutes les femmes. Mais quelque chose lui manquait. Il aurait voulu qu'elle songeât davantage à lui. Elle avait beau passer ses journées à écrire ou à discuter politique, il rêvait, lui, d'une petite maison comme celle où il avait vécu aux environs de Vichy, où il pourrait avoir de nouveau un chien, un copain et des livres. Il aurait voulu aussi avoir un père et, comme tous les autres enfants, pouvoir faire des « bêtises ». Au lieu de quoi, il traînait de ville en ville parmi la haine et les coups de canon. Il se demandait toujours quand la guerre allait finir et ce que serait la paix.

Il ne trouvait de répit qu'auprès de Rachel qui lui racontait de belles histoires. Il avait trop connu de choses pour croire aux sorcières et aux fées. Mais il aimait les contes. Les contes, pour lui, c'était la paix. Rachel, avec sa voix douce, était une merveilleuse « conteuse ». Elle savait s'arrêter à l'endroit le plus pathétique de son récit et le cœur de Tanguy cessait alors de battre. Il souffrait lorsque Blanche-Neige sombrait dans le sommeil et s'épanouissait lorsque le prince venait la réveiller pour l'épouser. Tanguy avait besoin de croire aux contes. En ce merveilleux monde imaginaire, il lui semblait communier avec tous les enfants de la terre. Par les récits de Rachel, il devenait un enfant pareil aux autres : ce dont il avait le plus constant besoin.

Sa mère tomba malade. Elle toussait, ne pouvait s'étendre la nuit, car elle croyait étouffer pendant ses accès de toux. Elle restait alors assise sur sa paillasse, tremblant de froid et de souffrance. Une sueur glaciale couvrait son front. Tanguy la regardait avec angoisse. Il ne savait pas très bien prier, car on ne lui avait guère appris, mais priait tous les soirs. Il demandait au Bon Dieu de ne pas le priver de sa mère et se disait que, puisqu'il n'était qu'un enfant, le Bon Dieu écouterait sûrement sa prière. Mais, malgré son espoir, la santé de sa mère empirait. Un jour, elle ne put se lever. Le soir même, elle était transportée à l'infirmerie. Tanguy n'avait entendu qu'un mot : « Pleurésie. » Mais la vie lui avait appris à juger vite de la valeur des termes. Aussi se prépara-t-il au pire. Il transporta ses petites affaires auprès de Rachel, qui le fit coucher près d'elle.

Elle le dorlotait, le gâtait. Comme il lui arrivait de pleurer la nuit et de ne pouvoir s'endormir, elle lui racontait des histoires si belles et si longues qu'il s'engourdissait avant d'en connaître la fin...

Deux fois par semaine, il lui était permis de se rendre à l'infirmerie pour voir sa mère. Il y allait, accompagné de Rachel. A cette occasion, celle-ci le coiffait soigneusement. Il avait de beaux cheveux noirs, ondulés, très longs. Rachel peignait ses boucles et lui faisait une raie. Ils partaient pour l'infirmerie. C'était une baraque en tout semblable aux autres. Mais des lits y remplaçaient les paillasses, pareils à ceux des hôtels avec des draps et des couvertures.

Dans l'un de ces lits gisait sa mère. Le blanc de son visage se fondait dans la blancheur des draps. On n'y voyait vivre que ses deux yeux, très grands et très noirs. Tanguy s'asseyait près d'elle et lui tenait la main. Elle s'efforçait de parler, lui prodiguait des sourires. Mais ces tristes sourires ne faisaient qu'augmenter la sourde douleur de Tanguy. Lorsqu'il partait et regagnait la baraque des « détenues politiques », il avait le cœur très lourd. Mais il n'en disait rien à personne et s'empêchait de pleurer. Il se sentait mal, tout simplement. Il lui arrivait de frissonner alors qu'il n'avait pas froid ou bien de transpirer alors que les prisonnières tremblaient de froid.

Quelques-unes étaient d'ailleurs devenues très bonnes pour lui. Elles ne l'insultaient plus ni ne l'appelaient « capitaliste ». Elles lui demandaient avec douceur des nouvelles de sa mère et lui prodiguaient des sourires. Mais il n'aimait ni leurs sourires ni leurs questions; il restait assis auprès de Rachel qui, inlassablement, continuait à peindre de ravissantes petites baraques couvertes de neige; des baraques qui, à n'en pas douter, étaient habitées par de charmantes poupées.

⁂

– Tanguy! Prépare tes affaires. Ta mère va être transférée à l'hôpital de Montpellier et tu vas partir avec elle. Dans une demi-heure.

C'était une surveillante qui parlait ainsi. Tanguy baissa la tête. Il se mit à rassembler ses quelques affaires, puis alla vers Rachel. Il lui sembla que la jeune femme était pâle et avait les yeux rouges. En tout cas, sa poitrine se soulevait et s'abaissait avec une précipitation insolite.

– Au revoir, Rachel... (Il hésita, puis lui mit ses bras autour du cou et l'embrassa.) Je t'aime bien, tu sais...

– Je sais, Tanguy. Soigne-toi. Sois gentil avec ta Maman. Elle n'est pas très bien. Il faut que tu sois un homme.

Il y eut un silence. Enfin, Rachel tendit une enveloppe à Tanguy avec un tendre sourire :

– Tiens. Prends cela en souvenir de moi.

– Qu'est-ce que c'est, Rachel?

– Quelques dessins. Comme cela, quand tu les regarderas, tu penseras à Rachel.

– Je ne t'oublierai jamais, Rachel. Tu sais, au fond, je t'aime presque autant que ma maman.

Ils ne se dirent rien d'autre. Tanguy garda les dessins, prit ses affaires et quitta la baraque sans détourner les yeux. Il avait le cœur gros. Il sentait peser sur sa nuque le regard désespéré de Rachel. Il savait que, s'il tournait la tête, il éclaterait en sanglots. Il ne le fit donc pas. Il monta dans l'ambulance. Sa mère y était étendue sur une civière, très pâle. Derrière lui, la porte de l'ambulance se referma. Il colla son nez à la vitre arrière. Le camp était enseveli sous la neige. Derrière une fenêtre, un mouchoir s'agita. Il devina que c'était Rachel, essuya une larme, s'assit auprès de sa mère, puis se blottit dans un coin, car il avait froid.

IV

La religieuse dévisageait Tanguy avec attention. C'était une femme très forte, aux yeux verts, au nez de boxeur. Elle l'observait comme elle aurait examiné un ours au zoo. Il se tenait debout dans le couloir de l'hôpital qui puait les produits pharmaceutiques et il se sentait mal à l'aise. Il ne comprenait pas pourquoi la sœur le fixait ainsi. Il aurait voulu pouvoir lui dire un mot très court et très efficace, mais il n'osait, à cause de son habit.

– Qu'est-ce que tu penses faire? Tu ne peux pas rester ainsi. Tu mère est malade. Tu n'as pas le droit de rester à l'hôpital. Tu n'as pas de famille?

Tanguy rougit. Il chercha ses mots :

– Non.

– On dit « non, ma Sœur ».

– Non, ma Sœur. Je n'ai que ma mère.

– Tu es Juif?

Il hésita :

– Non, ma Sœur.

– Comment cela se fait-il que tu aies été dans un camp de concentration?

– Nous sommes Espagnols.

La religieuse parut réfléchir un court instant, leva les yeux, posa son regard sur lui à plusieurs reprises, puis s'abîma de nouveau dans ses pensées.

— Bon!... Je vais téléphoner aux Frères. Tu vas être interne dans leur collège jusqu'à ce que ta mère soit en bonne santé. Tu pourras venir la voir tous les dimanches. Mais il faut que tu me promettes d'être bien sage.

— Oui, ma Sœur.

— Bon, va dire au revoir à ta Maman. Puis viens me retrouver ici.

Tanguy s'assit près du lit de sa mère qu'on avait placée dans une vaste salle où il y avait de nombreux malades, et lui prit la main. Elle ne bougeait pas et cherchait à esquisser un sourire. Il sourit aussi.

— Mon pauvre chéri, que vas-tu devenir?

— Ils vont m'emmener chez les Frères. Je serai pensionnaire. Je pourrai venir te voir chaque dimanche.

— Tanguy...

La voix de sa mère faiblissait.

— Oui, Maman?

— Sois gentil et sage au collège. Ne me donne pas de soucis. Il faut que tu m'aides.

— Oui, Maman.

Le collège était situé presque en dehors de Montpellier. C'était une grande bâtisse grise et noire, aux fenêtres grillagées. Tanguy, précédé d'un Frère, traversa de longs couloirs sombres. Sur les murs nus, de grands christs semblaient vouloir lui faire peur avec leurs bras écartés. Enfin, il arriva dans une cour intérieure plantée de platanes et entourée d'une galerie couverte. Autour de cette cour, les fenêtres étaient éclairées et l'on entendait des bruits de voix. Tanguy eut un frémissement. Il se sentait seul, perdu. Sa première pensée fut pour s'échapper. Mais il se rappela aussitôt qu'il avait promis à sa mère d'être raisonnable et qu'il n'avait pas le droit de l'inquiéter.

— Frère Marcel, voici un nouveau.

Quarante têtes se tournèrent. Tanguy, les yeux baissés, sentait tous ces regards curieux peser sur lui. Il était mal habillé. Il en eut honte.

— Allez vous asseoir. Demain, je vous ferai passer un examen. Asseyez-vous tout au fond de la classe.

Frère Marcel était un vieillard au regard fascinant. Il avait une longue barbe blanche et était coiffé d'une sorte de petite calotte noire. Il avait une voix harmonieuse, tendre. Tanguy se dit que Frère Marcel devait être bon et qu'ils s'entendraient sûrement. Il se sentit mieux après avoir fait cette constatation et jeta un regard rapide autour de lui.

A quelques bancs en avant, il remarqua un jeune garçon blond. Ses cheveux s'obstinaient à lui tomber sur le front et il les rejetait en arrière d'un brusque mouvement de tête. Il était vêtu d'une sorte de tablier d'écolier à rayures bleues et blanches. Son nez légèrement retroussé donnait à son visage une expression malicieuse. Il se retourna vers Tanguy et lui fit un clin d'œil. Tanguy en fut bouleversé de bonheur. Il répondit par un timide sourire...

***

La vie au collège était monotone mais bien remplie. On se levait dans le noir; puis venaient la messe, l'étude, le petit déjeuner, les heures de classe, les récréations... Les jeudis après-midi, les élèves allaient se promener à la campagne ou bien jouaient au football.

Tanguy était heureux. Il était devenu l'élève le plus brillant de sa classe et Frère Marcel l'aimait bien. Le vieux professeur le citait en exemple et lui parlait toujours sur un ton très affable. Le garçon que Tanguy avait aperçu le soir de son arrivée était devenu son ami. Ils s'asseyaient l'un près de l'autre en classe, faisaient leurs devoirs côte à côte, se retrouvaient ensemble au réfectoire; au dortoir, leurs lits se touchaient. L'ami de Tanguy s'appelait Michel. Il aimait à rire. Il passait son temps à faire des caricatures et ne prêtait aucune espèce d'attention à ce qui se passait au tableau noir. Quand il avait fini une caricature, il avertissait Tanguy du pied et la lui passait. Ils riaient de tout et de rien. Les jeudis, ils marchaient côte à côte et si un de leurs camarades s'approchait, Michel le renvoyait, sans plus. Ils n'avaient pas de secrets l'un pour l'autre. Tanguy avait tout raconté à Michel : son enfance et ses angoisses. Michel le plaisantait et l'appelait « Tanguy l'Omnibus ». Ils s'aimaient. Ils s'aimaient d'autant plus qu'ils n'étaient encore que des enfants. Tanguy rêvait de Michel, pensait à lui jour et nuit. Il se jurait de ne jamais le quitter.

Frère Albert, par contre n'aimait pas Tanguy. Frère Albert était le Frère intendant. Tanguy, qui arrivait d'un camp de concentration, n'avait ni vêtements ni argent. Cela déplaisait profondément au Frère intendant qui lui témoignait publiquement son mépris. Tanguy avait honte. Il se disait que ce n'était pas sa faute si sa pension n'était pas payée, ni celle de sa mère, si gravement malade. Enfin, tout s'arrangea. La grand-mère de Tanguy, qui habitait Madrid, envoya de l'argent aux Frères. Ceux-ci achetèrent pour l'enfant des vêtements, des souliers, des livres et se remboursèrent de la pension. De ce jour, Frère Albert cessa de mépriser Tanguy.

Chaque dimanche, il allait rendre visite à sa mère. Elle allait maintenant beaucoup mieux.

Elle était fière de ce qu'il fût le premier de sa classe. Tanguy lui parlait de Michel, de Frère Marcel. Il redevenait heureux. Il aimait son collège. Apprendre était la plus grande de ses joies. De plus, il avait un ami, comme à Vichy. Tanguy se disait souvent : « Pourquoi ne resterions-nous pas cachés ici jusqu'à la fin de la guerre? Grand-mère envoie de l'argent, de quoi bien vivre. Je resterais avec Michel et je pourrais continuer d'aller en classe... » Mais il savait que cela ne dépendait pas de lui. Il aurait tant voulu pourtant rester là, auprès du Frère Marcel et de Michel!... Il était las de toujours repartir avec sa mère. Il lui en voulait un peu de cette existence nomade qu'ils menaient. Il avait beau se dire que ce n'était pas sa faute : il lui en voulait tout de même...

Un dimanche, comme il arrivait à l'hôpital, le concierge lui dit que sa mère n'était plus dans la salle commune, mais dans une chambre particulière, au rez-de-chaussée. Tanguy s'étonna. Il trouva en effet sa mère dans une coquette petite chambre rose, meublée avec goût. Il y avait même un appareil de T.S.F. sur une table de nuit. Sa mère était debout, vêtue d'une robe de chambre de velours vert. Tanguy fut si heureux de la voir ainsi qu'il se mit à pleurer...

— Alors, ma nouvelle maison te plaît-elle? lui demanda sa mère.

— ... Ou-i...

— Tu ne me demandes pas comment j'ai réussi à l'avoir? Elle enchaîna : « Il y a dans cet hôpital une religieuse très gentille qui s'appelle Sœur Suzanne. Elle est « républicaine » et ne sait que faire pour m'être agréable. C'est elle qui m'a fait installer ici... Regarde, j'ai même un poste de T.S.F.! Et ce n'est pas tout. Tu ne vas plus être interne au collège. Tu habiteras ici, avec moi;

mais tu iras tous les jours en classe, comme les autres enfants...

Tanguy en fut transporté de bonheur. Bientôt, son existence devint magnifique... Chaque matin, il quittait l'hôpital en courant et en sautant. Au collège, il retrouvait Michel. Il lui apportait des bonbons ou du chocolat, car il le savait très gourmand. Il lui mettait ces friandises dans son pupitre et attendait avec impatience que son ami ouvrît son tiroir. Tanguy était heureux lorsque le visage de Michel s'éclairait de joie...

Le soir, il racontait sa journée à sa mère. Puis ils écoutaient ensemble les programmes de la T.S.F. C'est ainsi qu'il apprit à connaître l'opéra italien. Dans le silence de la nuit, blotti contre la poitrine de sa mère, il écoutait la musique de Puccini ou de Verdi. Elle lui racontait « l'histoire ». Tanguy aimait par-dessus tout *La Bohème* et *Madame Butterfly*. Il s'émouvait en entendant Mimi demander, juste avant d'expirer : « *Rodolphe, suis-je encore belle?* » ou encore Madame Butterfly ordonner à son fils : « *Va, joue!... Joue!* » Cette musique le bouleversait. Il se demandait ce qu'il deviendrait si, comme le fils de Madame Butterfly, il était un jour séparé de sa mère.

⁂

— Tanguy, j'ai quelque chose à te dire.

La chambre de sa mère était sens dessus dessous. Des valises à demi remplies étaient ouvertes un peu partout; des vêtements traînaient sur le lit et sur les chaises. Sa mère allait et venait nerveusement. Il s'assit.

— La police veut nous remmener au camp. Nous risquons cette fois d'être emmenés en Allemagne. Ils savent que je vais mieux et viendront me chercher un de ces jours. C'est Sœur Suzanne qui me l'a appris. Il nous faut fuir... Sans cela, nous allons mourir...

Tanguy ne répondit pas. Il avait encore entre les mains ses livres et ses cahiers. Il apportait son bulletin de notes. Il était premier en tout. Il jeta un regard à peine nostalgique sur tous ces signes de sa liberté. Sa mère reprenait la parole :

– J'ai un ami en ville. C'est un inspecteur de police. Il nous aime bien. Il m'a procuré un passeport en règle. Grâce à ce passeport, nous pourrons atteindre Marseille et de Marseille le Mexique. Là nous serons enfin en sûreté.

Tanguy ne répliqua rien. Il n'avait rien à répliquer. Il se sentait las. Il se demandait si, avant de partir, il pourrait prendre congé de Michel et lui dire quelque chose qu'il ne lui avait encore jamais dit : qu'il l'aimait.

– Voici mon plan, continuait sa mère, nous allons nous cacher quelques jours dans un hôtel de la ville. En apprenant ma disparition, ils vont nous chercher partout. Ils vont me croire en fuite. Aussi vont-ils surveiller les trains et les routes. D'ici quinze jours, ils me croiront loin et nous partirons. Mais pas ensemble. Ils cherchent une femme avec un enfant de neuf ans. Il ne faut donc pas qu'ils te trouvent. Tu iras seul à la gare avec un billet que je te donnerai. Quand tu verras une petite fille ou un petit garçon accompagnés de leurs parents, tu engageras la conversation et monteras avec eux... Nous serons dans le même train, mais nous feindrons de nous ignorer. Et nous nous retrouverons à Marseille... Il y va de la vie de ta mère. N'est-ce pas que tu sauras la protéger?

Tanguy acquiesça. Il demanda à sa mère s'il pouvait aller faire ses adieux à Michel. Elle lui répondit que c'était impossible... Il prit donc une plume, une feuille de papier et écrivit quelques phrases d'adieu : «... Je ne t'oublierai jamais. Je t'aime plus que je ne le croyais... Mais ne crois pas que je sois loin de toi... Où que tu sois, je serai avec toi. »

V

Tanguy attendit quelques instants à l'entrée de la gare. Il serrait dans ses mains le billet de chemin de fer. Le flot de voyageurs se précipitait vers les quais. Deux gendarmes examinaient leurs papiers. Ils étaient debout, de chaque côté de l'entrée. Tanguy avait le cœur serré. Il vit sa mère passer devant lui sans détourner la tête. Elle était devenue blonde. Elle tendit son passeport à l'un des gendarmes qui la regarda d'un œil distrait; puis Tanguy la vit disparaître parmi les hommes et les femmes qui allaient prendre le train pour Marseille. Aucun enfant ne passait. Tanguy avait peur. Il se demandait s'il pourrait franchir cette barrière et ce qu'il deviendrait dans le cas où il n'y réussirait pas. Enfin, une petite fille d'environ six ans passa devant lui. Elle était accompagnée de ses parents qui semblaient être de braves gens. Tanguy chercha les yeux de la petite fille. Celle-ci esquissa un sourire. Il se précipita :

– Où vas-tu? lui demanda-t-il.

– A Marseille.

Elle avait l'accent du Midi. Elle portait des nattes, nouées de rubans bleus. Ses yeux étaient noirs, ses cheveux châtains. Elle souriait gentiment.

– Moi aussi.
– Tu n'es pas de Marseille, eh?
– Non. Je suis de Paris.
– De Paris?
Elle le fixait avec admiration.
– Oui.
Tanguy avait pris sa main. La main dans la main, ils passèrent devant les gendarmes qui ne les interrogèrent pas. Tanguy sentait son cœur battre avec violence. Sa poitrine lui semblait vouloir éclater. Enfin, il respira profondément et monta dans le train. Il s'installa auprès d'Anne-Marie. Les parents de la petite fille lui demandèrent où était sa mère. Il dit : « Là-bas... » d'une voix douce, et ils ne s'inquiétèrent plus de lui. Ils lui donnèrent même un bonbon.
Le train partit. Au début, il semblait à Tanguy qu'il hésitait sur la voie à prendre, car elles étaient nombreuses. Mais bientôt, il trouva la bonne. Debout dans le couloir, auprès d'Anne-Marie, Tanguy regardait les poteaux télégraphiques, les maisons, les tours de contrôle qui défilaient devant lui. Sur les murs noircis de fumée qui longeaient la voie, on voyait des affiches : « Dubo-Dubon-Dubonnet... »
Tanguy était triste. Une fois de plus, il quittait une ville qu'il aimait et où il avait été heureux; une fois de plus, il laissait derrière lui un copain et un collège. Il avait envie de pleurer. Pourquoi toujours partir, toujours fuir? Une fois de plus, il conclut que c'était la guerre.
Le souvenir de Michel le hantait. Que dirait Michel en ouvrant sa lettre? Comprendrait-il? Il se rappela la première fois où leurs regards s'étaient croisés et le premier clin d'œil de Michel. Il se souvint des soirées passées avec sa mère à l'hôpital, dans la petite chambre que leur avait donnée Sœur Suzanne. Ils entendaient des

opéras. Tanguy pleurait en entendant mourir Mimi...

Le voyage se poursuivit sans incident. Tanguy rejoignit sa mère, dîna avec elle dans le wagon-restaurant puis, juste avant Marseille, alla retrouver Anne-Marie, qui fut tout heureuse de le revoir. Ensemble ils passèrent le contrôle à l'arrivée et, à la sortie de la gare, Tanguy prit congé de cette petite fille qui, sans s'en douter, lui avait conservé la liberté.

⁂

Tanguy retrouvait Marseille. La ville était toujours aussi sale, toujours aussi grise. Il en découvrit néanmoins de nouveaux aspects. Sa mère passait ses journées à parcourir les consulats dans le fol espoir d'obtenir un visa pour l'Amérique. Il restait donc seul toute la journée. Ils habitaient un petit hôtel près de la Cannebière. La patron était un Espagnol très gentil qui l'appelait « machote »[1] et Tanguy aimait s'entendre appeler ainsi. Pendant que sa mère faisait la queue devant les bureaux, il allait au port. Il aimait assister au départ des grands paquebots. Il enviait les beaux touristes qui montaient à bord. Le triste hululement des sirènes sur ces quais couverts de vieux papiers et de peaux de bananes l'emplissait de nostalgie. Il restait là de longues heures à considérer l'affairement des portefaix, des grues qui enlevaient de lourdes caisses, des remorqueurs. Il rêvait d'un pays lointain où il n'y aurait plus de guerre, où il pourrait avoir un copain et un chien. Michel viendrait sûrement le rejoindre et, là-bas, ils pourraient être heureux ensemble.

1. Littéralement : « gros mâle ».

Le soir, il rejoignait l'hôtel. Sa mère arrivait, découragée. Elle se laissait choir dans un fauteuil avec une sorte de torpeur animale. Il avait alors pitié d'elle. Il l'embrassait et lui disait qu'il l'aimait plus qu'aucune autre chose au monde, ce qui était vrai. Elle ouvrait les yeux, souriait, se redressait. Ils allaient dîner dans un petit restaurant du port, puis entraient dans un cinéma. Elle lui parlait de l'Amérique, qui était le pays de la paix. Mais Tanguy ne la croyait plus. On lui avait dit que la France était le pays de la liberté et il y avait été interné dans un camp de concentration; on lui avait raconté qu'en France on mangeait bien et il y avait eu plus faim qu'à Madrid en pleine guerre; on lui avait assuré qu'en France les gens étaient polis et un patron d'hôtel l'avait appelé « sale étranger »! A neuf ans, il ne croyait plus à grand-chose. Il ne rêvait plus que d'une petite maison entourée d'un jardin, où il pourrait avoir un chien et un copain. C'est tout ce qu'il demandait. Il avait besoin de calme, de répit. Il en avait assez d'être traité comme un homme et d'entendre toute la journée qu'ils étaient en danger et qu'il fallait partir. Il n'avait plus aucune envie de partir. Les confidences de sa mère lui pesaient. Il se disait souvent qu'une mère ne devrait pas angoisser son enfant en lui décrivant leurs périls. Mais il se disait aussi qu'elle n'avait personne d'autre à qui s'adresser et qu'il fallait bien qu'elle se débarrassât de ce lourd fardeau qu'elle traînait avec elle.

Tous les matins, elle partait pleine d'espoir, parce qu'elle allait voir « un monsieur très gentil et très important »; et, tous les soirs, elle revenait lasse, parce que « le monsieur important » ne lui avait donné que de bonnes paroles. Ils commençaient à désespérer lorsqu'elle revint enfin un jour.... avec un homme aux allures bizarres.

C'était un Catalan. Son nom était Puigdellivol. Il était grand, maigre, nerveux. Il avait des yeux étranges, comme s'il buvait. Il était coiffé d'un béret qu'il gardait sur la tête en présence de sa mère : Tanguy le jugea mal élevé.

— Ce monsieur va nous aider, Tanguy. Grâce à lui, nous allons pouvoir passer à Londres et rejoindre les *Forces libres.* C'est un monsieur très gentil et très important. Il fait passer clandestinement la frontière espagnole à des réfugiés juifs. Il va se charger de nous.

— Mais tu ne peux pas retourner en Espagne! fit Tanguy. Il n'y a plus la guerre chez nous, mais tu es condamnée à mort... Franco va te fusiller...

— Mais, mon chéri, je vais passer avec un passeport français et avec des Français. Ne t'inquiète pas, tout ira bien!

Tanguy se tut. Tout cela lui était devenu un peu égal. Il y avait longtemps qu'il avait tout accepté. Il ne se demandait plus ce que les choses signifiaient. Il savait que la plupart du temps les choses ne signifiaient rien.

— Moi, je vais passer les Pyrénées à pied. Toi, tu passeras huit jours après, avec Mme Puigdellivol. Tu me rejoindras à Madrid.

Tanguy n'avait compris qu'une chose : on allait le séparer de sa mère. Il se précipita sur elle :

— Non, Maman. Par pitié, ma petite Maman, pas ça! Je ferai tout ce que tu voudras. J'ai toujours été courageux. Mais ne me sépare pas de toi. Je te jure que je marcherai avec toi dans la montagne. Je me ferai tout petit et personne ne me verra... Non!... Ne me quitte pas, Maman! Si tu m'abandonnes, je mourrai de chagrin; je me tuerai!... Je me tuerai!...

Sa mère aussi pleurait. Elle le serrait contre sa poitrine. Il sentait la tiédeur de son corps et l'odeur de son parfum. Il se sentait devenir tout petit, si petit que la peine qu'il ressentait était plus grande que lui :

— Je ne te quitte pas, mon amour. Je ne te quitte pas... Tu me retrouveras à Madrid. Alors, nous serons heureux. Tu iras à l'école et tu pourras avoir des amis... Je te promets que tu me retrouveras.

VI

Tanguy se tenait debout devant la fenêtre. Des sanglots secouaient sa poitrine. Quelque chose, comme une main cruelle, le broyait à l'intérieur de son corps et le torturait. Il souffrait. Il lui semblait qu'il allait mourir de douleur. Il ne savait pas encore que l'on ne meurt jamais de douleur.

La voiture qui emmenait sa mère venait de disparaître. Elle l'avait quitté trop vite. Il était désormais seul. Il n'y avait dans son être que silence et souffrance. Il se sentait soudainement vieilli. Il pleura tant, qu'il crut avoir épuisé sa capacité de larmes. Oublierait-il jamais le goût amer, sur ses lèvres, de ces larmes salées?...

La maison de Puigdellivol était située non loin de Marseille. C'était un pavillon banlieusard, dans un jardin entouré de murs. Ses volets étaient clos. Un air de mystère planait sur elle. Elle était remplie de « Juifs » que Puigdellivol conduisait de la zone occupée en Espagne. Ils arrivaient pour la plupart sans argent ni bagages, portant encore leurs étoiles jaunes sur leurs vêtements. Il y en avait un peu partout, dans les couloirs, dans les différentes pièces, et ils attendaient assis par terre, mangeaient et dormaient là. Il leur était interdit de sortir. Toute la maison sentait mauvais.

Il y avait là un petit homme chauve, à l'air sympathique, qui s'appelait Cohen. Il attendait sa femme et ses enfants qui devaient à leur tour passer la ligne de démarcation. Il tirait de sa poche une grande carte d'Europe qu'il déployait chaque soir sur la table de la salle à manger et qu'il couvrait de petits drapeaux. Il appelait cela « faire la guerre ». Tanguy se demandait ce qu'était la guerre. Qu'était-elle en effet? Ces hululements tristes de sirènes, ces queues devant les boutiques, ces maisons détruites, ces cadavres jonchant les rues, ces éternels départs, ces séparations? Ou bien, était-ce cette amusante panoplie de drapeaux sur une carte? Il ne trouvait pas de réponse.

Un jour, comme il était assis auprès de M. Cohen qui épinglait ses drapeaux, Puigdellivol entra. Il dit à Tanguy que sa mère était arrivée saine et sauve à bon port et qu'il fallait se préparer à la rejoindre. Tanguy en fut bouleversé de joie. Alors, Puigdellivol se tourna vers Cohen et lui dit brusquement :

— Il vous faut, vous aussi, vous préparer à passer la frontière. Votre femme et vos enfants ne peuvent plus vous rejoindre. Ils ont été arrêtés à Paris.

Le lendemain, Tanguy apprit que Cohen était devenu fou.

***

C'était le 2 août 1942. Le lendemain serait son anniversaire. Il aurait neuf ans. Pour fêter cette date, il allait rejoindre sa mère. Ce serait donc vraiment un bel anniversaire. Ce soir, il s'était couché plus tôt que d'habitude, mais tardait à s'endormir, car il était excité par l'idée de ce départ. Il songeait à sa mère, vivait d'avance cet instant où il pourrait se jeter dans ses bras en poussant un grand cri. Soudain, une lumière violente filtra par les volets clos de la chambre. Ebloui, Tanguy ferma les yeux. Il entendit une voix caverneuse ordonner à tous les habitants de la villa d'en sortir un par un, les bras levés. Il eut peur. On entendait des sanglots dans le couloir où couchaient les Juifs. Tanguy fut saisi d'un frisson.

– La maison est cernée. Nous tirerons sur quiconque n'obéira pas à nos ordres! cria encore la voix.

Tanguy se leva, s'approcha de la fenêtre. Dans le jardin, des gendarmes braquaient leurs réflecteurs sur la villa. Les Juifs sortaient un par un, les bras levés, et se mettaient en rang. Quelques-uns pleuraient. Cohen se laissait pousser par ses camarades.

– Mon enfant, il faut venir.

C'était Mme Puigdellivol. Tanguy la laissa l'habiller sans dire un mot. Il entendait les reniflements de cette brave femme qui ne cessait de répéter :

– Mon pauvre enfant! Mon pauvre enfant!...

Il sortit en levant les bras, les yeux fermés, s'efforçant de ne pas pleurer. La lumière des réflecteurs brûlait ses paupières. Il sentait contre sa poitrine la photographie de sa mère, dont il ne voulait pas se séparer. Un gendarme le bouscula. Quelqu'un grommela :

– Sales « youpins »!

Tanguy eut envie d'expliquer aux gendarmes qu'il n'était pas Juif. Il se disait que c'étaient des Français et qu'ils l'écouteraient sûrement. Mais dès qu'il ouvrit la bouche, l'un d'eux lui lança :

– Ta gueule!

⁂

Tanguy regardait par la fenêtre du wagon les paisibles paysages de France se dessiner et disparaître. Il y avait des prés, où paissaient des vaches, des fermes dont les cheminées fumaient, des cours d'eau endormis... Tanguy était las. Il ne sentait plus sa souffrance et considérait tout cela avec indifférence. Il avait faim et se demandait où les gendarmes les emmenaient. Puis il se dit que rien de tout cela n'avait plus d'importance et que tout était pareil partout, lorsqu'on est seul et sans mère. Assis à côté de lui, des Juifs dormaient... Seul Cohen souriait sans cesse. Debout dans le couloir, les deux gendarmes bavardaient et fumaient. Tanguy se leva et leur demanda la permission d'aller aux toilettes. L'un d'eux l'y accompagna. Comme Tanguy ferma la porte, le policier la rouvrit d'un coup de pied brutal. Tanguy n'osa donc plus satisfaire ses besoins et se contenta d'uriner et de boire un peu d'eau, qui avait un goût de savon noir.

Il reprit sa place en se disant qu'il avait passé toute son enfance dans des trains. Le sobriquet que Michel lui avait donné lui revint en mémoire : « *Tanguy l'Omnibus.* » Au souvenir de son ami, l'angoisse serra sa gorge. Il réussit pourtant à ne pas pleurer. Il se demanda quand ils arriveraient. Mais comme il ne savait pas où ils allaient, il n'avait aucune idée du temps qu'il leur faudrait pour y parvenir. Il cherchait à s'endormir, car il avait l'intuition qu'il aurait besoin de toutes ses forces. Il pensait à sa mère qui devait attendre son arrivée à Madrid et fit un vague geste d'abandon : « C'est pas ma faute... »

Il faisait maintenant tout à fait nuit. Les prisonniers étaient blottis les uns contre les autres. Mme Puigdellivol avait mis un foulard de laine autour du cou de Tanguy. Celui-ci était à demi assoupi. La nuit était froide. Le train poursuivait sa marche indifférente. Enfin, il ralentit. Quelques lumières apparurent dans la brume. Tanguy s'éveilla, frissonnant, jeta un coup d'œil autour de lui. Des officiers et des soldats allemands allaient et venaient, le fusil à l'épaule, sur un quai à peine éclairé. Une voix clama par les haut-parleurs. Tanguy entendit ce seul mot :

— *Achtung! Achtung!...*

Deux soldats allemands montèrent dans le wagon. Les deux gendarmes français les saluèrent. Ils échangèrent des cigarettes et se serrèrent la main. Les camarades de Tanguy s'étaient réveillés. Cohen voulait sortir coûte que coûte. Il disait que sa femme l'attendait dehors et que d'ailleurs la guerre était finie. Ceux qui étaient assis à ses côtés l'obligèrent à demeurer en place.

L'arrêt parut interminable à Tanguy. Sur le quai circulaient des officiers aux visières relevées. Tanguy se dit que leurs uniformes étaient plus beaux que ceux des Français et que les Allemands avaient plus d'allure. Puis, avec une petite secousse, le train s'ébranla et reprit l'obscur chemin de la nuit. Tanguy avait faim. Il pensa que ce train l'éloignait de plus en plus de sa mère. Cette pensée ne le fit pas pleurer. Il se demanda tout simplement où il pouvait bien être.

VII

En se réveillant, Tanguy comprit qu'ils arrivaient à la fin de leur voyage. Il fut heureux de constater que cet endroit était Paris. Il regardait avec avidité les maisons hautes de sept étages, avec leurs cheminées toutes pareilles et les longues rues peuplées de « bistrots ». Il était presque heureux. Sa mère lui avait tant parlé de Paris qu'il lui semblait, en y arrivant, la retrouver elle-même. Il suivit docilement les soldats allemands et monta le premier dans le camion. Il aperçut par-dessus les maisons grises la vieille carcasse de la tour Eiffel. Cette vision fit tressaillir son cœur. « ... C'est Paris, murmurait-il, Paris!... » Il répétait le mot enchanteur. Il souriait, se demandait la tête que ferait sa mère si elle le savait à Paris...

Les prisonniers traversèrent des places, de grandes avenues plantées d'arbres. Comme dans un songe, Tanguy entrevit l'Arc-de-Triomphe. Il se dit qu'à Paris rien de mauvais ne pouvait lui arriver. Cette pensée le rassura, comme il quittait le camion avec les autres prisonniers...

Tanguy s'aligna contre le mur avec eux. Sa fatigue était moins grande. Il regardait avec curiosité quelques autres personnes qui attendaient dans cette vaste salle où ils avaient été conduits. Parmi elles se trouvait une vieille grand-mère. Elle était coiffée d'un mouchoir à la mode paysanne et dodelinait de la tête. De temps à autre, elle caressait ses joues ridées. Puis, elle se remettait à dodeliner de la tête. Il y avait aussi un beau jeune homme, très bien vêtu, dont le regard étrange fit peur à Tanguy.

Les prisonniers étaient debout face au mur. Derrière eux, deux soldats allemands allaient et venaient. Leurs bottes martelaient le plancher. Sur le mur, face à Tanguy, il y avait une grande affiche qui représentait un jeune fantassin allemand se lançant à l'attaque. Sous l'image, il y avait un mot très long. Tanguy chercha à le lire, mais n'y réussit pas.

La porte s'ouvrit et l'ordre fut donné aux prisonniers de se retourner. Un homme était entré. Il était grand, mince, avait des cheveux presque blancs et des yeux verts, sans expression. Il ne portait pas d'uniforme. Il tenait un papier à la main. D'une voix ferme, il ordonna :

— Les sémites à gauche!

Tanguy hésita. Il ne savait pas ce que voulait dire « sémite ». Il chercha des yeux Mme Puigdellivol qui lui fit signe de ne pas bouger. Il obéit. Alors, sur un geste de l'homme qui venait d'entrer, les soldats s'approchèrent et commencèrent à regarder les « petits oiseaux » de ceux qui ne s'étaient pas rangés à gauche. Tanguy eut presque envie de rire. Pourtant, il se sentit rougir pendant que le soldat l'examinait avec soin. Il se demanda ce que l'on pouvait bien chercher de ce côté-là. Le soldat fit non de la tête et poursuivit son examen. Le beau jeune homme que Tanguy avait remarqué fut poussé vers la gauche. Il se mit à hurler :

— Je ne suis pas juif, Monsieur le Commandant... Je le jure... C'est une opération... Je jure que je ne suis pas juif...

Le jeune homme se débattait de toutes ses forces. Il était tombé à genoux et cherchait à se cramponner aux jambes de l'homme qui avait donné l'ordre de procéder à cette inspection. Celui-ci recula et donna un coup de pied au jeune homme. Le pied de l'Allemand l'atteignit en plein visage. Il porta ses mains à son nez et les retira pleines de sang.

L'homme commença alors à interroger les détenus. Il leur demanda leur âge, leur profession, leur lieu de naissance... La première à subir cet interrogatoire fut la vieille grand-mère. Elle dodelinait toujours de la tête et répondait : « Oui, Monsieur le Commandant. » Celui-ci lui demanda si elle avait accueilli son fils deux mois auparavant. Elle répondit par l'affirmative. Le commandant lui demanda encore si elle savait alors que son fils s'était enfui d'un camp de concentration allemand et la vieille femme répondit une fois de plus par l'affirmative. L'homme donna l'ordre de l'emmener.

Vint enfin le tour de Tanguy. Celui-ci s'avança, timide, vers l'homme qui jeta sur lui un regard distrait. Tanguy débita comme les autres son nom, son âge et se dit « étudiant ». Un sourire effleura le visage de l'homme :

– Que faisais-tu avec ces Juifs, à Marseille?

Tanguy hésita :

– Je devais aller rejoindre ma mère. Elle est à Madrid. Je suis Espagnol.

L'homme garda le silence. Puis :

– Que faisait ta mère? Quelle profession?

– Journaliste.

L'homme parut soudain intéressé :

– Réfugiée politique?

– Oui...

– Vous avez été dans un camp en France?

– ... Oui, Monsieur...

Tanguy avait l'impression qu'il disait ce qu'il ne fallait pas dire. Mais l'homme ne lui donnait pas le temps d'inventer une histoire. Il posait question après question, à une vitesse inouïe.

— Elle est partie pour rejoindre Londres?

Tanguy trouva la force de mentir :

— Non, fit-il.

Il sentit sur lui le regard glacial de l'homme et ferma les yeux. Il se demandait si on allait le battre et faillit pleurer, mais il se contint.

— Comment sais-tu qu'elle ne voulait pas aller à Londres?

— Elle voulait aller au Mexique.

— Pourquoi dans ce cas-là est-elle partie pour l'Espagne?

Tanguy hésitait. Il balbutia :

— ... Je ne sais rien, moi... Je suis un enfant...

— Un enfant qui en sait long. Crois-tu que la route du Mexique passe par Madrid?

— Je ne sais pas... A Marseille on n'a pas voulu lui donner un visa.

Il y eut un silence. L'homme dit enfin quelques mots en allemand et Tanguy fut emmené avec les autres prisonniers. Ils étaient dans un couloir sombre. Personne ne parlait. Le beau jeune homme saignait toujours du nez et la vieille grand-mère continuait à dodeliner de la tête.

Ils furent au complet bientôt dans le couloir sombre. Seul M. Puigdellivol ne venait pas. Une sentinelle allemande gratta une allumette. Le soudain éclaboussement du phosphore éblouit Tanguy. C'est à ce moment-là qu'un cri déchira le silence. Un cri long, très aigu. Comme le hurlement d'un chien. Deux ou trois minutes passèrent. Tanguy sentait son cœur battre avec violence. Il avait peur. Il appréhendait le prochain cri. Avec le pouce de sa main droite, il traçait de petites croix à l'intérieur de cette main. « Mon Dieu, faites qu'il ne crie pas... J'ai peur, mon Dieu!... » A peine avait-il fini cette prière qu'un second cri retentit, puis un troisième, un quatrième, un cinquième... Tanguy étouffait... Il avait l'impression que quelqu'un le tenait à la gorge et cherchait à l'étrangler. La sueur coulait sous ses aisselles. Il la sentait ruisseler le long de ses côtes. Ses yeux se voilaient de larmes. Le jeune homme qui avait été frappé s'était mis à pleurer. Ce qui agaçait Tanguy. Il se dit que les grandes personnes ne devraient pas pleurer devant les enfants. Mais lorsque Mme Puigdellivol se mit à sangloter, il eut de la peine et se dit qu'il est évidemment des cas où même pleurer est permis.

Les cris continuaient à déchirer le silence. Ils faiblissaient, s'arrêtaient, reprenaient. Ils étaient à présent entrecoupés de sanglots. On pouvait entendre la voix de Puigdellivol qui, en patois catalan, appelait sa femme. Celle-ci, comme prise d'une folie subite, se précipita sur la porte qui séparait les prisonniers de la salle où ils avaient été interrogés. La sentinelle l'attrapa par les cheveux et la rejeta parmi les prisonniers. Mme Puigdellivol ne se plaignit pas. Elle pleurait sans presque faire de bruit et murmurait quelques paroles d'une voix à peine perceptible...

Ce fut enfin le silence. Aucun cri ne troubla plus les pensées des prisonniers. Tanguy était accablé. Ce lourd silence serrait sa gorge. Il se demandait ce qui avait bien pu arriver à Puigdellivol. « Il faut cesser de penser aux autres et de me tourmenter ainsi, si je veux revoir ma mère », se dit-il soudain. Et il eut honte de cette pensée. Mais il ajouta aussitôt pour lui-même : « ... Il faut que je sois fort... Je n'ai plus personne... personne. »

La porte s'ouvrit et la lumière éblouit à nouveau les prisonniers. Ils furent poussés dans une cour intérieure, et prirent place dans des camions. Des soldats allemands formaient la haie. Mme Puigdellivol pleurait. Elle jetait des regards désespérés sur la porte derrière laquelle se trouvait son mari. Mais celui-ci n'en sortit pas. Le camion partit. Le bruit des moteurs étouffa les derniers cris de la femme. Tanguy ne les entendit pas. Mais il vit deux bras désespérément tendus et comprit le sens de ce geste. Il songea qu'il pourrait être celui de sa mère et en eut les larmes aux yeux. Il releva le col de sa veste, car la nuit tombait, et malgré la saison il faisait froid.

De nouveau Tanguy aperçut la silhouette bizarre de la tour Eiffel. Pour la première fois il entrevit la Seine. L'eau de la rivière était grise, et si calme que Tanguy ne put se rendre compte du sens du courant. Puis il recommença de se dire que cela n'avait aucune importance. Mais il aurait tout de même aimé savoir s'ils le remontaient ou le descendaient, ce courant...

***

Les détenus furent conduits au Vélodrome d'Hiver. Là des centaines, des milliers peut-être de prisonniers attendaient, couchés sur la paille. La plupart d'entre eux portaient cette étoile jaune avec, dessus, en lettres noires, le mot « juif ». Tanguy ne les regarda pas. Il baissa la tête et alla rejoindre le groupe des enfants. Il y en avait environ une cinquantaine, entre six et quatorze ans. Il étaient tous « juifs ».

Tanguy s'assit par terre, sur la paille. Il avait froid. La fatigue, qu'il n'avait pas ressentie jusque-là, envahissait ses membres. Ses forces le lâchaient. Comme des ressorts trop longtemps comprimés ses nerfs se détendaient. Les larmes luttaient pour sortir. Un garçonnet d'environ sept ans, qui était assis à côté de lui, le regarda avec gentillesse. Tanguy lui rendit ce regard et chercha à esquisser un sourire. Mais les sanglots l'étouffaient. Il ne pleurait pourtant pas.

Tout ce qu'il n'avait encore qu'à demi compris lui apparut brusquement : qu'il était définitivement seul, qu'il allait être traité en homme, qu'il avait cessé d'être un enfant. Une lassitude extrême s'emparait de lui. « ... Ils ne peuvent pas m'emmener, se dit-il. Ils n'ont pas le droit... Je ne suis pas juif; je ne suis même pas français... Je suis espagnol... Je le leur dirai et ils me comprendront. Il y a sûrement une erreur. Je parlerai avec un supérieur... C'est la faute de l'Administration... »

— Tu n'es pas juif? C'était le garçonnet qui avait regardé Tanguy qui lui posait cette question. C'était un petit garçon brun, aux cheveux longs, aux yeux fiévreux, aux lèvres épaisses. Il avait le nez droit. Tanguy en fut étonné, car il s'imaginait que les « Juifs » avaient tous des nez busqués et très gros.

— Non, répondit Tanguy.

— Pourquoi es-tu ici alors?

Tanguy ne trouva rien à dire. Alors :

— C'est une erreur, balbutia-t-il.

Le petit Juif le dévisagea avec intérêt. Tanguy rougit. Mais il n'avait rien trouvé d'autre à dire, car il ne savait pas pourquoi il était là.

— Comment t'appelles-tu? demanda Tanguy.

— Guy. Et toi?

— Moi, j'ai ton prénom dans mon prénom : Tan-guy.

Guy esquissa un sourire. Il prit la main de Tanguy et la balança dans la sienne. Tanguy chercha encore à sourire. Il n'y parvint pas. Il ne pouvait presque pas parler tant son angoisse étreignait sa poitrine.

– Guy, sais-tu ce qu'ils vont faire de nous?

– Ils nous emmènent.

– Où cela?

– En Allemagne. Il nous emmènent dans des camps.

Tanguy jeta un regard désespéré à l'enfant. Ce dernier ne se rendait pas compte de ce qui lui arrivait. Il disait cela du même ton qu'il aurait dit : « allons jouer ».

– Comment le sais-tu? interrogea encore Tanguy.

– C'est mon père qui l'a dit. Il est là-bas, avec les grandes personnes. Ma mère aussi est là-bas. Et ma tante... Ils nous emmènent tous.

Tanguy n'eut plus la force d'en apprendre davantage. Il se coucha sur la paille. La nuit était tout à fait venue. Sur un grand mur blanc l'ombre d'une sentinelle se dessinait, qui allait et venait. Çà et là l'on entendait quelques chuchotements, quelques reniflements, des sanglots aussi.

Tanguy sortit de sa poche la photographie de sa mère. Il se dit qu'il ne la reverrait peut-être jamais. Il eut plus mal encore. Maintenant, il pouvait pleurer. Il pleurait si fort qu'il croyait que quelque chose se déchirait de sa chair. Il embrassa la photographie, « Maman... ma petite maman... murmurait-il... Tu sais que je n'ai rien fait. Je ne veux pas qu'on m'emmène... Je ne veux pas aller dans un camp. Maman!... » Petit à petit ses larmes tarirent. Il ne trouvait plus la force de pleurer. Il tremblait. De longs frissons parcouraient son corps. Ses cheveux lui faisaient mal. Il essaya de dormir, mais ne le put. Toute la nuit, il resta seule face à sa douleur et à l'ombre de cette sentinelle qui, sur le mur blanc, allait et venait. Autour de lui, tout était silence.

VIII

Le lendemain matin, très tôt, ils furent de nouveau embarqués dans des camions et arrivèrent à une grande gare. Tanguy regarda l'horloge, car il tenait à savoir l'heure : six heures vingt. Le jour naissant éclairait de rose un ciel vert. Il faisait frais.

Les prisonniers descendirent des camions devant la gare. Tout autour, des soldats allemands, l'arme à la bretelle, les surveillaient. Les prisonniers se mirent en rang et entrèrent dans la gare. C'était une grande gare noire et sale. Elle sentait mauvais. Il faisait noir à l'intérieur. Tanguy aperçut quelques curieux qui stationnaient derrière les cordons de soldats allemands pour voir les détenus. Il eut honte et baissa la tête. Puis il se dit qu'il ne devait pas avoir honte, puisqu'il n'avait rien fait de mal. Mais il se dit aussi que ces gens-là ne pouvaient pas le savoir. Il baissa donc la tête.

La longue colonne avançait lentement. Les hommes et les femmes marchaient en tête; les enfants étaient tout à fait en queue. Tanguy avait hâte d'entrer dans la gare pour que les gens ne pussent plus le regarder. Mais il n'y pouvait rien.

La plupart des grandes personnes tenaient des baluchons ou des valises à la main. Tanguy pensa que ce devaient être quelques hardes, hâtivement empaquetées. Il se demandait à quoi ces choses pourraient bien servir dans un camp de concentration. Mais il finit par comprendre que ce que ces gens avaient mis de plus précieux dans ces pauvres colis, c'était l'espoir : espoir de s'habituer, de survivre, de recommencer une vie, de retrouver leurs foyers, leurs villes; espoir de ne pas mourir. Tanguy se dit qu'il n'avait, lui, pas d'espoir. Mais il se ravisa bientôt : il avait une photographie de sa mère.

Ils demeurèrent ainsi pendant plus de deux heures sur un quai sale et mal pavé. Les uns s'étaient assis, d'autres bavardaient; le plus grand nombre demeurait solitaire et silencieux. Guy s'était placé auprès de Tanguy et lui tenait la main.

Tanguy regarda autour de lui. Il vit un vieil Israélite à la barbe blanche. C'était un vieillard vêtu de noir et coiffé d'un chapeau melon usé. Ce vieil Israélite s'était assis sur une malle d'avion et noué une serviette autour du cou. Il mangeait du pain. Il mâchait lentement; de temps à autre, il levait le regard pour examiner la verrière opaque qui abritait les quais. Ses mains tremblaient. Il s'aperçut que Tanguy l'examinait, posa sur l'enfant un chaud regard et ôta poliment son chapeau. Tanguy eut encore envie de pleurer. Il baissa la tête et attendit.

A 10 heures, enfin les prisonniers purent prendre place dans des wagons à bestiaux. L'un de ces wagons était destiné aux enfants. Tanguy monta l'un des premiers. Le bois du wagon avait été recouvert de paille. Tanguy s'assit près d'une fente qui devait permettre à l'air de se renouveler. Guy s'assit auprès de lui. Puis, vers midi, une légère secousse marqua le début d'un nouveau voyage.

*
**

Tanguy passa sa première nuit à pleurer. Il n'avait jamais imaginé que des souvenirs pussent être « douloureux ». Or chaque image des quelques instants de bonheur qu'il avait pu dérober à la vie martelait son cerveau. Il revoyait le visage paisible de Frère Marcel, celui de Robert et celui de Michel; il lui semblait sentir une odeur d'essence, comme dans la voiture de son père; il revivait chacun des instants passés près de sa mère à Montpellier. Ses souvenirs lui semblaient s'incruster dans sa pauvre tête comme des clous dans du bois. Les heures passaient lentement et Tanguy se demandait quand il pourrait enfin se reposer et s'il le pourrait jamais.

Il avait appuyé sa tête contre le bois du wagon et posé son menton sur ses genoux. Recroquevillé sur lui-même, il jetait au-dehors de furtifs regards distraits, mais tout était noir. Aux traversées des gares seulement, des lumières timides trouaient l'obscurité. Tanguy se disait que son destin était étrange et qu'il aurait passé son enfance à voyager. Il se rappela la plaisanterie de Michel : « Tanguy l'Omnibus. » Malgré lui, il eut envie de sourire.

Petit à petit l'atmosphère de ce wagon aux portes scellées devint irrespirable. Ils étaient là depuis quarante-huit heures. La chaleur au-dehors était lourde; le bois du wagon fumait; la paille puait l'urine. Tanguy avait des vertiges. Il se sentait trop léger. Il se disait : « Je vais tomber... je vais tomber », mais comme il était assis, il ne tombait pas. Le sang lui montait à la tête; ses oreilles bourdonnaient. Il avait froid; il frissonnait. Mais en même temps la lourde chaleur le faisait transpirer. Il avait soif aussi. Il pleurait de désespoir. Il aurait voulu se lever et frapper de grands coups sur les portes. Mais il était trop faible pour se lever. De rage il se mordait les mains et les lèvres; des larmes de dépit coulaient sur ses joues. Il insultait les Allemands et les appelait « salauds ». Mais aussitôt il se reprenait : « ... Ce n'est pas de leur faute, pensait-il, ils ne savent pas ce qui nous arrive... Ce doit être l'organisation.... C'est cela : c'est sûrement l'organisation. »

Le troisième jour Tanguy crut devenir fou. Il avait si mal à la tête que l'envie lui prenait de crier. Sa bouche était sèche; ses lèvres collées; il n'arrivait même plus à les humecter d'un peu de salive. Son corps était secoué de frissons. Il jetait des regards désespérés vers l'extérieur : « Ils vont nous laisser mourir... Ils veulent nous faire mourir... Je ne veux pas mourir. Je ne veux pas... »

Tous ces enfants pleuraient. Quelques-uns n'avaient plus la force de se contenir et faisaient leurs besoins sous eux. Le wagon puait l'urine et les excréments. Le soleil d'août filtrait à travers le toit du wagon et se posait sur ces fronts brûlants. Pressés les uns contre les autres, ils ne pouvaient bouger. Guy s'était couché et pleurait. Il tremblait. Ses mains étaient moites. Tanguy caressait les longs cheveux noirs du petit Israélite d'un geste machinalement amoureux.

Enfin, soixante heures après leur départ, le train s'arrêta. Les portes furent descellées. Tanguy se leva, chancelant, et quitta le wagon. Sur le quai d'en face, des S.S., le fusil épaulé, formaient un long cordon. Les prisonniers reçurent la permission de s'accroupir. Face aux S.S., hommes, femmes et enfants satisfirent leurs besoins. Tanguy hoquetait de plaisir. Il n'aurait jamais cru que le fait de pouvoir s'accroupir pût être une telle source de satisfaction. De sa main gauche il essuyait son visage couvert de larmes. Il regarda autour de lui. Le vieil Israélite s'était aussi accroupi. Il était toujours coiffé de son chapeau melon. Il aperçut Tanguy et lui sourit. Tout le monde était content. Le ciel était bleu, le soleil luisait; on avait l'impression de revivre : on reprenait espoir.

Les prisonniers se levèrent. Deux marmites fumantes furent posées par terre. Les détenus se mirent en file. Une gamelle en métal blanc leur fut donnée. Ils étaient tous ravis. Ils s'adressaient la parole, se demandaient des nouvelles les uns des autres; ils plaisantaient et riaient d'aise.

Tanguy était en queue de colonne. Il se souvint soudain de Guy et courut le chercher. L'enfant pleurait. Tanguy essaya de le soulever, mais n'y parvint pas. Guy ne voulait pas se lever. Il sanglotait et appelait sa mère. Tanguy le quitta précipitamment, car il avait peur de rester sans nourriture. Il arriva encore à temps, prit deux gamelles et les tendit à la jeune femme en uniforme qui les remplissait. C'était une jeune fille brune, aux yeux bleus, belle et qui semblait gentille. Tanguy tendit les deux gamelles. La jeune fille lui dit quelques paroles en allemand. Il ne les comprit pas, et voulut expliquer que ce n'était pas pour lui, mais un enfant qui était malade. Au bruit de la discussion un S.S. s'approcha. Il était, lui aussi, jeune et beau. Tanguy, en le voyant venir, fut content. Car il s'imaginait que le S.S. parlait français et le comprendrait. Au lieu de quoi le S.S. lui prit les deux gamelles et lui donna une gifle si forte que Tanguy s'étala par terre.

Il se releva. Il avait honte et tremblait de peur. Il murmurait en pensée : « ... Maman... Maman... Ma petite Maman... » Il se traîna vers son wagon. Mais la faim lui donnait encore des vertiges. Il n'avait jamais autant souffert de sa vie; il pensait mourir... Jamais il ne s'était senti si injustement traité. Il allait remonter dans le wagon lorsque quelqu'un lui toucha l'épaule : c'était le vieil Israélite.

— Quelqu'un est malade? interrogea-t-il.

Tanguy essaya de sourire, mais éclata en sanglots. Le vieillard caressa ses cheveux et lui posa la main sur la nuque :

— Il ne faut pas pleurer... continua-t-il. Vous êtes courageux. Vous devez donner l'exemple.

Tanguy n'était plus maître de ses nerfs. Ses larmes redoublaient. Il se sentait brisé.

— Tenez!

Le vieillard israélite tendit à Tanguy un grand morceau de pain puis il sortit de sa valise une petite bouteille qu'il mit dans une poche de Tanguy : « C'est de l'eau, poursuivit-il. Economisez-la bien. C'est précieux. »

Tanguy ne trouva pas la force de remercier le vieillard. Il ne pouvait plus parler ni arrêter ses larmes. Il monta dans le wagon.

— Je voulais vous dire...

Tanguy se tourna vers le vieillard. Celui-ci poursuivait :

— Si quelque chose venait à arriver à l'un des petits... Je veux dire... Si par hasard il y avait un... accident. Ne laissez pas les enfants pleurer ni crier. Cela démoralise les prisonniers d'entendre leurs enfants pleurer. Faites-les chanter...

— Chanter quoi?

— N'importe quoi... Vous ne connaissez pas de chanson française?

— *Au clair de la lune?*

— C'est cela, ce serait parfait...

Le convoi pousuivit sa marche. Les heures succédaient aux heures. Chacune de ces heures apportait une nouvelle souffrance : la soif, la faim! L'angoisse, la solitude, le désespoir, la *peur!...*

Tanguy ne luttait même plus pour se débarrasser des souvenirs qui s'emparaient de son cerveau et le meurtrissaient. Il pleurait machinalement, ne cherchait plus à trouver ni une excuse ni une raison à ses larmes. Il se disait que rien n'avait plus d'importance, que quoi qu'il arrive, il ne reverrait plus sa mère, ni Michel. Le trépidement monotone du train engourdissait son angoisse. Parfois, il s'interrogeait sur le genre d'existence qu'il aurait à mener au camp : « Aucune importance, finissait-il par se répondre. Aucune importance. De toute façon, ils nous tueront. » L'espoir pourtant ne se résignait pas à mourir en lui. Tanguy faisait encore parfois de beaux châteaux en Espagne : son arrestation n'avait été qu'une erreur; il n'était pas Juif; il n'avait rien fait de mal. Le directeur du camp comprendrait toutes ces choses et lui rendrait sa liberté. Il lui ferait même des excuses!...

L'état du petit Guy empirait. Il n'avait rien voulu manger. Il avait seulement bu quelques gorgées d'eau. Il demeurait étendu sur la paille du wagon sans bouger, si pâle et si maigre qu'on aurait pu le croire déjà mort. Tanguy caressait les cheveux de l'enfant, mouillés comme s'il venait de faire une longue promenade sous la pluie.

Dehors la campagne allemande défilait. Des champs paisibles, de petits villages pittoresques, des forêts de sapins. Tanguy se disait que l'Allemagne était un beau pays et qu'il aimerait sûrement le parcourir. Un soir, il y eut un coucher de soleil si beau que Tanguy recommença de pleurer. Le soleil mourant avait teint de rose les prés et les eaux d'une petite rivière.

Tanguy se demandait obstinément *comment* de telles choses pouvaient arriver. Puis il regarda mieux la terre qui semblait dormir d'un sommeil grave et il comprit que ni la terre ni la plupart des hommes qui l'habitaient ne savaient rien. Pour les paysans allemands qui de leurs maisons regardaient passer ce long convoi, c'étaient là des munitions ou des bestiaux, ou encore des machines agricoles. Et à supposer qu'ils eussent su la vérité, ils n'y auraient rien pu. Mais qui donc pouvait quelque chose?...

Après quatre-vingt-seize heures de voyage, à l'aube du cinquième jour, le petit Guy cessa de respirer. Tanguy ne s'en était d'abord pas aperçu; puis il lui sembla que Guy était trop tranquille. Il secoua le petit corps, qui demeura rigide.

Tanguy n'avait jamais vu de cadavre. Son premier réflexe fut de se mettre à crier. Puis il comprit que crier n'arrangerait rien. Il enleva donc son manteau et en couvrit le visage de Guy dont les yeux fixaient le toit du wagon. Ayant ainsi fait, Tanguy chercha comment se distraire. Il regarda le beau pays qui continuait de défiler devant ses yeux. Dans sa poitrine il sentait un étrange silence et ne bougeait pas, de peur de troubler cette sorte de vide. Il eut envie de tourner la tête et de voir un visage humain. Il ne le fit pourtant pas. De longs frissons secouaient son maigre dos. Un enfant cria :

— Il y a un mort! Un mort!... J'ai peur!

D'autres enfants commençaient à pleurer. Tanguy se leva. Il ouvrit la bouche, mais sa voix mourut dans sa gorge. Il dut faire un effort surhumain pour entonner :

— *Au clair de la lune, mon ami Pierrot...*

Quelques voix vinrent à son secours... des voix mal assurées... Plusieurs garçons chantaient faux.

Le voyage dura neuf jours et neuf nuits. Le cadavre du petit Guy fut retiré du wagon au soir du sixième jour. Les S.S. le laissèrent là, sur une voie de garage...

Pendant neuf jours et neuf nuits Tanguy avait

lutté contre la soif, la faim, contre ses souvenirs, contre le désespoir et contre la peur. Lorsque le train stoppa définitivement, à l'aube du dixième jour, il suivit la colonne comme un noctambule. Il ne sentait plus rien. Il n'osait plus ni penser, ni lever la tête. Il était prêt à tout accepter sans révolte. Il avait seulement l'impression d'être vieux, très vieux. La certitude qu'il n'avait que neuf ans lui semblait ridicule.

IX

Le camp était une immense ville. Il y avait, à vrai dire deux villes : l'une était construite en ciment, l'autre était faite de baraques en bois, symétriquement alignées. Ces baraques étaient plus longues et plus larges que celles que Tanguy avait connues en France; elles formaient des rues. Il y avait même des trottoirs : des planches de bois.

Les nouveaux venus furent d'abord conduits à la ville en ciment. C'était, cette ville, un groupe de hauts immeubles formant un carré : Administration, Habitation des cadres, Infirmerie et Annexes, Vestiaires et Désinfections. Ces quatre bâtiments limitaient une cour très vaste, au pavé cimenté : le Rassemblement.

Tanguy resta debout dans cette cour pendant plus d'une heure. Il avait enlevé ses habits suivant les instructions, et il se tenait là tout nu. Il avait à la main ses pauvres vêtements, sales du long voyage, et la photographie de sa mère. Il se demandait si on la lui laisserait. Autour de lui ses camarades se plaignaient de la faim et de la soif. Ils demandaient si on ne leur donnerait rien à manger. Quelques déportés plus anciens, venus aux nouvelles dans la cour, leur affirmèrent qu'il n'y avait rien de prévu pour les nouveaux venus, mais que ceux qui avaient de l'argent ou des objets de valeur pourraient se débrouiller... On donnait une montre en or, une bague, un souvenir précieux, contre un verre d'eau ou contre un morceau de pain, moins grand que le poing d'un enfant. Tanguy n'avait rien à troquer. Il attendait. Il était si las qu'il ne sentait plus ni fatigue ni faim. Il n'avait qu'une envie, s'étendre et se reposer. Mais l'Administration continuait son petit train-train.

Trois heures après son arrivée, Tanguy arriva aux vestiaires qui étaient la dernière étape administrative. Derrière un comptoir se tenaient deux déportés. Tanguy tendit ses hardes; l'un d'eux les prit. Tanguy gardait à la main la photographie de sa mère.

— Qu'est-ce cela? lui demanda le préposé aux vestiaires.

Tanguy avala sa salive et voulut sourire :

— C'est ma mère...

L'homme jeta un coup d'œil sur Tanguy et murmura : « C'est bon! » Puis il chercha pour lui un vêtement à sa mesure : ce n'était pas facile. Enfin il eut l'air d'avoir trouvé ce qu'il fallait.

— Tiens, fit-il, c'est le tien. Tu n'as rien à y changer. Va ensuite te faire inscrire. » C'était une tenue de *déporté politique...* « A propos, cache ta photo quelque part, et ne dis pas que je l'ai vue. Moi, je ne sais rien. Compris? »

Tanguy acquiesça. Il passa l'uniforme qui était trop grand pour lui et garda la photo contre sa poitrine. Puis il alla aux bureaux où il fut inscrit sous le numéro : 3401. Après quoi, il regagna la cour.

— Eh là-bas, toi le gosse!... Va rejoindre ce groupe!

Tanguy obéit. Il se mit en rang. Un ordre fut

donné. Il vit que les autres étendaient leurs bras et touchaient l'épaule droite de celui qui les précédait et fit de même, alors le « kapo » ordonna :

— En avant, marche! Gauche-droite-gauche... *links-recht-links...*

Tanguy marchait au pas. Il le perdit à plusieurs reprises et il lui fallait courir pour le rattraper. Ils s'arrêtèrent devant deux ou trois baraques et petit à petit le groupe se dégarnit. Enfin, devant une autre, le « kapo » ordonna à Tanguy de quitter les rangs et de se présenter au « chef de baraque ».

Ce dernier était un petit individu, maigre, comme un cadavre, au nez immense, aux yeux si petits qu'il fallait les chercher pour les trouver; sa peau était diaphane comme de la cire; ses yeux n'avaient ni cils ni sourcils.

Tanguy alla vers lui et se présenta. Le chef de baraque lui dit de se mettre au garde-à-vous : Tanguy obéit. Après quoi ce petit homme pâlot désigna une paillasse à Tanguy, qui entra dans la baraque. Celle-ci avait un long couloir central; d'un côté comme de l'autre s'alignaient des lits superposés : quelques planches de bois supportant les paillasses.

Des visages livides, triangulaires, dévisageaient l'enfant au passage, les uns avec hargne, d'autres avec une certaine pitié, la plupart avec indifférence. Les déportés se ressemblaient tous. Ils étaient si maigres qu'ils n'en avaient plus de visage. Tanguy n'osait pas les regarder : cela lui faisait mal. Parvenu à sa place, il se laissa choir sur sa paillasse et s'endormit aussitôt. Son sommeil ne fut qu'un long cauchemar traversé par le souvenir de sa mère...

***

— Allons, lève-toi!

Tanguy ouvrit les yeux. Cette fois, celui qui le réveillait était un beau jeune homme aux yeux bleus. Il avait des cheveux plus longs que les autres déportés : comme quelqu'un qui se les serait fait tailler en brosse. Ce jeune homme se tenait debout, à côté de la paillasse, mais devait se courber en deux pour parler à Tanguy.

— Allons, debout! insista le jeune homme.

Tanguy esquissa un sourire et fit non de la tête. Il ne pouvait pas se lever. Ses membres lui faisaient mal; sa tête lui pesait; il éprouvait comme un vertige.

— Je ne me sens pas bien, grommela Tanguy.

Le jeune homme sourit :

— Personne ne se sent bien; il faut se lever. C'est l'heure de la soupe.

Tanguy refusa de nouveau :

— Je ne peux pas. Vraiment, je ne peux pas.

— Ecoute-moi bien, insista le jeune homme, ici, ne pas prendre sa soupe, c'est mourir. Il faut vivre. Tout le monde a envie de se laisser mourir. Mais ce sont des moments d'abandon. Il faut prendre le dessus. C'est l'heure des informations, de la revue et de la « soupe ». Tu vas savoir le nombre incroyable de tanks que, depuis hier soir, la *Wehrmacht* a détruits et des appareils que les chasseurs allemands ont descendus... Cela vaut le déplacement!

Tanguy sourit. Il se sentait attiré vers ce jeune homme. Celui-ci lui passa les bras autour du cou et l'aida à se lever. Tanguy, se sentant ainsi soulevé, ne put s'empêcher de songer à sa mère. Il en eut la gorge serrée.

— Tu es Français? interrogea le jeune homme.

— Oui. Et toi?

— Allemand.

Tanguy regarda celui sur lequel il s'appuyait

avec étonnement. Il n'aurait jamais pensé trouver des prisonniers « allemands » dans un camp de concentration « allemand ».

Il sortaient de la baraque lorsqu'une sirène mugit par trois fois.

— C'est le deuxième appel, fit le jeune homme. Il faut faire vite. Appuie-toi sur moi. Là, mets ton bras autour de mon cou. C'est cela... Allons-y : gauche-droite-gauche...

Tanguy ne put s'empêcher de sourire. Les déportés affluaient d'un peu partout vers la cour du Rassemblement. Tanguy marchait lentement, s'appuyant sur son jeune guide.

— Comment t'appelles-tu? dit ce dernier.

— Tanguy.

— Moi, Gunther. Nous sommes dans la même baraque. Je vis au-dessus de toi. Je suis ton voisin de palier pour ainsi dire. Si quelque chose ne va pas, tu frappes : poum-pa-pa-pam-poum-poum!... Je te viendrai en aide.

Tanguy aimait cette voix. Il était si ému de l'entendre qu'il sentait monter ses larmes. Il n'osait pas croire à ce bonheur qui lui tombait dessus. Il ferma les yeux et murmura : « Merci, mon Dieu, merci! » A côté de lui, Gunther parlait toujours :

— Nous y voilà! Maintenant attendons l'arrivée de notre cher commandant. En son honneur nous chanterons le *Die Fahne hoch.* C'est un ancien S.A. et il tient à son hymne, comme les catholiques à leur *Te Deum.* Je te demande pardon : tu es peut-être catholique?

Tanguy fit non avec la tête. A vrai dire il ne savait plus ce qu'il était et cela le laissait indifférent.

La sirène mugit de nouveau. Tanguy prit ses distances et se mit en rang. Le silence s'était fait. Les haut-parleurs aboyèrent quelques ordres; des S.S. s'affairaient; les kapos allaient et venaient.

Enfin le commandant arriva. C'était un homme grand, solidement bâti, et dont il était impossible de discerner les traits. Les officiers le saluèrent en étendant le bras. Alors les prisonniers se mirent à chanter :

– « *Die Fahne hoch – Die Reihen fest geschlossen – S.A. marschiert mit einem festen Schritt...* »

Le temps paraissait long à Tanguy. Il y eut encore un interminable appel; des rapports à n'en plus finir des S.S. à leurs officiers et de ces derniers au commandant... Enfin, les nouvelles! Elles étaient traduites en cinq langues. Tanguy apprit ainsi que les troupes allemandes étaient sur le point d'investir Moscou, que les Anglais avaient envoyé des émissaires pour signer un traité de paix avec le Führer, que deux cent mille Russes avaient été faits prisonniers dans les dernières vingt-quatre heures...

Lorsque tout fut fini les prisonniers regagnèrent leurs baraques pour la soupe. Le chef de baraque gratifia Tanguy d'une gamelle et d'une cuillère en fer-blanc.. Tanguy fit la queue, sa gamelle à la main. Il reçut une louche d'un liquide rouge et un morceau de pain noir. Il alla les manger auprès de Gunther. Ils s'assirent l'un à côté de l'autre sur la paillasse de Tanguy. Celui-ci se sentait en paix auprès du jeune Allemand; il aimait à entendre sa voix douce et se disait qu'après tout le camp n'était pas si dur que cela, puisque Gunther était là.

– Evidemment, ce n'est pas l'Hôtel Adlon, disait le jeune homme. Mais c'est mieux que rien. Et puis, il n'y a rien comme un long jeûne pour vous faire apprécier la nourriture. Je suis sûr que, lorsque le bon oncle Hitler cassera sa pipe, nous saurons tous apprécier les pommes frites.

Le soir arriva. Tanguy avait passé sa première

journée de déportation à dormir. C'était le couvre-feu. Tout était devenu silence. Tanguy, couché sur sa paillasse, tardait à retrouver le sommeil. Il était triste. Cette première nuit n'en finissait pas. Il se rappelait sa mère, ses quelques moments heureux de Vichy, de Montpellier; il se demandait ce qu'il allait devenir. Et puis, il se disait qu'il n'était qu'un enfant, qu'il n'était pas juif et qu'un jour ou l'autre les Allemands finiraient par s'apercevoir de leur erreur. Tanguy songeait à Gunther aussi. Il y avait bien des choses que Tanguy ne savait ou ne voulait s'expliquer à propos du jeune Allemand. Mais une chose était certaine; quand Gunther était là, il se sentait bien, au chaud, et il avait envie de pleurer tout doucement, jusqu'à en mourir.

X

Le lendemain, la sirène mugit. Tanguy se leva avec ses camarades. Le jour naissait à peine. Le ciel était vert et rose. Il faisait si doux que Tanguy se sentit heureux. Il salua gentiment Gunther qui se réveillait, les yeux rouges et gonflés. Le jeune homme sourit :

– Où est ta gamelle? demanda le jeune Allemand.

– Sur ma paillasse.

– Prends-la.

– Il y a une « soupe »?

Gunther sourit.

– Non, il n'y a pas de « soupe ». Mais ils te voleront tes affaires, si tu ne les prends pas avec toi, et tu n'auras plus rien à manger.

Tanguy obéit. Il attacha sa gamelle et sa cuillère à une ficelle qui lui tenait lieu de ceinture. Il quitta la baraque avec Gunther. Il avait du mal à marcher avec ses sabots, il n'y était pas habitué.

L'air était frais. C'était une aurore du mois d'août, pleine de couleurs et de parfums. Tout autour du camp il y avait une grande forêt de sapins dont on respirait les senteurs. Tanguy ferma les yeux, dilata ses narines : il était heureux. Il laissait entrer en lui les mille parfums de la terre qui lui arrachaient de petites larmes. Il se disait qu'après tout, comme le voulait Rachel, il fallait en toute chose chercher le bon côté et que cela ne sert à rien de se plaindre.

Il y eut une nouvelle et longue revue. Les « kapos » passaient, furieux, entre les rangs. Les prisonniers levaient le bras et criaient : « Heil Hitler! ». Mais il manquait toujours quelqu'un. Tanguy était fatigué. Il aurait donné n'importe quoi pour que ces formalités fussent abrégées. Mais c'était le règlement. Tanguy se dit qu'après tout il fallait bien que les Allemands comptassent leurs prisonniers et que les Anglais devaient sûrement le faire aussi. Il chercha donc à se distraire. Par trois fois il eut à crier : « Heil Hitler! » Enfin, les kapos parurent satisfaits. Les prisonniers rompirent les rangs.

— Le kapo de travail est un ami. Viens, je vais lui demander qu'il t'envoie avec moi.

Tanguy suivit Gunther. Quelques instants après, ils partaient avec une vingtaine d'autres déportés pour le chantier. Ils marquaient le pas et chantaient : « *Die Fahne hoch — Die reihen fest geschlossen* ». Tanguy ne connaissait pas ces paroles. Il se contentait de faire du bruit. Gunther lui avait dit qu'il était obligatoire de chanter et de remuer les lèvres.

Le chantier se trouvait à environ un kilomètre du camp. Là Tanguy reçut une pelle. Il fallait creuser des sortes de tranchées dont personne ne connaissait l'utilité. Un kapo de travail et un S.S. surveillaient le travail. Tanguy alla dans la tranchée et fit comme les autres. Mais il n'avait pas assez de forces et il avait du mal à envoyer par-dessus le fossé les pelletées de terre. Il devait prendre son élan. Puis, petit à petit, il commença de travailler machinalement, sans presque s'en apercevoir. Le S.S. roulait des cigarettes et bavardait avec le kapo. Ils riaient. Tanguy, lui, commençait à sentir la fatigue s'emparer de lui. Il avait mal aux bras et aux jambes; ses mains brûlaient. Il chancelait en soulevant sa pelle et il lui fallait prendre un grand élan pour jeter la terre hors du fossé. A deux reprises il n'y parvint pas et la terre noire lui retomba dessus.

Tanguy leva son regard. Il rencontra celui de Gunther. Le jeune Allemand lui sourit. Tanguy s'essuya le front et répondit à ce sourire. Il se sentit mieux. Gunther avait le pouvoir étrange de lui redonner des forces et de l'encourager. Malgré sa fatigue et la douleur qui paralysait ses membres, Tanguy était content. Car il savait que Gunther était là et que le jeune homme pensait à lui.

Enfin à midi le S.S. lança un bref coup de sifflet et les prisonniers cessèrent le travail. Ils allèrent s'asseoir par terre. Tanguy rejoignit Gunther qui l'accueillit en souriant :

— Au début, c'est dur, concéda le jeune Allemand. Mais petit à petit tu t'habitueras. Il vaut mieux travailler ici, au chantier, que dans les usines. Ceux qui sont dans les usines sont régulièrement accusés de « sabotage », et punis. Ici, personne ne vous accuse de rien. Le travail est plus dur, mais on est sûr de ne pas finir en prison.

Tanguy acquiesça. Il était trop fatigué pour répondre quelque chose. Il regarda ses mains qui étaient rouges. Gunther, à demi couché par terre, ne parlait plus. De nouveau c'était le silence. Un déporté s'approcha d'eux. C'était un homme grand, plus maigre que les autres. Son crâne lisse luisait sous le soleil et ses yeux étaient noirs. Il adressa quelques mots à Tanguy, que celui-ci ne comprit pas.

— C'est un Russe, dit Gunther. Il te dit qu'il s'appelle Misha et qu'il sera ton ami.

Tanguy esquissa un sourire et tendit sa main au

Russe, qui la lui serra. Misha demanda encore quelque chose. Gunther traduisit :

— Il te demande si c'est vrai que les Américains sont à quinze kilomètres de Paris et que l'armée allemande est en pleine débâcle. Il a appris cette nouvelle hier soir aux latrines. Il paraît que c'est un nouveau venu qui l'a donnée.

Tanguy fit non avec la tête. Puis :

— Je n'ai rien entendu. Quand je suis passé par Paris, les Allemands y étaient toujours. Ils occupent la moitié de la France. Je ne crois pas que cela soit vrai, que les Américains soient près de Paris.

Gunther traduisit. Le Russe parut très affecté. Il sourit pourtant de nouveau et prit congé de Tanguy.

La soupe arriva. Tanguy tendit sa gamelle, eut droit à son liquide rouge et à son morceau de pain. Il s'assit de nouveau auprès de Gunther et se mit à manger. Le jeune Allemand lui demanda :

— Comment se fait-il qu'ils t'aient déporté?

Tanguy hésita. Il ne savait jamais comment répondre à cette question. Il cherchait à expliquer le mieux possible son histoire à Gunther, qui l'écoutait en silence.

— A vrai dire, une fois que l'on est ici, cela n'a plus aucune espèce d'importance de savoir pourquoi l'on y est, reprit Gunther.

— Et toi?

— Moi? j'étais jeune avocat à Hambourg... La police m'a arrêté. Je n'étais pas, à ce qu'il semble, digne de faire partie de la nouvelle Allemagne. Je dois racheter mes fautes en travaillant pour la communauté du *Herrenvolk*.

— Qu'est-ce que ce mot?

— Rien. C'est comme cela qu'ils appellent l'Allemagne.

– Comment se fait-il que tu parles si bien français? interrogea Tanguy.

– J'ai étudié quelque temps à Paris... J'aurais mieux fait d'y rester.

– Tu connais Paris?

– Oui.

– C'est joli, n'est-ce pas? fit Tanguy.

– Très... J'aimais flâner le long des quais, les soirs de printemps, alors que les bouquinistes rêvent, que les clochards somnolent, que le ciel se détend et que l'air répand ses parfums. J'allais le long de la Seine, je feuilletais du bout des doigts les livres poussiéreux et les images galantes; en face de moi les tours ajourées de Notre-Dame et la flèche de la Sainte-Chapelle semblaient trouer l'air suave et doux comme une étoffe...

Tanguy aussi rêvait de Paris. Il se disait bien sûr qu'il n'avait fait que l'entrevoir. Mais il en avait tant entendu parler qu'il lui semblait depuis toujours connaître cette ville et depuis toujours la porter dans son cœur.

Un nouveau coup de sifflet marqua la reprise du travail. Tanguy se leva, secoua son pantalon, prit sa pelle et plongea au fond du fossé. Il se remit à travailler. Il soulevait des pelles remplies de terre, prenait son élan et envoyait la terre pardessus son épaule droite; puis il recommençait.

Les heures s'écoulaient. Le soleil faiblit. L'ombre naissait et les prisonniers continuaient de travailler. Tanguy avait des vertiges; le sang affluait à sa tête; ses bras et ses épaules le faisaient souffrir. Il ne pouvait s'empêcher de verser quelques larmes de dépit en jetant des coups d'œil sur le S.S. qui bavardait toujours avec le « kapo ». Il alla jusqu'à l'insulter en pensée. Puis il se dit que ce n'était sûrement pas sa faute et que ce devait être le règlement.

Les heures passaient. Tanguy se demandait si on n'allait pas les laisser travailler là jusqu'à ce qu'il fît complètement nuit. Il se sentait déprimé. Il ne pouvait presque plus tenir sur ses jambes et jetait des regards angoissés à Gunther qui lui souriait avec tendresse. Enfin la sirène donna le signal et les déportés interrompirent le travail : ils avaient passé plus de dix heures sur le chantier.

Alors tout se mit à tourner autour de Tanguy, qui dut s'appuyer sur l'un des bords du fossé pour ne pas tomber. Il avait les yeux pleins de larmes et ne se sentait plus la force de grimper hors des tranchées. Gunther vint à lui et, sans dire un mot, le poussa dehors. Tanguy ne remercia même pas son ami. Il avait la gorge pleine de sanglots étouffés. Il se mit en rang, prit sa distance et suivit son groupe en marquant le pas. Il chantait comme les autres.

La revue fut plus longue encore que d'habitude. Il fallut attendre les groupes « d'usine » et de « déblayage », qui tardèrent au moins vingt minutes. Les différents groupes arrivaient en formation, marquant le pas et chantant. Ils traînaient avec eux des éclopés et qui, pensa Tanguy, étaient évanouis. Leurs camarades tenaient ces malheureux par les aisselles et les soulevaient comme des pantins déchiquetés.

Le commandant arriva. Les kapos firent leurs rapports aux S.S., qui, à leur tour, les firent à leurs officiers, qui finirent par les faire à leur commandant. Alors eut lieu la revue. Ceux que Tanguy croyait évanouis furent lâchés et tombèrent par terre : ils étaient morts. Les kapos s'approchaient d'eux, leur donnaient des coups de pied et les portaient « décédés » sur leur liste.

Tanguy n'osait en croire ses yeux. Puis il crut

tout ce que l'on ne pouvait pas croire. Il considéra presque avec indifférence le spectacle de ces cadavres qui jonchaient le Rassemblement. Il songeait au petit Guy, qui était mort dans un wagon à bestiaux et que les S.S. avaient laissé sur une voie de garage... « C'est la guerre, se disait Tanguy. La guerre est faite pour tuer des hommes... Mais pourquoi des enfants? »

La revue finie, les prisonniers eurent droit à leur ration habituelle de bonnes nouvelles. Ils apprirent la prise par la Wehrmacht d'une ville russe. A l'annonce de cette nouvelle les kapos se mirent à applaudir; les déportés firent de même. Alors l'ordre fut donné de chanter le *Die Fahne hoch.* Mais quelqu'un chanta faux et le commandant se fâcha. Il fallut recommencer.

Tanguy croyait devenir fou. Il avait envie de se laisser tomber et de rester là comme ces hommes qui jonchaient le sol de la cour. Il avalait ses larmes, qui luttaient pour sortir; il était si las qu'il lui semblait impossible de réagir. Lorsque le chant fut fini, et qu'il put quitter les rangs, il suivit lentement Gunther. Ils ne parlaient pas. Ils allèrent se mettre à la queue pour toucher leur ration de « soupe ». Tanguy n'ouvrit même pas la bouche en apprenant que le kapo avait puni sa baraque tout entière et l'avait privée de pain, parce que celui qui avait chanté faux en faisait partie. Tanguy baissa la tête, avala sa « soupe » et resta un instant, avant le couvre-feu, à jouir du calme crépuscule d'été qui incendiait le ciel et la forêt toute proche. Il regarda cette forêt avec nostalgie et se dit que ce serait magnifique de pouvoir s'y promener dans ce beau soir.

Il rentra pour la revue de nuit. C'était le chef de baraque qui comptait les prisonniers. Puis Tanguy alla aux latrines.

C'était une baraque aussi grande que les autres.

Le plancher était percé de trous. Les déportés s'accroupissaient chacun sur un trou. Un « surveillant de latrines » se tenait à la porte. Tanguy s'accroupit. Quelqu'un l'appela. Un prisonnier qu'il n'avait pas encore vu lui fit signe de s'approcher. Tanguy changea de trou :

– Tu as de l'argent?

– Non.

– De quelle baraque es-tu?

– La 12.

– Dis-leur que s'ils veulent du pain, j'en ai. Ils me trouveront ici demain. Et dis-leur que j'ai appris que les Anglais ont débarqué en Afrique et que Rommel est fichu. C'est un Fritz qui m'a dit cela. – Le déporté se tut. Puis, d'une voix plus basse : C'est toi, le Français?

– Oui.

– Comment ça se fait qu'ils t'aient mis avec les « politiques »?

– Je ne sais pas...

– Ton père est communiste?

– Non.

– Bon, ça ne fait rien. Moi aussi, je suis Français. Enfin, Alsacien; c'est la même chose. D'où es-tu, toi?

Tanguy tardait à répondre. Enfin, il dit :

– De Paris.

– Tu es arrivé hier, hein?

– Oui.

– Comment cela va-t-il à Paris?

– Mal.

– T'en fais pas, mon petit. Cela va aller mieux maintenant. Ça ne sera pas comme en 1914. Je te jure que nous n'oublierons pas si vite. Vous étiez nombreux, les gosses?

– Une cinquantaine. Ils étaient presque tous juifs.

– Oui, je les ai vus. Il n'y a pas eu de morts?

— Un. Il s'appelait Guy. Il avait sept ans...

— Ses parents étaient dans le même convoi?

— Oui.

— Alors, là-bas, au fond, on a fini de bavarder? cria une voix.

Tanguy baissa la tête. Il avait peur d'être puni. Il se tut. Il voulut se lever, mais son camarade lui fit signe de rester. Ce dernier appela à haute voix :

— Surveillant!

— Qu'y a-t-il?

— Viens!

— Que veux-tu?

— Viens, je te dis! C'est mieux pour toi.

Le surveillant s'approcha du Français et se pencha vers lui :

— Que me veux-tu?

— J'ai du pain pour toi.

— Combien?... D'ailleurs je n'ai pas d'argent.

— Cela ne fait rien. Je te fais crédit, tu me paieras quand tu en auras.

— Montre.

Le Français sortit un morceau de pain noir, grand comme la main. Il le tendit au surveillant.

— Tu en veux combien? demanda ce dernier.

— Cinq marks.

— Tu es fou?

— Pourquoi fou? C'est pas toi qui te risques à aller le chercher? Et par-dessus le marché je te le vends à crédit.

— Bon. D'accord.

— Maintenant va manger ton pain et laisse-nous bavarder un peu avec le gosse. Il m'apprend des nouvelles importantes de Paris.

— Vous savez que c'est interdit de parler ici.

— Allons, personne ne nous entend!

— Je suis responsable des latrines et je dois...

— Je sais... Tu es un brave fonctionnaire. Mais

laisse-nous en paix. Je te jure que ce ne sera pas long.

Le surveillant s'éloigna. Tanguy esquissa un sourire. L'autre le lui rendit.

— Je m'appelle Antoine Desprez. Et toi?

— Tanguy.

— Mais c'est pas un nom, ça?

— Si.

— Bon, ça ne fait rien. Où travailles-tu?

— Au chantier.

— Aux fosses?

— Oui.

— Mais c'est de la folie pure! Tu vas crever, là-bas. Je vais te faire envoyer aux ateliers de laine. Le kapo est un ami.

Tanguy hésita. Puis :

— Je voudrais rester... J'aime bien travailler au grand air...

— Alors, c'est vrai que tu es lié avec le pianiste?

Tanguy ne comprit pas la question. Il se tut.

— Le jeune Allemand, celui qui joue pour les S.S. tous les samedis soir. C'est lui ton ami?

— Je ne sais pas... Il s'appelle Gunther...

— Alors c'est sûrement lui... Remarque que moi, j'ai rien contre. Seulement je n'aime pas les « boches ». Même quand il sont avec nous, j'ai un peu l'impression que c'est par hasard, mais qu'ils ne demanderaient pas mieux que de nous faire crever. C'est mon sentiment.

Tanguy ne répondit pas. Il n'avait rien à répondre. Lui, cela lui était égal que Gunther fût allemand ou belge ou chinois, pourvu qu'il fût gentil. Et Gunther était gentil.

— Aucun kapo ne t'a encore demandé?

— Demandé quoi?

— Fait appeler... S'ils ne l'ont pas fait il vaut mieux que tu te caches. Ils s'ennuient depuis quelque temps. Bon, le petit, je suis à la 10. Si quelque chose ne marchait pas ou que tu aies besoin de moi, tu n'as qu'à m'appeler. Je serai content de t'aider.

Tanguy se leva. Il trouvait le Français gentil aussi. Mais il se dit qu'au lieu de tant faire de phrases, il aurait pu lui donner un morceau de pain. Puis il rougit de sa pensée : « ... Il doit sûrement travailler pour avoir ce pain... Cela doit lui coûter cher. Il n'a pas le droit d'en faire cadeau... »

Tanguy, étendu sur sa paillasse, les mains derrière la nuque, songeait à son passé. Il était triste. Il pensait à sa mère, à son père qui l'avait abandonné, se demandant pourquoi il n'avait pas été traité comme les autres enfants et ce qu'il avait bien pu faire pour ne pas être comme eux. Il se sentait vidé. Il se disait qu'il n'aurait jamais la force de résister à ce travail surhumain, jour après jour, sans presque avoir mangé. La faim lui donnait des crampes au creux de l'estomac. « ... Tout cela vient de ce que je n'ai pas pu parler au commandant. Si j'avais pu lui parler, il m'aurait certainement compris. Il m'aurait fait relâcher... » Tanguy pleurait. Ce n'était pas des larmes de douleur, mais des larmes de démission, comme en versent ceux qui ne sont plus maîtres de leur destin.

XI

Les jours passèrent. Les réveils matinaux, les longues revues, le départ en marquant le pas et en chantant le *Die Fahne hoch,* les dix heures de travail surhumain au chantier, le retour, le Rassemblement, les revues du soir, rien n'avait changé. Tanguy était très fatigué. Une sorte de torpeur avait envahi ses membres et jusqu'à son esprit. Il ne parlait pour ainsi dire plus. Il se traînait machinalement à la cour ou au chantier, travaillait comme un automate, acceptait de se coucher sans pain, sans même réagir intérieurement. Il demeurait comme sous l'effet d'une violente dose de soporifique : abruti.

Il n'avait que Gunther. Le jeune homme était devenu indispensable à Tanguy. Le sentir là était pour lui une sorte de baume. Il aimait à regarder le profil de son ami, ou à entendre sa voix, qui lui parlait de Paris. Il se sentait en sécurité auprès de lui. Il l'aimait avec un infini désespoir. Il ne se demandait pas « *pourquoi* » il l'aimait, ni « *comment* ». Il l'aimait. Ils ne se prouvaient pas leur amour dans le mythe des paroles, mais dans l'éloquence des actes. Chaque geste les rapprochait davantage. Tanguy s'accrochait à son ami avec l'ultime effort de celui qui a constamment tout perdu et qui n'a plus rien à perdre que sa vie.

Les autres déportés n'aimaient pas Gunther. Ils l'insultaient, le battaient, le bousculaient, l'accusaient faussement pour le faire punir. Gunther ne répliquait jamais rien. Il ne se défendait pas. Tanguy, lui, pleurait de rage. Il haïssait ces hommes qui s'acharnaient contre Gunther; il haïssait tous ceux qui n'aimaient pas son ami.

Un jour, au chantier, à l'heure de la première soupe, le S.S. appela Gunther. Pendant que le jeune homme bavardait avec la sentinelle, la « soupe » fut servie. Tanguy prit la part de Gunther et la mit à côté de lui. Un déporté s'approcha, prit la soupe et urina dedans. Les autres se mirent à rire.

Tanguy ne put trouver un mot. Il était comme écrasé. Il regardait la gamelle avec stupeur. Gunther revint, huma la gamelle, comprit vite, hésita et en jeta le contenu par terre. Tanguy, lui, pleurait. Ses larmes se mêlaient à sa soupe. Pendant qu'il mangeait, il surprit un regard de Gunther et ce regard, jamais il ne pourrait l'oublier. Il exprimait la faim animale, la lassitude, la lutte intérieure, l'abandon.

— Prends ça, Gunther.

Le jeune Allemand sourit :

— Certainement pas, Tanguy. Je me porte très bien. Tu as beaucoup plus besoin de soupe que moi.

Tanguy regarda Gunther dans les yeux :

— Par pitié, fit-il. Je t'en supplie, mange ce peu de soupe. Je te le demande.

Gunther hésita. Il prit enfin la gamelle et commença à manger. Alors les autres déportés commencèrent à crier. Le kapo arriva.

— Que se passe-t-il?

— C'est l'Allemand. Il oblige le gosse à lui donner sa soupe. Le petit est tout maigre et va tomber malade.

– C'est moi qui la lui ai donnée, s'écria Tanguy. C'est moi!...

– Qu'est-ce que tu en dis, toi? demanda le kapo à Gunther.

Celui-ci ne dit rien. Il regardait par terre. Il ne prononça pas un mot.

– C'est vrai! le gosse la lui a donnée, cria le Russe Misha.

– Ta gueule! intervint un autre déporté. Il la lui a donnée parce que l'Allemand la lui a demandée. La nuit il cajole le gosse pour que celui-ci donne son pain, ou sa soupe. C'est pas la première fois que cela arrive!

– C'est faux, cria Tanguy, c'est faux! Je jure que ce n'est pas vrai. C'est Gunther au contraire qui parfois me donne du pain.

– C'est fini, vos histoires! hurla le kapo. Vous m'apporterez tous deux pendant une semaine votre ration de pain. Comme cela personne donnera de pain à personne. Allons! Au travail!

Tanguy croyait avoir mal compris. Il chercha encore à protester :

– Mais je n'ai rien fait...

– Suffit! Au travail!

Tanguy descendit dans la tranchée sans dire un mot. Il avait le cœur lourd et l'âme vide. Il était las. Il n'avait pas le courage de regarder ses camarades. Il les haïssait, les méprisait. Il se mit à travailler sans protester. Malgré lui des larmes impuissantes, faites de rage et de désespoir, jaillissaient de ses yeux. Il se sentait défaillir. Puis il se résigna. Il travailla comme tous les jours. Lorsque la sirène en donna le signal, il regagna le camp en marquant le pas.

Il pleura néanmoins après avoir donné son pain au kapo, car il savait que celui-ci le revendrait le soir même aux latrines. Tanguy avait l'impression qu'on le volait. Il se disait que c'était lâche de s'acharner contre un enfant. Il alla se coucher. Gunther vint le trouver. En voyant son ami Tanguy éclata en sanglots. Il cachait son visage dans la paillasse et se laissait aller. Les sanglots secouaient son corps :

– Ils n'ont pas le droit!... Ils n'ont pas le droit...

Tanguy sentait dans ses cheveux les longs doigts de Gunther. Celui-ci le consolait. Il l'appelait *kleiner schwartzer Fürst*[1], et Tanguy aimait à s'entendre appeler ainsi.

– Allons, Tanguy. Ne pleure pas... Ce sont des malheureux. Quand on est très malheureux, on peut devenir méchant. Il faut chercher à les comprendre. Je suis Allemand et ils sont déportés dans un camp allemand. Il est naturel qu'ils aient de telles réactions. Ils sont si faibles!

– Moi aussi, je suis malheureux; toi aussi... Ils n'ont pas le droit. Je les hais.

– Non, Tanguy, ne hais pas! C'est une triste maladie que la haine. Parce que tu as beaucoup souffert, tu dois beaucoup comprendre et tout pardonner. Laisse la haine à ceux qui sont trop faibles pour pouvoir aimer.

Tanguy pleurait. Il se sentait brisé. Il avait si faim qu'il en avait mal au ventre. Comme s'il avait avalé une grosse pierre, il se sentait aux creux de l'estomac un poids très lourd.

– Bon, je vais aller jouer aujourd'hui. Il y a deux mois que le commandant ne m'appelle plus.

– Jouer quoi?

– Du piano. C'est l'anniversaire du commandant. Je vais leur donner un récital. Il a des invités.

– Tu joues du piano?

– Oui. Dans ma jeunesse je voulais devenir

1. Petit Prince brun.

pianiste. J'ai même passé un concours au Conservatoire. Puis j'ai fini par opter pour le Droit.

— Le commandant aime le piano?

— Il adore la musique. Surtout Chopin. Je vais lui jouer ce soir cinq des plus beaux nocturnes.

— Cela te plaît de jouer pour les Allemands?

Gunther sourit.

— Je suis allemand, reprit-il. D'ailleurs, cela ne m'intéresse pas de savoir pour qui je joue. J'aime la musique. La musique n'a pas de patrie.

Tanguy dormait. Quelqu'un lui toucha l'épaule. Il ouvrit les yeux et aperçut la silhouette de Gunther qui lui fit signe de se taire et s'assit sur son lit. Puis, sans mot dire, il ouvrit le colis qu'il tenait entre les mains et en montra le contenu à Tanguy : du pain, deux oranges, une tablette de chocolat, deux bananes, un paquet de biscuits, un grand morceau de tarte.

— Je ne voulais rien te dire d'avance, car je n'étais pas sûr, cette fois, que j'aurais quelque chose. Tu n'aurais pas pu dormir et tu aurais été déçu si j'étais revenu sans rien... Voilà, tout cela je l'ai gagné en jouant du Chopin. Comme quoi il est faux de dire que les musiciens sont des crève-la-faim. Bon, nous allons faire deux parts équitables, et nous allons les manger *hic et nunc.* Sauf les biscuits que je m'en vais troquer demain aux latrines contre de la viande. Il n'y a rien de tel qu'un morceau de viande pour vous remettre d'aplomb. Allons-y.

Tanguy, pour la première fois de sa vie, pleurait de faim. Il regardait ces victuailles que Gunther étalait sur sa paillasse, sans oser y croire ni les toucher. Il y avait trois mois qu'il n'avait vu une orange ni une banane : rien que voir ces fruits le bouleversait. Il se demandait quel goût auraient les oranges. Enfin, il put prononcer quelques mots :

– Je ne peux pas... C'est pas à moi... On te l'a donné... Je ne veux pas...

– Tu ne veux pas? Je te jure que tu mangeras, bon gré, mal gré, ton orange, ton morceau de pain, ta banane et la moitié de la tarte. Nous fêterons l'anniversaire du commandant ensemble.

Tanguy mangea. Il était heureux en mangeant; si heureux qu'il lui paraissait impossible qu'on pût l'être davantage. Il souriait, et dévisageait Gunther avec émotion. Celui-ci mangeait consciencieusement, tout en racontant à Tanguy le récital et quelle atmosphère y régnait. Mais Tanguy n'écoutait pas. Ses mains tremblaient d'émotion. Il cherchait à se maîtriser et à manger lentement; mais il ne le pouvait pas. Il jetait à gauche et à droite des regards affolés. Il se disait qu'il fallait finir avant que quelqu'un ne se réveillât, parce qu'alors les déportés réclameraient en disant qu'on faisait du marché noir sur leur dos. Lorsque tout fut fini, Tanguy rayonnait de joie. Il transpirait. Il ne trouvait pas de mots et se laissa enfin choir dans les bras de Gunther.

– Je t'aime... (Sans savoir pourquoi Tanguy avait les larmes aux yeux.) Je t'aime autant que ma mère; peut-être même plus... Je t'aime...

Gunther aussi était content. Il s'essuya les mains et grimpa sur sa paillasse. Tanguy tardait à s'endormir. Il pleurait tout doucement : mais pour la première fois depuis son arrivée au camp, cette fois, c'était de bonheur.

XII

L'hiver vint. Ce furent d'abord les pluies. La terre entière devint une sorte de boue visqueuse. Le ciel se couvrit de nuages blancs et noirs. La forêt proche parut s'assombrir. Jour après jour la pluie tombait. C'était une grosse pluie dense, qui trempait jusqu'aux os. Le vent aussi s'était levé.

Le matin le réveil avait lieu dans le noir. La sirène arrachait les déportés de leurs paillasses. Ils se traînaient dehors. Ils n'avaient pas reçu de manteau et leurs membres étaient secoués de frissons. Ils restaient dans la pluie et le vent plus d'une heure, pour l'appel du matin. Ces appels devenaient de plus en plus longs. A cause du froid, des déportés mouraient chaque nuit. Il fallait traîner les cadavres jusqu'à la cour du Rassemblement. Les kapos tenaient à s'assurer eux-mêmes que les hommes étaient bien morts. A travers les haut-parleurs le commandant faisait diffuser des nouvelles et de la musique militaire.

Tanguy, les mains sous les aisselles, sautillait sur place pour se dégourdir. Il tremblait de froid. La pluie trempait sa mince tenue de déporté. Il n'avait nul sous-vêtement et la pluie ruisselait sur sa peau. Il toussait. Il ne pleurait plus, ne se plaignait pas. Il savait que cela ne servait à rien. Il s'était même habitué à la vue des cadavres. Il se disait souvent qu'il lui fallait s'habituer à tout : même à mourir.

Le groupe de travail du chantier avait espéré qu'avec la pluie, ils seraient transférés ailleurs. Il leur fut répondu que les soldats allemands se battaient dans la boue et dans la neige russes, sans récriminer.

Le travail devint un supplice raffiné. Les premiers jours les larmes de Tanguy allèrent grossir les flaques qui couvraient la terre. Puis il se lassa aussi de pleurer. Il fit comme les autres : se plia en deux. La terre n'était plus qu'une sorte de liquide couleur chocolat qui échappait de la pelle et retombait dans la tranchée. Le travail était devenu parfaitement inutile. On recommencait des gestes qui n'avaient plus ni sens ni but. A la fatigue du labeur physique s'ajoutait la rage de savoir que ce que l'on faisait ne servait à rien et que l'on ne travaillait même pas.

Tanguy se disait, les premières semaines, qu'il ne pourrait jamais tenir le coup et qu'il mourrait ou deviendrait fou. Il songeait alors davantage à sa mère; il se répétait qu'il ne la reverrait jamais. Mais il apprit petit à petit, que ce n'est pas toujours facile de mourir, et qu'il est quelque chose de pire que mourir : se mourir tous les jours un peu.

Le S.S. et le kapo qui surveillaient leur travail s'étaient fait construire par les prisonniers une sorte de petite cahute en bois; ils y passaient leurs journées en bavardant ou en jouant aux cartes. Parfois ils y faisaient du feu. En levant les yeux Tanguy voyait les deux hommes se chauffer les mains et les pieds. Les déportés avaient sur eux la pluie; dans leur dos le froid et le vent; sous leurs pieds, la boue; dans leur âme, le vide.

A midi, pour la soupe, il leur était interdit de

s'approcher de la flamme. Ils restaient dans la boue froide et avalaient leur soupe en se chauffant les mains contre leur gamelle. Seulement, les cuisiniers ne se pressaient pas toujours et la soupe arrivait parfois complètement froide au chantier. Alors Tanguy avalait sa soupe sans dire un mot. Il se blottissait contre Gunther et ils essayaient de se tenir mutuellement chaud. Ils se frottaient les mains, soufflaient dedans, frottaient leurs doigts pour faire circuler le sang. Puis le travail reprenait. La sirène sonnait à 5 heures, quand il faisait déjà noir.

Après les pluies, ce furent les premières gelées. La neige tomba aux premiers jours de novembre. Il y avait dans l'air une très belle lumière et le ciel était aussi blanc que la terre. La forêt de sapins disparut, elle aussi, sous une épaisse couche de blancheur. Le froid devint vif, coupant. Les oreilles rougissaient, bleuissaient, se congelaient. Tanguy avait les mains et les pieds couverts d'engelures. Pendant quinze jours il ne put dormir tant elles le faisaient souffrir. Puis elles s'ouvrirent et devinrent des plaies purulentes. Gunther avait pu se procurer quelques vieux chiffons et avait pansé les plaies de Tanguy. Celui-ci ne pouvait plus néanmoins se servir de ses doigts pour travailler et chaque geste lui coûtait un effort immense.

Peu après les premières chutes de neige, les déportés passèrent aux vestiaires pour prendre possession de leurs manteaux. Le préposé aux vestiaires était cette fois un gros Polonais, rieur. Il donna à Tanguy, en plus d'un manteau, un bonnet russe. C'est ainsi que Tanguy put se protéger les oreilles. Le manteau était beaucoup trop grand et il dut en relever les manches. Ce que voyant, Gunther parut beaucoup s'amuser.

— Tu sais ce que tu me rappelles?

– Non.

– Les mandarins chinois, ou quelque chose de ce genre. Avec tes deux petites cornes rabattues et ton grand manteau, tes mains dans les manches... Tu es vraiment imposant!

Tanguy, qui n'avait aucune envie de sourire, ne put s'en empêcher.

– Nous voilà équipés, poursuivait Gunther. Avec cela, si l'on crève, ce ne sera sûrement pas de la faute de notre commandant qui met gracieusement à la disposition de ses hôtes des manteaux d'une coupe hautement « fantaisiste ». A bas la tradition! Pourquoi les déportés n'auraient-ils pas une mode? Des défilés de mannequins?...

L'arrivée de l'hiver marqua la fin du travail au chantier. Les déportés du groupe furent affectés aux divers travaux du « déblayage ». Ils allaient tous les matins au village le plus proche et dégageaient la piste allant de l'école à la gare, de la gare à l'église. C'était, ce village, un endroit paisible. On n'y voyait pas de maisons à la façon des villes, mais de petites villas, toutes précédées d'un jardin. Les habitants regardaient curieusement passer les prisonniers. Les enfants se montraient cruels envers ceux qui travaillaient. Ils leurs jetaient des pierres en criant :

– *Rüssen! Rüssen!*

Tanguy aurait aimé dire à ces enfants qu'il n'était pas russe et que par conséquent, ils n'avaient pas à lui jeter de pierres. Puis il pensa que même le fait d'être Russe ne justifiait pas d'être lapidé.

Un jour ils s'en prirent à lui autrement et lui jetèrent de grosses boules de neige, si fort qu'à plusieurs reprises il chancela et tomba. Le S.S. et le kapo se donnaient des tapes sur le dos et riaient bruyamment. Les enfants, excités par ces rires, redoublaient de zèle. Lorsque Tanguy voulut se remettre debout, une boule de neige l'atteignit en plein front; pendant qu'il était par terre les enfants le bombardèrent de projectiles de neige; ils hurlaient : « Espèce de cochon! » C'était le mot que Tanguy entendait revenir le plus souvent. Il ne chercha plus à se lever et laissa les enfants s'en donner à cœur joie. Il était encore à terre lorsqu'il entendit une voix de femme qui prenait sa défense. Aussitôt les enfants cessèrent leur jeu. Tanguy se leva. Il secoua la neige de son cou et de son manteau. Devant lui, à quelques mètres, se tenait une femme d'environ cinquante ans. Elle portait une robe à fleurettes et un manteau bleu marine; elle était coiffée d'un chapeau noir. Elle était grosse et avait des cheveux blancs. Ses yeux étaient tendres et chauds. Elle lui sourit. Tanguy ôta son chapeau et la remercia du regard. Il était content. La femme demanda quelque chose au S.S. et celui-ci répondit par l'affirmative. Alors elle chercha dans le panier qu'elle avait à la main et tendit à Tanguy un morceau de pain et une grosse pomme. Tanguy n'osait pas s'approcher d'elle. Elle vint vers lui. Mais insensiblement il reculait. Il murmurait :

– *Danke schön, gnädige Frau. Danke...*

La femme souriait. Elle tendait son présent et murmurait :

– *Bitte...*

Le S.S. intervint et dit à Tanguy de prendre le cadeau. Celui-ci la remercia de nouveau. Il était sur le point d'éclater en sanglots et jetait des regards affolés sur le kapo qui regardait la scène avec attendrissement. Elle se baissa un peu vers lui et caressa son crâne bosselé.

– *Wie heisst du?* demanda-t-elle.

– *Tanguy, gnädige Frau.*

– *Tanguy? Das ist ein schöner Nahme. Wie alt bist du?*

– *Zehn jahre alt, gnädige Frau.*

– *Zehn jahre?...* (Elle parut réfléchir un peu) *Bist du Jude?*

– *Nein, gnädige Frau*[1].

La femme s'en alla. Tanguy n'osait toujours pas toucher à ce qu'elle lui avait donné. Il la regarda partir comme on regarde s'évanouir un espoir. Il avait envie de crier. Il aurait voulu lui dire qu'il était innocent, qu'il n'était ni Russe ni communiste, ni même Français; il aurait voulu faire comprendre à cette femme qu'il y avait une erreur, que c'était sûrement une erreur.

– Allons, mange donc ce qu'elle t'a donné! Ou veux-tu que je le donne aux autres?

Tangúy commença à manger. Il avalait le pain avec rapidité et la salive lui manquait parfois pour le faire passer. Avec agilité il en escamota la moitié, qu'il garda contre sa poitrine pour le donner à Gunther le soir. En même temps il pensait à tout ce qu'il aurait pu dire à cette femme, qui l'aurait sûrement compris. « De toute facon, ça ne servirait à rien... Elle ne pourrait rien!... Ce sont les ordres. C'est l'Administration... »

Il leva les yeux et surprit Misha, qui le dévisageait avec une expression de stupeur. Tanguy, en l'apercevant, se souvint de son chien Tom. Il alla donc vers Misha et, pendant que le S.S. et le kapo bavardaient, il lui tendit un morceau de pain. Misha inclina le buste et sourit à plusieurs reprises; on aurait dit un chien auquel on jette un os. Il avala le pain en deux bouchées et remercia de nouveau. Tanguy, les yeux pleins de larmes, reprit

1. Comment t'appelles-tu? demanda-t-elle. – Tanguy, chère madame. – Tanguy? C'est un beau nom. Quel âge as-tu? – Dix ans, chère madame. – Dix ans?... Es-tu juif? – Non, chère madame.

son travail. Il savait que les Russes étaient plus maltraités encore au camp que les Juifs; que les kapos avaient ordre de les battre; qu'ils n'avaient qu'une ration de pain par jour... qu'ils mouraient tous, les uns après les autres... « Ce n'est pas ma faute, pensait Tanguy ce n'est vraiment pas ma faute... » Mais il avait honte de ce surcroît de misère que subissaient les Russes. C'est pourquoi il aimait Misha : parce qu'il était plus malheureux.

Les kapos n'aimaient pas les Russes, non plus; la plupart des prisonniers pas davantage; les Russes étaient isolés de tous et de tout. La population civile allemande, jusqu'aux enfants, regardaient les Russes comme s'ils eussent été des monstres ou des pestiférés. Tanguy, lui, les aimait parce qu'ils avaient bon cœur et qu'ils lui faisaient tous des sourires gentils. Il aimait entendre leurs chants nostalgiques, avant le couvre-feu, qui montaient de leurs baraques, où ils étaient entassés comme des bêtes. Il avait, en les entendant, envie de pleurer.

Le soir, il cacha dans la couverture de Gunther la moitié du pain qu'il avait reçu. Il attendit avec impatience le moment où le jeune homme monterait sur sa paillasse. Enfin, Gunther redescendit et prit la main de Tanguy :

— Merci.

— Mais non. Merci à cette bonne dame allemande qui me l'a donné.

Gunther garda le silence. Puis il dit :

— Ne garde pas rancune aux enfants qui t'ont blessé. Ils font ce qu'on leur apprend. Ils sont méchants parce qu'on les élève dans la méchanceté... Ce qui est triste, c'est qu'ils seront la génération de demain : celle dont on devrait attendre un monde meilleur.

Tanguy ne répondit pas. Il regarda Gunther,

prit une main du jeune Allemand et l'embrassa.
— Je sais, Gunther...

⁂

La température atteignit — 30°. La neige ne cessait de tomber. Un vent venant de l'Est soufflait sur le camp. Le bois des baraques craquait. Le travail extérieur dut être interrompu. Mais les « revues » avaient régulièrement lieu. Matin et soir les déportés devaient rester au garde-à-vous dans la grande cour. Les kapos allaient et venaient. Il manquait toujours quelqu'un. Parfois les revues se prolongeaient plus d'une heure et demie. Des déportés s'effondraient sur place. Il fallait les ranimer à force de gifles. Les S.S. se montraient friands de cet exercice. L'un des S.S. du camp était un tout jeune homme d'environ dix-neuf ans, fils du commandant. Il avait inventé un moyen « rapide » pour ranimer les déportés défaillants : il leur frappait le visage et les jambes avec une serviette mouillée...

Tanguy ne parvenait plus à s'indigner. Il regardait toutes ces choses comme si elles eussent été depuis toujours dans sa vie. Il ne pensait presque plus à son passé et ses souvenirs s'étaient effacés, ne laissant plus rien d'autre qu'une sorte de vide à l'intérieur de son être : une secrète nostalgie d'un passé qui n'avait en réalité jamais existé pour lui. Il avait perdu tout espoir d'être libéré un jour. Il savait que la guerre tuait aussi des enfants, des femmes, des vieillards; il n'opposait plus à la mort que l'inertie de son corps squelettique et l'immensité de la tendresse qu'il éprouvait pour Gunther. Il était dans un autre monde que celui où il était né. Au camp ni le bien, ni le mal, ni la tristesse, ni la joie n'avaient plus de sens; on se contentait de ne pas mourir; on apprenait à jouir de chaque petite minute que l'on arrachait à la mort comme d'une immense victoire. On apprenait à parler peu; chaque geste prenait un sens nouveau, presque symbolique. C'est par ces gestes que l'on affirmait, face aux autres, son existence.

Les baraques n'étaient pas chauffées et la température continuait de baisser. Le froid, l'inaction, la faim, les souvenirs rendaient les déportés presque déments. Ils passaient leur journée à s'insulter, se bagarrer. Des objets disparaissaient : gamelles, cuillères, couvertures. La suspicion était dans tous les cœurs; la peur se lisait dans tous les yeux. La nuit on dormait en serrant contre soi les quelques objets qui appartenaient à l'Administration. Car les punitions étaient sévères pour quiconque perdait l'un de ces objets et, chaque samedi, il y avait une « revue générale ». Le matin, on se réveillait dans les bagarres, les cris, les insultes, les blasphèmes. Les kapos prenaient prétexte de tout pour punir. Pendant des heures les prisonniers restaient au garde-à-vous dans le vent et la neige; ou bien on était privé de pain, ou encore condamné à manger sa soupe froide. Les déportés voyaient leurs marmites arriver fumantes et ils restaient devant elles, au garde-à-vous, jusqu'à ce qu'elles fussent sur le point de geler. Tanguy croyait devenir fou. Il se demandait si le printemps reviendrait un jour mettre fin à cet enfer. Il tremblait de peur et de froid. Il passait ses journées blotti contre Gunther, qui faisait des cocottes en papier, ou de petits voiliers et même des fleurs compliquées. Ils étaient, Tanguy et le jeune Allemand, les souffre-douleur de leur baraque. Les déportés faisaient cercle parfois autour d'eux pour les insulter, les bourrer de coups de pied... Tanguy s'accrochait avec désespoir aux bras de Gunther. Celui-ci ne répondait jamais rien. Il subissait sans se défendre les pires insultes; les plus basses insinuations n'arrivaient pas à le faire se départir de ce calme qu'il savait toujours garder. Après, lorsque les déportés regagnaient leurs paillasses, il lui arrivait de murmurer :

– Ce n'est pas de leur faute, Tanguy... Ils deviennent fous dans cette baraque à l'atmosphère empoisonnée. Nous finirons par nous massacrer tous si nous devons rester ici...

Le froid décima les déportés. Déjà, pendant l'été et l'automne, chaque jour il y avait eu des morts. Mais, dès l'hiver, ce fut comme une contagion de mort qui se propagea de baraque en baraque. Chaque matin, il y avait dans chacune sept ou huit cadavres. Les chefs créèrent un service « croque-morts ». Deux prisonniers avaient pour mission d'enlever les morts de la baraque, de les déshabiller, de les déposer dans une tente spéciale et de porter leurs effets à la désinfection. Chaque soir, après les « nouvelles », une charrette branlante, tirée par un cheval famélique, venait chercher les morts à « la morgue ». De sa baraque, Tanguy pouvait voir les deux prisonniers, tenant un cadavre par les aisselles et par les pieds, lui imprimer un mouvement de bascule pour le hisser sur la charrette. L'opération se répétait autant de fois qu'il le fallait. Puis la charrette repartait, remplie de cadavres disloqués qui faisaient songer à des pantins.

Au début, Tanguy se demandait comment il ne devenait pas fou. Puis il ne se demanda plus rien. Il observait cela avec indifférence. Il s'amusait même parfois à compter les corps : la moyenne était de trente-cinq par jour. Les Russes tenaient de loin la tête. Chacune de leur baraque fournissait par jour dix ou douze cadavres : il n'y avait pourtant que deux baraques de Russes.

Un jour, Tanguy apprit aux latrines que Misha était mort. C'est un déporté juif qui le lui apprit. Il lui dit aussi que les Allemands avaient inventé une arme terrible et qu'ils allaient écraser les Américains et les Russes en quelques jours.

Tanguy regagna sa baraque, colla son nez à la fenêtre et regarda les deux « croque-morts » qui entraient et sortaient de la tente dressée à la porte du camp. Il était triste. Il songeait à Misha et au regard que celui-ci avait un jour jeté sur lui. Tanguy avait la gorge serrée et ses yeux lui faisaient mal. Il frissonna. Il releva le col de son manteau... Puis il haussa les épaules : « Nous crèverons tous les uns après les autres... Tous... Ils ne laisseront pas un vivant. Et puis, avec leur arme moderne, ils vont emmener tout le monde en Allemagne. » Tanguy se dit que les Allemands avaient peut-être détruit Paris. Il se rappela le jour où, d'un camion allemand, il avait aperçu la tour Eiffel pour la première fois et peu après l'eau tranquille de la Seine qui semblait ne pas couler... Qu'était devenue Mme Puigdellivol? Les femmes avaient été conduites dans un autre camp, plus loin. Et le petit jeune homme? Le vieil Israélite? Tanguy ne l'avait pas aperçu parmi les Juifs. Peut-être étaient-ils morts, eux aussi?

XIII

Noël 1942. Tanguy ne pourrait jamais plus oublier cela. Ce fut dans le monde du silence et de la mort comme une trêve mélancolique, faite de l'espoir de tous. Quelques jours d'avance, les déportés commencèrent à nettoyer les baraques, à les orner de branches de sapin, de guirlandes faites avec du papier colorié; ils inscrivirent des sentences sur les portes... Puis Noël arriva.

La revue du soir fut plus courte que d'habitude et le commandant souhaita un heureux Noël aux déportés. Puis les haut-parleurs commencèrent à transmettre des chants de Noël. Sur la soupe flottaient des peaux de pommes de terre et elle était moins rouge qu'à l'accoutumée; le morceau de pain parut à chacun plus gros.

L'atmosphère du camp avait complètement changé. Ceux-là même qui d'habitude s'insultaient ou se battaient se parlèrent avec gentillesse ce soir-là; ils échangeaient des mégots qu'ils avaient achetés aux latrines; ils se demandaient des nouvelles les uns des autres. Ils étaient devenus gentils même avec Gunther et l'un d'eux, qui s'était toujours acharné contre le jeune homme, alla jusqu'à lui serrer la main.

Ce fut comme un îlot de paix au milieu d'un

océan de haine. Couchés sur leurs paillasses, les déportés rêvaient de leur pays, de leurs foyers, d'autres Noëls de paix. Ils se sentaient, ce soir-là, liés de nouveau étroitement au reste du monde et ils avaient l'intuition que ce qui les y rattachait, c'était l'Espoir. L'espoir d'un monde plus juste et meilleur, l'espoir d'une paix accordée enfin aux hommes de bonne volonté, surtout l'espoir de passer d'autres Noëls chez eux et de redevenir des hommes.

– *Stille Nacht, Heilige Nacht!...*

Ce chant, ils savaient qu'en des centaines de langues différentes, les hommes du monde entier l'entendaient; partout dans le monde, des hommes rêvaient de cette même paix promise aux hommes de bonne volonté...

Etendu sur sa paillasse, Tanguy rêvait. Il sentait monter en lui l'infinie nostalgie des Noëls qu'il n'avait jamais connus : des Noëls qu'il aurait dû passer dans la paix du foyer, avec un bel arbre multicolore et scintillant. Il éprouvait à lui seul la nostalgie de tous les enfants qui, sans parents ou sans amour, ont rêvé d'un Noël. La mystique secrète de tous les enfants s'éveillait en lui : celle des contes de Dickens; celle des pupilles de l'Assistance publique, celle de tous ceux et celles dont personne ne s'est jamais vraiment soucié. Il ressentait dans l'intime de son être ce que ressentent tous les enfants déshérités : le manque de ce quelque chose qui aurait pu leur laisser des souvenirs heureux.

Gunther s'approcha de la paillasse de Tanguy. Son visage, à la lumière incertaine du soir, apparut à Tanguy plus beau encore que d'habitude. Le jeune homme esquissa un sourire :

– Heureux Noël, Tanguy, dit-il.

– Heureux Noël, Gunther...

– Tiens, c'est tout ce que j'ai trouvé à t'offrir.

Que cela te soit comme un symbole de l'amour que j'ai pour toi.

Tanguy avait les larmes aux yeux. Il essaya de sourire mais, au lieu de cela, il sentit le sang lui monter au visage. D'une main maladroite, il ouvrit le paquet. C'était un livre : *Résurrection,* de Tolstoï.

— ... Merci, balbutia Tanguy.

Gunther se tenait debout devant lui. L'enfant, à l'indécise lumière de la lune, apercevait son profil. Il était en proie à une forte émotion, ne trouvait rien à dire et, pourtant, il aurait voulu dire beaucoup de choses; il restait indécis sur sa paillasse, tenant son cadeau entre ses mains. Il *souffrait de joie.*

— Tanguy... Je voulais te dire...

— Oui?...

Gunther parut hésiter. Puis, d'une voix cassée, il reprit :

— Si quelque chose devait m'arriver, un jour, monte sur ma paillasse, soulève la première planche. Tu trouveras dessous une petite médaille en or. Je la portais le jour de mon arrestation; c'était un souvenir de ma mère. Je t'en fais cadeau...

— Mais que veux-tu qu'il t'arrive?

— Je ne sais pas. N'importe quoi... Heureux Noël!

— Heureux Noël, Gunther!... Tu sais...

— Je sais... Et maintenant, je vais aller leur donner mon récital de Noël. Tu vas pouvoir m'entendre jouer. Le commandant a décidé que les prisonniers auraient droit ce soir à de la musique et que le couvre-feu serait retardé de deux heures... Je vais jouer une sonate de Mozart pour les S.S. qui sera diffusée. Je suis content de savoir que tu l'entendras.

— Oui, Gunther!... C'est vraiment Noël, tu sais.

— C'est peut-être plus réellement Noël ici qu'ailleurs. Ici, le rêve d'espoir et d'amour qu'est Noël a des résonances plus graves.

Tanguy garda une seconde le silence. Il regarda son livre avec émotion. Il cherchait péniblement des mots qui lui échappaient qui, du coup, semblaient avoir perdu leur sens le plus élémentaire. Il reprit :

— ... Gunther...

— Oui?

— ... C'est le premier Noël, dans ma vie, où je vois des guirlandes, des fleurs en papier, où quelqu'un me donne un cadeau. Tu comprends?...

— Je comprends.

— Malgré tout, je suis content que ce soit avec toi que je le passe. Je... J'aurai sûrement du mal à oublier cette nuit.

— D'autres l'oublieront pour toi. Noël redeviendra le soir des ivresses à la bière ou au champagne, des restaurants, des théâtres, des orgies... Peu nombreux seront toujours ceux pour qui Noël conservera vraiment le sens d'un espoir : l'espoir de cette paix promise à des hommes qui la mériteraient. Mais nous ne la mériterons peut-être jamais...

Tanguy entendit Gunther jouer du piano. Il se sentait tout petit dans sa paillasse, comme au temps où il écoutait sa mère parler à la radio des Rouges, en Espagne. Cette musique, qui lui semblait venir d'un autre monde, il savait que c'était Gunther qui la faisait renaître. Il imaginait les longs doigts du jeune homme glissant sur le clavier, son regard fixé ailleurs. Il avait l'impression qu'à travers la mélancolique sérénité de cette musique, Gunther voulait lui dire, à lui qui était un enfant, quelque chose d'essentiel, quelque chose de si beau que les mots eussent été incapables de le traduire et qu'il fallait pour cela la musique. Il écoutait de toute son âme. Il avait oublié sa faim, la peur des jours récents, ses engelures, le froid, sa grande misère d'enfant sans enfance...

Dans le silence des baraques endormies, Tanguy sentait passer les pensées de tous et de chacun. Il devinait quels déportés revivaient leurs instants de bonheur passé; ceux qui, comme lui, devaient regretter le bonheur qu'ils auraient pu vivre et qu'on leur avait refusé; il les sentait rêver comme lui d'un monde sans guerres, sans camps, sans haines, sans mauvaise foi... Tanguy se dit aussi que, dans une gare perdue, des enfants qui s'en allaient vers la déportation rêvaient peut-être aussi d'autres Noëls...

Le récital de Gunther fini, le commandant fit diffuser de la musique de Wagner. Tanguy était familier avec cette musique. Mais il entendit, avec plaisir, pour la première fois au camp, l'ouverture de *Tannhäuser.* Gunther lui avait un jour expliqué ce drame et maintenant il lui semblait apercevoir le chœur des pèlerins traversant la grande scène illuminée.

– Voilà! Gunther étalait son butin. Tanguy s'assit sur son lit et sourit. Gunther partageait méticuleusement le pain, le chocolat et l'orange qu'il venait de recevoir. Après quoi, les deux amis mangèrent silencieusement leur « souper de Noël ». Dans la baraque et par tout le camp, la musique continuait de bercer les rêves nostalgiques des déportés.

XIV

L'année 1943 devait apprendre aux déportés que la science de l'homme dans la destruction de son semblable est capable de progrès ahurissants. Ils avaient cru atteindre aux limites de la souffrance. Ils devaient apprendre qu'elle n'en a pas; que l'homme est capable d'une douleur infinie. Toute une série de catastrophes devait s'abattre sur le camp.

La première fut l'arrivée de deux nouveaux convois de prisonniers. Tanguy et ses camarades avaient repris le travail. Comme ils revenaient un soir du « chantier », ils apprirent que l'appel aurait lieu par baraques et qu'il n'y aurait pas de rassemblement. C'était un convoi de Juifs polonais. Leur voyage avait dû être plus long encore que celui de Tanguy, ou plus pénible. Car la cour du rassemblement était parsemée de cadavres. On les apercevait des baraques. Ils faisaient songer à des hommes ivres de fatigue, qui se seraient endormis. Quant aux vivants, ils se tenaient debout dans la cour, tout nus, comme Tanguy l'avait été un jour. L'enfant regardait avec tristesse ce pauvre troupeau humain, ces êtres comme dépouillés d'eux-mêmes. Les nouveaux venus, les mains sous les aisselles, faisaient la queue devant la désinfection. Ils étaient déja passés par la salle de coiffure, car ils étaient tondus. Leurs crânes luisaient sous la lumière blafarde d'un ciel nuageux. Tanguy, en les voyant, remarquait que les hommes, dans la même souffrance, répètent toujours les mêmes gestes.

Le problème fut d'abord de leur trouver un logement. Les chefs de baraque commandèrent à leurs hommes de rentrer et de fermer les portes. Tanguy obéit. Alors, le petit homme à la peau transparente qui était chef de sa baraque en verrouilla la porte bien que le couvre-feu ne fût pas encore sonné. Quelques instants plus tard, les premiers appels se faisaient entendre :

– Avez-vous des paillasses? Par pitié, au nom du Ciel, répondez! Avez-vous des paillasses, suppliait quelqu'un du dehors.

– Tu es Juif? interrogeait le chef de baraque.

– Oui.

– Pas de place. Ici, ce sont les *politiques.* Il faut aller en bas; à la 9, la 10, la 11.

– Je vous en prie, ils n'ont rien. Nous avons réussi à en caser quelques-uns, mais ils n'ont plus de place. Rien que pour une nuit! Il y a des enfants parmi nous. Ils vont mourir de froid. Je vous en supplie, laissez entrer quelques enfants...

– Pas de place.

Tanguy tremblait sur sa paillasse. Chaque mot de l'homme qui suppliait au-dehors retentissait dans son crâne. Il tremblait. Il avait très peur. Il se répétait : « ... C'est un crime... C'est un crime... Ce sont des enfants... » Mais ayant passé toute la journée au chantier, il pouvait à peine maintenir ses yeux ouverts.

– Ouvrez, je vous prie!

Les coups redoublèrent sur la porte de la baraque.

— Je t'ai déjà dit qu'ici ce n'est pas pour les « Juifs ». Nous sommes des politiques. De plus, nous n'avons pas de place.

— Laissez-nous voir. Un seul parmi nous entrera, pour vérifier si ce que tu dis est exact. Je t'en prie!... Les enfants coucheront sur le plancher, par terre. Ils ne demandent pas de lit. Nous avons fait douze jours à pied. Beaucoup d'entre nous sont morts... Par pitié, laissez-nous voir.

— Il n'y a pas de place. Dehors! Fichez-nous la paix. Nous avons travaillé toute la journée et n'avons pas de place pour les Juifs. Allez voir les Russes. Ils vous trouveront peut-être quelque chose.

— Les Russes ont logé quelques-uns d'entre nous. Ils couchent à quatre ou cinq par paillasse. Faites comme eux et prenez-nous...

— Tu penses! Pour crever... Merci bien. Et maintenant, fichez le camp.

Chacun de ces cris résonnait dans le cerveau las de Tanguy. Il avait du mal à rassembler ses idées. Il ne pouvait pas croire à la réalité de ce qu'il entendait. Comment aurait-il pu y croire? Il voulut se lever. Mais il savait que s'il avait ouvert la bouche, le chef de baraque et ses camarades l'auraient battu ou puni. Il resta donc couché sur sa paillasse, les yeux ouverts... Son cœur battait à un rythme violent. Ses tempes lui faisaient mal. « ... Que faire? se répétait-il, que faire?... »

Dehors, les cris et les coups redoublaient :

— Ouvrez! Ouvrez!

Puis ce fut le silence. On entendait encore des pleurs et des gémissements. Petit à petit, les pleurs même cessèrent. Tanguy, enveloppé dans sa couverture, pensait aux pauvres bougres qui devaient coucher dehors, sans autre protection que leur mince vêtement. Ils étaient disséminés autour de la baraque et devaient grelotter de froid... Enfin, Tanguy ne pensa plus à rien. Il se dit qu'il fallait ne plus penser, mais ne put pourtant pas s'endormir facilement. Il se sentait fiévreux... « Il ne faut pas tomber malade... Il ne faut pas tomber malade... »

Le lendemain, lorsque les prisonniers de « la 12 » sortirent pour l'appel du matin, plus de trente cadavres de Juifs gisaient tout autour. Ces infortunés s'étaient rapprochés le plus possible de la baraque espérant en vain qu'un peu de sa tiédeur leur parviendrait. Ils s'étaient cramponnés aux saillies de la baraque et ils y étaient restés accrochés. Le froid les avait surpris dans leur geste ultime pour se tenir à la vie.

Tanguy jeta un long regard sur ces corps. Il les regardait comme s'il n'avait encore jamais vu de cadavres. Il lui semblait qu'ils étaient morts en tendant leurs bras vers lui, qui dormait au chaud; qu'il était en partie responsable de leur mort. Il demeura longtemps immobile. Il était très fatigué et un besoin subit de repos s'empara de lui. Puis il ferma les yeux, ravala quelques soupirs et se rendit au rassemblement. Chemin faisant, il entendit le chef de baraque qui expliquait :

— C'étaient eux ou nous! Après tout, ce ne sont que des Juifs.

— Dommage que nous ne soyons pas morts à leur place! dit une voix.

Tanguy se retourna. Il avait reconnu la voix de Gunther. Le jeune homme était plus pâle encore que d'habitude. Sa voix se brisait; elle était lasse.

— Que veux-tu dire? lui demanda le chef de baraque.

— Je veux dire qu'au moins j'aurais eu la joie de savoir que tu étais en train de crever avec moi.

Les yeux du chef de baraque s'illuminèrent. Il paraissait content :

– Des menaces de mort, hein? Vous avez entendu, n'est-ce pas? J'ai des témoins, mon ami. Je vais aller trouver le kapo. Tu lui expliqueras cette histoire... Des menaces de mort...

– Mais c'est toi qui l'as menacé de mort, fit soudain quelqu'un. C'est toi qui lui as dit que tu chercherais à le tuer. Nous sommes témoins.

Celui qui parlait ainsi était un Tchèque. On le disait communiste. Il n'avait jamais aimé Gunther. Tanguy fut d'autant plus étonné de cette subite défense. Il avait du mal à comprendre ce qui se passait autour de lui. Il regarda le Tchèque. Celui-ci paraissait très calme. Il avait ses mains dans les poches. Il marchait lentement et ne semblait regarder personne. Sa voix était tout aussi tranquille :

– D'ailleurs, poursuivit-il, nous t'avons vu hier soir : tu faisais du marché noir. Tu vendais du pain. Tu offrais de la viande aussi.

– Qui, moi? hurlait le chef de baraque. Mais tu rigoles! Je n'ai jamais fait de marché noir, moi. Je ne fais que mon devoir. Je suis « chef de baraque ». Tu mens!... Tu mens!... Je sais que tu mens!... Je vois dans ton jeu... Tu veux me faire vider, hein? Tu n'y arriveras pas. Tu n'es qu'un sale communiste et personne ne t'écoutera. Mais moi, on m'écoutera, quand je raconterai que tu fais passer des tracts aux latrines.

– Mais il n'y a pas que moi... Mathias n'est pas communiste, lui. Il te le dira. N'est-ce pas vrai, Mathias, que notre « chef de baraque » fait du marché noir et qu'il vient maintenant de me menacer de mort?

Mathias était un Italien. Il disait toujours qu'il ne savait pas pourquoi il avait été interné. Il passait ses journées à crier : « Viva il Duce! Viva Benito Mussolini! » Mais même lui, les Allemands ne le relâchaient pas. C'était un petit être chétif, malingre. Il était aussi brun que Tanguy et avait des yeux très noirs. Les déportés le soupçonnaient d'être « Juif », mais il s'en défendait et racontait à qui voulait l'entendre qu'il avait fait sa première Communion.

– Per la Santa Madonna! ...io ...ai tout entendu. Il a menacé de mort. Per il Papa!... io... ai vu faire du marché noir. Io... ai... visto... tout vu...

– Ce n'est pas vrai! Ce n'est pas vrai. Tu mens, Mathias. Tu n'es qu'un sale « youpin ». Maintenant, je t'ai compris. Tu veux me perdre.

– Moi? demanda Mathias! Per la Santa Madonna! ...Io! ...Papa Pio!...Mà!... L'enfant est innocent... Il dira.

Le chef de baraque était pâle. On pouvait lire sur son visage la plus grande angoisse. Il jeta un regard sur Tanguy.

– Tu sais que ce n'est pas vrai, toi! Tu sais qu'ils mentent. Tu ne vas pas mentir, toi!...

Tanguy hésita. Il ferma les yeux. Il pensa aux pauvres Juifs morts contre la baraque verrouillée. Il regarda Gunther dont le visage était empreint de gravité :

– Tu as menacé de mort... Tu as fait du marché noir, grommela Tanguy.

Quelques instants plus tard avait lieu l'appel du matin. Il fut plus long que d'habitude. Au moment où le kapo passait dans les rangs Mathias s'avança et lui parla à l'oreille. Peu après, deux S.S. se saisissaient du chef de baraque et le collaient au mur. Il y eut un grand silence. Le chef de baraque se débattait, jurait, accusait le Tchèque, Mathias et Tanguy d'avoir tramé un complot pour le perdre. Il criait :

– Je suis innocent! Je suis innocent!...

Les fusils des S.S. claquèrent. Le corps s'affaissa le long du mur. Mathias fut nommé chef de baraque. Puis les déportés eurent droit aux nouvelles. Une catastrophe leur fut annoncée : ils ne toucheraient plus qu'une ration de pain par jour.

En partant pour le « chantier », Tanguy se dit qu'il était devenu un assassin.

Quelques jours après ces incidents, un deuxième convoi arrivait. Juifs et *politiques* s'assemblaient pêle-mêle sur le Rassemblement. Ils laissèrent de nouveau un nombre incroyable de cadavres épars dans la grande cour. Les nouveaux venus étaient aussi maigres que les déportés. Quelques jours de voyage avaient suffi à leur donner cet aspect de cadavres vivants qui était propre aux prisonniers.

Il fallut les loger. Les baraques étaient pleines. Tanguy monta désormais partager la paillasse de Gunther et un nouveau venu s'adjoignit à eux. Ils étaient trois ainsi à se partager deux planches étroites. Il leur était devenu impossible de s'étendre. Il fut décidé qu'ils s'étendraient à tour de rôle. Tanguy passait une moitié de nuit à dormir assis. Cela lui était pénible. Il avait mal au dos et aux jambes. La toux oppressait sa poitrine. En respirant, il faisait un bruit rauque, comme le liquide en ébullition; une sueur couvrait son front et son dos qu'il sentait moites. Il ne pouvait bouger sans réveiller ses camarades de paillasse et évitait donc tout mouvement. Parfois, ses membres s'engourdissaient et lui faisaient si mal qu'il en pleurait. Mais il savait qu'il n'avait pas le droit d'enlever du sommeil aux autres. Aussi ravalait-il ses larmes et cherchait-il à penser à autre chose pour oublier sa souffrance. Lorsqu'il parvenait enfin à s'assoupir, il était bientôt réveillé, car son tour était venu de prendre la relève. Le lendemain matin, ses membres étaient gourds, ses yeux étaient rouges et gonflés... Mais que faire? Il ne protestait pas. Gunther lui-même perdait sa capacité d'endurance. Il parlait peu, devenait maussade et renfermé. Un silence étrange se faisait dans le camp, qui ne présageait rien de bon. On eût dit que tous les déportés s'apprêtaient à opposer à de pires souffrances une plus muette résignation.

Les nouvelles les plus invraisemblables avaient cours dans les latrines. Tanguy rencontra un soir Deprez qui lui dit que le commandant avait reçu l'ordre d'« exterminer » les prisonniers; d'autres affirmaient que les Allemands ne pouvaient plus nourrir les déportés et qu'ils avaient décidé de les laisser mourir de faim. Ces nouvelles circulaient de bouche en bouche, grossissant démesurément. ... Une tension nerveuse bizarre s'empara des déportés qui ne savaient plus ce qu'ils devaient croire ou refuser. Les nouveaux venus avaient laissé entendre que la guerre tournait mal pour les Allemands et qu'en Russie la Wehrmacht essuyait de sérieux revers; d'autres assuraient que les Russes étaient en Pologne et les Alliés en Italie. Des convois ayant été bombardés, on allait jusqu'à prétendre que les principales villes allemandes n'étaient plus que de vastes cimetières.

Tanguy, lui, croyait tout et ne croyait rien. Il attendait. Il se disait que ce qu'il fallait seulement, c'était ne pas mourir. Car si les Alliés gagnaient la guerre et qu'il fût mort, la guerre serait tout de même perdue pour lui. C'est pourquoi il attachait beaucoup plus d'importance aux nouvelles qui lui parvenaient sur le régime intérieur du camp, qu'à celles qui le renseignaient sur l'extérieur.

Sa faim devint animale. Tanguy ne savait même plus analyser ce qu'il ressentait. La faim s'était emparée de lui jusqu'à faire de tout son être une faim. Il en avait mal au ventre, à la tête, aux yeux, au dos... partout il sentait cette faim. Jour et nuit il rêvait de nourriture : de n'importe quelle chose qu'il aurait pu porter à sa bouche.

XV

Tanguy avait eu le temps de s'habituer à la mort. Il l'avait vue rôder autour des baraques russes, dans les convois, dans la grande tente dressée à l'entrée du camp. Mais soudain, il en eut plus peur, car elle cessa de rôder pour s'installer au milieu d'eux. Chaque matin, des tas de cadavres gisaient à la porte des baraques. La vieille charrette fut remplacée par un gros camion, comme ceux des services municipaux. Partout, la mort devint une réalité présente. Une véritable panique de mort s'installa dans les baraques. Chacun doutait d'être en vie. Mourir devint l'acte le plus simple et le plus facile : celui qu'on ne voulait pourtant pas accomplir. Au chantier, brusquement, un déporté s'affaissait pour ne plus se relever; en plein appel un corps allait mesurer le pavé de la cour de toute la longueur de ses os; dans les baraques, un déporté paraissait avoir glissé, mais il ne bougeait plus... Ce fut alors comme une « chasse à la mort » qui commença. Les prisonniers évitaient d'en parler, enlevaient en vitesse les corps de leurs camarades décédés. En même temps, un certain « cynisme de la mort » fit son apparition. La nuit, des prisonniers rampaient de paillasse en paillasse et touchaient leurs camarades au front pour voir s'ils étaient encore vivants. Les morts étaient dépouillés avant d'être froids. On leur enlevait leurs gamelles, leurs cuillères, leurs papiers. Ce qui importait, c'était moins de prendre quelque chose que de défier cette panique de la mort qui hantait les vivants. On se mit à mourir de peur comme jusqu'alors l'on était mort de faim ou de maladie : avec naturel.

Les kapos et les S.S., devant cette contagion de mort, s'enivrèrent. Ils firent du zèle en faveur de la mort, se firent ses auxiliaires. Ils savaient qu'une baraque punie de trois jours sans pain leur fournissait une bonne proportion de cadavres. Ils ne s'en privèrent pas. Une véritable terreur sévit dans le camp. Ceux qui étaient vivants se demandaient comment ils étaient encore vivants. Cela tenait du miracle.

Tanguy subit cette panique contagieuse de la mort. Il n'osait plus regarder les cadavres. Lorsque, après l'appel, le camion venait charger ceux de la journée, il s'étendait sur sa paillasse en tremblant. Il n'osait même plus dormir. Le moindre vertige faisait battre son cœur. Il ne pensait plus : « Je vais tomber... », mais « je vais mourir... » Il ne voulait donc plus tomber. Il luttait désespérément contre cette contagion qui n'épargnait personne et qui frappait sans préavis.

Bientôt, une nouvelle incroyable parcourut les baraques. Tanguy n'osait pas y croire. On était en train de construire un four auprès des bâtiments de l'administration et les déportés assuraient qu'il s'agissait d'un four pour brûler les prisonniers trop vieux, ou inutiles, afin de faire de la place pour des jeunes gens dont le travail serait plus productif. Mais Tanguy ne croyait pas cela possible. Il voulait être de l'avis de ceux qui affirmaient au contraire que c'était un four pour cuire le pain du camp et qu'ainsi les déportés feraient eux-mêmes leur pain.

Bientôt, les prisonniers apprirent la vérité : ce four était fait pour les morts. Dès lors, mourir devint quelque chose d'encore plus épouvantable. Comme si le fait d'être incinéré pouvait être un surplus de misère! Les déportés regardaient avec terreur fumer cette petite cheminée. Suivant la direction du vent, celle de la fumée changeait. Il arrivait qu'elle se rabattît sur les déportés eux-mêmes.

Les journées s'écoulaient ainsi. Tanguy travaillait toujours dix heures par jour; il creusait de longues tranchées avec ses camarades. Il était si faible qu'au retour deux d'entre eux devaient le soutenir. Il n'arrivait plus à soulever des pelletées de terre. Aussi ses camarades l'obligeaient-ils à ne se servir que du pic. Son travail échappait ainsi à tout contrôle...

Après la journée de travail, les mêmes interminables appels devenaient de plus en plus compliqués. Les différents groupes de travail ramenaient eux-mêmes leurs morts.

Quand Tanguy apprit-il l'existence des « chambres »? Il ne s'en souvient plus. Un convoi qui arriva laissa la moitié de son effectif de Juifs « aux douches » et, quelques jours après, les déportés savaient la vérité sur les douches. La nouvelle, donnée aux latrines, fit le tour du camp en une soirée. Et ce soir-là, tout le monde sut que la mort avait vaincu.

Personne n'osa plus opposer de résistance à cette mort. Bientôt, le départ dans la nuit pour « une destination inconnue » fut acceptée de tous. Mais l'on ne dormait pas. On restait étendu, assoupi, l'oreille aux aguets; on ne voulait pas être réveillé en sursaut. Cela n'était pas supportable.

Vers deux ou trois heures du matin, la porte de la baraque s'ouvrait. Deux S.S. se tenaient à l'entrée, le fusil à la main. Le chef de baraque allait de paillasse en paillasse et réveillait ceux qui étaient désignés pour partir. Tous, malheureusement, ne savaient pas mourir; des scènes affreuses se produisaient alors... D'autres au contraire partaient calmement. Ils serraient quelques mains et disparaissaient dans la nuit.

Tanguy savait qu'il n'aurait pas su mourir. Au moindre bruit, il tressautait et s'asseyait sur sa paillasse en tremblant. Gunther même ne parvenait plus à le rassurer. Tanguy devenait odieux avec son ami. Il en était arrivé à ne plus pouvoir supporter sa conversation. Il n'était plus qu'un peu de chair et d'os tremblants.

Les kapos avaient enfin trouvé le moyen de dompter les prisonniers par la terreur. Ils entraient bruyamment au milieu de la nuit. Les déportés s'éveillaient en sursaut.

– Ma foi! On dirait que vous avez peur... Allons, nous allons vous passer en revue.

Des larmes amères jaillissaient alors des yeux de Tanguy. Un jour, il eut une véritable crise de nerfs. Il mit plusieurs jours à s'en remettre.

Vers l'automne de 1943, des fuites commencèrent à se produire dans les bureaux de l'administration. Ceux dont le nom figurait sur des listes purent ainsi être renseignés indirectement sur leur sort. Lorsqu'un camarade s'approchait d'eux et leur demandait gentiment : « D'où es-tu? As-tu de la famille? Es-tu marié? », tout le monde comprenait que l'interrogé n'avait plus longtemps à vivre.

C'est vers cette époque que le camp eut à subir les premiers bombardements aériens. Au milieu de la nuit, les sirènes mugissaient. Puis les réflecteurs lançaient dans le ciel leurs pinceaux de lumière. Au bout de quelques instants, la vague d'avions passait sur les baraques, qui craquaient et vacillaient, semblant vouloir se casser en deux. Puis c'était le bruit des explosions de la D.C.A. A l'aller, le bruit des moteurs dans le ciel était lourd et indécis; au retour, les avions paraissaient libérés d'un poids écrasant. Et quelque part sur l'horizon, des lueurs rouges persistaient.

Le premier bombardement violent que Tanguy dut subir eut lieu en décembre 1943. Jamais il n'avait eu aussi peur de sa vie. Tout lui eût semblé préférable à ce fracas lugubre, à ces sinistres sifflements... Quelques appareils furent abattus près du camp et tombèrent avec leur charge : Tanguy se dit que la terre allait s'entrouvrir sous ses pieds. Il avait très froid et il était terrorisé. Malgré lui, il songeait aux enfants et aux femmes qui, dans des caves, devaient trembler de peur comme lui et comme lui prier des dieux auxquels ils ne croyaient plus.

Chez les déportés, ce fut une explosion frénétique de joie. Des hymnes divers montèrent des baraques : *la Marseillaise,* l'hymne soviétique, l'*Internationale,* des cantiques juifs... Les prisonniers s'embrassaient, levaient des poings menaçants. Quelques-uns pleuraient même de bonheur :

– Ce sont les nôtres, les nôtres!... Ils sont là!... Ils sont là!

– Vive la Liberté!

– A bas le fascisme!

– Nous avons gagné la guerre!

Tanguy, qui était sur sa paillasse avec Gunther, demanda à ce dernier s'il croyait vraiment qu'ils avaient gagné la guerre. Gunther haussa les épaules avec indifférence :

– Dans une guerre, il n'y a ni vainqueurs ni vaincus : il n'y a que des victimes.

Le lendemain, tous les prisonniers furent punis : trois jours sans soupe du soir, pour « atteinte à la morale des travailleurs étrangers » libres... Le camion fit deux voyages pendant ces jours et la cheminée ne s'arrêta pas de fumer.

Par ces « appels pour une destination inconnue », par ces interventions bruyantes des kapos, par ces bombardements, les nuits n'étaient plus qu'un long cauchemar. Tanguy entendait tout, sursautait au moindre bruit alors même qu'il croyait dormir, ne réussissait pas à perdre le contact avec le monde extérieur... Personne, s'il ne les a connues, ne peut savoir ce qu'étaient les nuits de 1943 dans un camp nazi; personne ne peut savoir, à moins de l'avoir ressenti, ce que l'on éprouve lorsqu'on voit le chef de baraque s'approcher de votre paillasse, une liste à la main; personne ne sait ce que c'est qu'attendre à chaque seconde la mort. Chaque jour peut être « le jour ». Et les jours deviennent une lente agonie.

***

Ils revenaient du travail. L'appel du soir venait d'avoir lieu; les déportés avaient eu leur soupe; les sentinelles sommeillaient sur leurs hauts miradors; le ciel était pâle; la cheminée du four fumait; la nuit hésitait. Tanguy, exténué, s'était laissé tomber sur sa paillasse. Il cherchait à dormir un peu avant que Gunther et son camarade de paillasse ne vinssent le faire asseoir. Il était las; une lente apathie s'emparait de lui. Tanguy avait souvent envie de ne plus se lever et de se laisser aller : la mort commençait à lui apparaître comme ce qu'elle était réellement pour tant de prisonniers : une libération. Seul Gunther pouvait l'obliger encore à se lever chaque matin. Parfois, cependant, ils luttaient. Tanguy en arriva à mordre le jeune Allemand; ce dernier à gifler Tanguy.

Gunther entra dans la baraque et monta sur la paillasse. Tanguy eut soudain le cœur serré. Gunther était terriblement pâle, si pâle que son visage était plus blanc que le ciel des neiges hivernales. Ses yeux, au milieu de cette figure livide, étaient rouges : le jeune Allemand avait certainement pleuré. Or, Gunther ne pleurait jamais. Tanguy frissonna. Il n'osa pas poser de questions. Il avait un gros nœud dans la gorge. Il attendit.

Le jeune homme lui prit la main et la serra très fort. Puis il essaya de dire quelque chose, mais sa voix s'éteignit. Enfin, il reprit contenance :

– Tanguy, commença-t-il, promets-moi une chose...

– Quoi?

– Que quoi qu'il arrive tu feras des efforts héroïques pour te lever et aller au travail et à la soupe; que tu ne resteras pas dans la baraque... Même si je n'étais plus là, même si tu avais beaucoup de peine...

Tanguy avait de plus en plus froid. Il avait les yeux brouillés... Il ne trouvait rien à dire. Une grande lassitude s'emparait de lui; une sorte de torpeur de mort tombait sur son âme.

– Tu le promets? insista Gunther.

– Oui.

– Merci. Gunther fit une pause. Puis : je voulais aussi te donner ceci. Garde-le précieusement. C'est tout ce que je possède. Je te l'offre parce que c'est le seul objet de valeur qui me reste encore.

Gunther avait glissé dans les mains de Tanguy la petite médaille en or, avec une fine chaîne du même métal. Tanguy la regarda longuement. Ensuite, il avala sa salive et jeta un regard autour de lui. A quoi se raccrocher?... A quoi?... Il ne pouvait pas croire qu'un enfant pût autant souffrir et rester vivant. Il finit par tomber dans les bras de son ami... Mais que dire? Que pouvait-il dire? Il ne le savait pas. Et pourtant, il avait besoin de parler, de dire quelque chose :

— Gunther... Je t'aime... Je t'aime plus que tout au monde. J'ai été méchant ces derniers temps et toi tu as toujours été bon avec moi. Mais je t'aimais. Seulement j'avais peur de mourir et je n'en pouvais plus... Mais je t'aime... Je suis encore un enfant. Mais je suis vieux... Je sais que... Gunther... Pourquoi la guerre? Pourquoi les gens veulent-ils la guerre?

— Mais qui veut la guerre, Tanguy? Les gens de la rue? Ceux qui ne comprennent rien à rien, mais qui s'exaltent parce que ce que disent les journaux est bien dit, chatouille leurs entrailles? Qui donc veut la guerre? La guerre est un fléau. On crie : « C'est la guerre, c'est la guerre! »... comme au Moyen Age on criait : « ... C'est la peste, c'est la peste!... » Personne ne veut la guerre, mais la guerre est là. On se plie à elle. On ne s'en repent que lorsqu'on la connaît et alors il est trop tard.

Tanguy ne dormit pas. Gunther non plus. La main dans la main, ils épiaient les bruits de la nuit silencieuse. La baraque était échouée dans les ténèbres. Leur camarade de paillasse dormait. Il était si maigre qu'on n'apercevait même pas sa forme sous ses vêtements et sa couverture. Les heures s'égrenaient, lentes et inexorables. Tanguy ne vivait pas; il ne savait pas s'il vivait. Il étouffait sous sa douleur, beaucoup trop lourde pour lui, beaucoup trop lourde pour n'importe qui. Il ne pleurait pas. Il était « étonné » de douleur. Il ne cherchait pas à comprendre ni à parler. Il attendait tout simplement; comme d'autres attendent un train. La nuit était longue. Il faisait froid dans la baraque. Tanguy, assis sur sa paillasse, s'était enveloppé dans sa couverture. Il s'était même couvert la tête. Il tremblait. Dans le silence angoissant, il entendait ses dents qui claquaient comme les vitres au passage des bombardiers. Il entendait des déportés aussi qui râlaient et gémissaient. Mais tous ces bruits allaient se perdre dans le grand silence de la nuit d'automne.

Vers minuit, il y eut alerte. Elle dura environ trois quarts d'heure. Les déportés ne se réveillèrent même pas. Ils s'étaient habitués aux fracas des bombes et des explosions de la D.C.A. La baraque fut éclairée par des réflecteurs qui cherchaient leurs proies dans les ténèbres en entrecroisant leurs rayons. Puis l'on y vit comme en plein jour, parce que les avions lançaient des fusées éclairantes. De loin, un bombardement ressemble à un feu d'artifices. C'est presque un beau spectacle. Tanguy ne bougea pas. Il serra plus fort la main de Gunther, qui répondit à ce muet appel de détresse. Enfin l'alerte cessa. Tout redevint silence. Les heures se mouraient à peine nées; Tanguy s'assoupit. Soudain, il tressaillit. La porte de la baraque s'était ouverte et Tanguy vit deux fusils pointés vers la baraque. Deux uniformes se détachèrent, noirs, dans le noir. Mathias alluma sa petite lampe à pile.

Gunther n'attendit pas. Il enleva sa couverture et en couvrit Tanguy. Puis il posa sur le front de son ami un long baiser et s'avança... Il était livide et paraissait plus grand encore que d'habitude. Mathias arriva et ne parut pas surpris de voir là Gunther. Ils se serrèrent la main.

D'autres déportés se levaient. Quelques-uns étaient à moitié endormis. Tanguy vit le Tchèque qui passait aussi et se dirigeait vers la sortie. Un autre se mit à hurler : « Pas ce soir! criait-il. Pas ce soir!... Je jure que j'irai demain. Mais pas ce soir!... Non! » Un S.S. vint le chercher et les cris cessèrent. La porte se referma.

Tanguy se retrouva debout sans savoir comment. Il se dirigea vers la fenêtre et colla son nez aux vitres couvertes de givre. Çà et là des groupes de déportés marchaient, pliés en deux. Des soldats, le fusil à la main, les suivaient de près. Les groupes marchaient vers les bâtiments de l'administration. Tanguy reconnut la haute silhouette de Gunther.

– Donne-moi ça. L'Allemand me l'a donné.

Un prisonnier arrachait à Tanguy la couverture dont Gunther l'avait enveloppé. Tanguy ne dit mot. L'autre fit un mouvement brusque pour la lui arracher et la médaille que Tanguy avait encore entre ses doigts tomba par terre. Le déporté se précipita :

– Qu'est-ce que c'est?

– Une médaille. C'est un souvenir de Gunther...

– Alors elle est à moi. Je suis son héritier. J'ai un témoin.

– Il m'a prié de la garder en souvenir de lui. Je t'en prie, tu sais très bien qu'elle est à moi, dit Tanguy d'une voix lasse.

– Non, elle est à moi!... Elle est à moi!

Tanguy regagna sa paillasse. Ils n'étaient plus que deux à se la partager. L'aube naissait. Une lumière grise éclairait la baraque. La sirène du camp hurla. Le haut-parleur commença de diffuser les premiers hymnes. Tanguy frissonna, se leva. Mathias lui serra la main. Tanguy le remercia. Les morts de la nuit étaient à la porte. La cheminée du four s'éveillait : un mince filet de fumée s'élevait vers le ciel.

II

LES ILLUSIONS DÉTRUITES

« ... qu'il devait être dur de vivre seulement avec ce qu'on sait et ce dont on se souvient, et privé de ce qu'on espère. »

Albert CAMUS,
La Peste.

I

Tanguy, le front contre la vitre fraîche de la fenêtre, regardait la campagne allemande courir à la rencontre du train. Il n'avait pas encore tout à fait retrouvé la vue; mais, grâce à des lunettes spéciales, il commençait d'apercevoir les choses assez distinctement. Il considérait avec tristesse ce pays ravagé par la guerre. Partout des ruines, partout des gens qui fuyaient la zone russe, emportant avec eux leurs pauvres hardes; partout cette même foule anonyme et silencieuse qui ne comprenait pas tout à fait l'immensité du malheur qui fondait sur elle. Les gares à demi détruites étaient bondées de réfugiés qui avaient fui l'avance des Russes. Des enfants squelettiques venaient tendre la main aux anciens déportés. Ils couraient derrière le train, même après que celui-ci se fut remis en marche. Ils criaient : « *Ein Stück Brot, bitte!... Brot!... Brot!...* » Les déportés donnaient peu, parfois même ripostaient par des insultes.

Tanguy ne disait rien. Il avait distribué à la sortie de Berlin le colis que la Croix-Rouge lui avait donné. Maintenant, il n'avait rien à faire d'autre que de contempler cette infinie misère sur laquelle il ne pouvait même plus pleurer. Dans son âme, un vide se creusait. Les dernières paroles de Gunther le hantaient : « Dans une guerre, il n'y a ni vainqueurs ni vaincus : rien que des victimes. »

Il songea au jeune Allemand. De fait, Tanguy ne faisait que songer à lui. C'était plus qu'une obsession : l'absence d'une part de lui-même. Il chercha à se distraire mais ne le put. Il pensa aux derniers mois passés dans le camp; à ces journées passées à lutter contre une mort presque certaine; à ces derniers jours avant la libération, où il était resté étendu sur sa paillasse pour se laisser mourir, cependant que, tout proche déjà, le canon tonnait qui annonçait la liberté; à cette mystérieuse main qui lui apporta sa soupe et l'empêcha de mourir; puis à cet accident dont il ignorait les causes : vers le même moment, il avait perdu la vue... Il se rappela la folle euphorie de cette libération, ces soldats russes qui l'embrassaient, le serraient dans leurs bras, pendant que lui ne savait que pleurer. Enfin, il revoyait cette émouvante cérémonie du Souvenir. Sur l'emplacement même de la chambre à gaz, Tanguy, comme le plus jeune, avait déposé un bouquet de fleurs, pendant que les déportés rassemblés rendaient un dernier hommage à leurs camarades. Puis, sur ces mêmes lieux que Tanguy avait fleuris, les kapos avaient été fusillés, après avoir été jugés par un jury de sept anciens déportés... Tout cela semblait déjà si lointain à Tanguy. A présent, il roulait vers Paris, qu'il allait revoir pour la deuxième fois, et vers l'Espagne, qu'il allait retrouver après sept ans d'absence. Il avait quitté Madrid, âgé de cinq ans, par une nuit froide de 1938; il allait retrouver sa ville en plein été de 1945... vieilli de combien d'années?...

Le train arriva à la frontière française. Tanguy

aperçut confusément une foule de gens qui criaient et agitaient des drapeaux et des banderoles. Un orchestre attaqua *la Marseillaise.* Les yeux de Tanguy se troublèrent. Il se leva. Le train venait de stopper. Il n'était plus en Allemagne, pas encore en France. Les notes vibrantes de l'hymne émurent Tanguy. Mais déjà, le maire du premier village français commençait son discours.

Il dit d'abord combien son émotion était vive d'accueillir les déportés au nom de la France reconnaissante... « Vous avez pu croire, poursuivait le maire d'une voix émue, que la France vous avait oubliés... Je dois en son nom vous affirmer que vous étiez tous présents dans la mémoire des Français. Aujourd'hui, c'est un peuple ému qui vous accueille... il veut vous aider à supporter vos souvenirs douloureux... » Tanguy pleurait. Des sanglots agitaient sa poitrine. Il songeait à Gunther, à Misha, à tous ceux qui n'étaient plus là. Qui donc penserait à eux? Le maire continuait : « ... Nous avons vaincu le fascisme. Il nous appartient de bâtir un monde meilleur et plus juste. » Tanguy regardait autour de lui : ces visages émaciés, ces blessés dans leurs civières, ces demi-vivants, étaient-ce donc là des « vainqueurs »?... Il n'écouta plus le maire.

Ils arrivèrent à Paris au milieu de la matinée, en gare d'Orsay. Dès que le train ralentit sa marche, des cris jaillirent, des bravos, des applaudissements, des chants. Des dames de la Croix-Rouge s'affairaient autour des déportés, les appelant « mon enfant »... Tanguy descendit du train. Il vit, immobile sur le quai, une longue file de femmes silencieuses. Elles tendaient aux déportés des photographies. Tanguy lut : « Paul Lévy-Strauss, 46 ans, architecte », « Jean Marleau,

26 ans, avocat »... Il passa silencieux devant chacune de ces femmes qui proclamaient ainsi leur désespoir sans se plaindre. Il quitta la gare sans avoir prononcé un mot, escorté par une assistante sociale. Il ne songeait plus qu'à retrouver sa grand-mère à Madrid. On le laissa se reposer deux jours à Paris avant de repartir. Il en profiterait pour revoir mieux l'Arc-de-Triomphe et les Champs-Elysées...

⁂

Le délégué de la Croix-Rouge auquel on avait confié Tanguy pour le rapatrier, l'avait amené chez une certaine Mme Lucienne qui, à Saint-Sébastien, tenait une pension de famille. Mme Lucienne était une vieille dame élégante, aux cheveux blancs, aux yeux doux. Elle accueillit Tanguy avec bonté. Elle comprit, sans qu'il ait besoin de rien dire, qu'il avait beaucoup à oublier. Aussi le laissa-t-elle en repos, lui épargnant toutes les questions, qui auraient pu l'attrister ou le gêner. Tanguy lui savait gré de cette bonté délicate. Et comme certains souvenirs étaient encore trop frais dans sa mémoire, il les lui raconta. Elle l'écouta patiemment ressasser ses pauvres histoires et n'en marqua jamais d'impatience.

Le premier soir de son séjour à Saint-Sébastien, Tanguy sortit. La ville l'éblouit. Elle luisait du feu de ses lampadaires, de la magie de ses néons. Il s'arrêtait devant les devantures des boutiques, n'osant croire que tant de choses existassent encore en ce monde. Il souriait. Il était content de voir tant de victuailles appétissantes. Il se dit que maintenant c'était la paix et tout allait changer; qu'il allait enfin pouvoir *vivre.*

Il arriva à la Concha. Les réverbères se réfléchissaient sur l'eau; la lune avait parsemé la mer de papiers d'argent; les lames caressaient les rochers de leur écume blanche. Tanguy fut transporté de joie. Il descendit sur la plage, marcha sur le sable. Il riait maintenant de bonheur. Le bonheur emplissait à tel point son être que Tanguy croyait possible d'en mourir.

Il respira profondément et repartit vers la pension. Dans le silence de la nuit, l'écho de ses pas s'attardait derrière lui. Pour la première fois depuis sa libération, Tanguy se sentait libre. Il en bénit l'Espagne et la mer.

Mme Lucienne l'attendait. Elle était en train de lire son journal dans le salon. Une petite lampe répandait une lumière tamisée dans la pièce et rendait plus doux encore les traits de la vieille dame. Elle esquissa un sourire :

– Alors, cette promenade? demanda-t-elle.

– Très belle. J'ai suivi la rivière. Je ne sais comment elle s'appelle. La mer y pénétrait et la grossissait. Deux beaux ponts enjambent les rives. Je suis allé à la Concha aussi... La mer était belle...

– Tu en as vu des choses! Tu vas bientôt mieux connaître Saint-Sébastien que moi. C'est une jolie ville, n'est-ce pas?

– Très jolie. Je l'aime beaucoup... J'ai vu des boutiques aussi. Il y a de tout!... Des jambons, des saucisses, des fromages, des beaux vêtements!... Et puis, c'est plein de lumières!...

– Oui. Ici, il y a longtemps qu'il n'y a plus eu de guerre!

Ils gardèrent le silence. Enfin, Mme Lucienne lui montra une enveloppe :

– A propos, j'ai des nouvelles pour toi. Ta grand-mère n'habite plus à Madrid, mais Barcelone. Alors, c'est à Barcelone que tu iras... la rejoindre. Il paraît que c'était une dame extrêmement riche et fort distinguée. Sait-elle que tu arrives?

— Non.

— Alors, tu vas faire une chose. Tu vas retarder de huit jours ton départ. La Croix-Rouge m'a payé ta pension. Tu en profiteras pour connaître un peu Saint-Sébastien et pour te refaire un peu. Tu n'es pas bien beau à voir, tu sais.

Tanguy rougit et baissa la tête.

— Allons bon! Le voilà qui devient triste! fit Mme Lucienne. Viens donc te coucher. Je vais te déshabiller et te faire un peu la lecture.

Tanguy sourit. Il trouvait cela drôle que Mme Lucienne voulût l'aider à se coucher. Il avait douze ans; personne ne l'avait jamais aidé à se coucher. Il laissa faire néanmoins Mme Lucienne. Une fois couché, elle lui fit la lecture. Il n'écoutait rien, pour ainsi dire. Il songeait à la mer.

— Bonsoir, mon bonhomme. Elle l'embrassa, voulut éteindre la lumière et se ravisa : tu préfères un peu de lumière?

Il acquiesça et lui sourit. Elle se pencha vers lui et, d'une voix douce, murmura :

— Maintenant, mon jeune monsieur, il faut s'efforcer d'oublier tout ce qu'on a vu de laid. Deux points essentiels : grossir et dormir. D'accord?

— D'accord.

⁂

Tanguy avait baissé le carreau et regardait Mme Lucienne qui restait là, debout sur le quai. Elle portait une robe grise, un petit chapeau noir. Elle paraissait émue. Tanguy avait passé huit jours chez elle. Il était monté à l'Igueldo, avait canoté sur la baie, visité le vieux port, était même allé au cinéma avec elle. Maintenant, il partait. Il allait retrouver sa grand-mère à Barcelone. Il lui avait écrit et n'avait pas eu de réponse. Il essaya de sourire, serra encore une fois la main de Mme Lucienne; le train siffla.

— Ecris-moi!

Il fit oui de la tête.

Tanguy dévorait des yeux des terres immenses, incendiées par la lumière, ces horizons toujours plus vastes. Il se disait que c'était là son pays : celui où il était né. Il en était fier. Il regardait ces paysages virils, austères et les sentait vibrer dans sa poitrine. Tanguy était assis dans un compartiment de première classe; il était vêtu avec élégance; il avait posé sur ses genoux quelques journaux qu'il ne songeait même pas à feuilleter. Il ne pouvait penser qu'à cette chose merveilleuse, que, pour lui, tout était enfin fini : la paix était là. Il allait pouvoir commencer une nouvelle vie, paisible, heureuse. Il essaya de se représenter sa grand-mère, mais ne le put. Puis, las de penser, il se laissa bercer par le train et ne chercha plus à savoir ce qu'il pensait.

— Mme de Bayos habite-t-elle ici?

Tanguy s'était arrêté devant l'immeuble qu'on lui avait indiqué. Il interrogeait la concierge. C'était une petite femme brune, grosse. Elle semblait bavarde.

— Mme de Bayos? Mais elle est morte!... Il y a trois mois qu'elle est morte. Elle habitait le second. Elle était propriétaire de l'immeuble. Maintenant, c'est le syndic qui l'a confisqué. Mais qui êtes-vous? Que vouliez-vous?

Tanguy cherchait à sourire. De fait, il se sentait très fatigué. Il n'avait qu'une envie : se reposer. Il comprenait mal ce qui lui arrivait.

– Rien, fit-il, je ne veux rien.
– Vous étiez de sa famille?
– Son petit-fils.
– Celui qui était dans des camps, là-bas, « dans les Frances »?
– Oui.
– Sainte Marie-Madeleine! Pauvre Madame! Comme elle doit souffrir en ce moment! Si vous saviez combien elle me parlait de vous! Tout le monde parlait de vous. On ne parlait que de vous... Entrez donc une minute, Monsieur. Entrez, je vous en prie. C'est pas bien grand chez nous, mais cela me fera plaisir. Reposez-vous un peu.

Tanguy la suivit. Il ne l'écoutait pas beaucoup, mais il aimait l'entendre parler. Il avait besoin plus que d'aucune autre chose au monde de se donner l'illusion qu'il n'était plus seul. Il entra dans la loge, s'assit sur une chaise. La concierge s'assit en face de lui et lui prit les mains.

– J'ai été concierge à Madrid, chez votre grand-mère... Je vous ai vu naître. Vous étiez si mignon!... Mon père avait été concierge de l'hôtel de votre grand-père, à Madrid. C'était quelqu'un, votre grand-père, vous savez!... C'était vraiment quelqu'un! Vous pouvez dire que vous en avez une famille, vous!... C'était l'homme le plus beau, le plus intelligent, le plus riche de Madrid, peut-être! Il donnait de ces fêtes! Chaque fois qu'il en donnait une, mon père se faisait de l'argent avec les pourboires!... Il y avait deux laquais à la porte et... Vous pleurez, Monsieur? Ce n'est pas possible!... Vous pleurez? Ah! Seigneur... Ce que vous avez dû souffrir, vous, dans « ces Frances »!... Tout ça, c'est la faute à votre mère!... La politique! La politique! Ça l'aura bien avancée, la politique!... Calmez-vous, Monsieur. Vous allez me faire pleurer.

Vous voir, vous, dans cet état... Qui l'aurait dit, Seigneur? Votre grand-père serait mort de douleur s'il avait pu prévoir que son petit-fils viendrait un jour pleurer chez sa concierge!... Santa Maria del Pilar!

— Ce n'est rien, dit Tanguy. Avez-vous eu des nouvelles de ma mère?

— Mademoiselle? Elle est passée par ici en 1942. Elle s'était fait teindre les cheveux. Elle passait avec un convoi de Français, vers les Britanniques... Mais depuis, on n'a rien su... Rien du tout... Pauvre Monsieur, que pourrais-je donc faire pour vous?

— Rien, je vous remercie... Rien!

Tanguy se demandait, angoissé, ce qu'il allait faire. Ainsi se trouvait-il étranger dans son propre pays, sans savoir où aller ni à qui s'adresser. Ainsi cette illustre famille, dont cette concierge lui vantait les fastes, lui était-elle devenue aussi étrangère que possible. Il n'avait plus rien de commun avec elle. Il demeurait là, assis en face de cette femme, se tordant les poignets d'un geste nerveux et s'interrogeant sur ce qu'il avait de mieux à faire.

— Si j'étais vous, j'irais à la police. Ils vous mettront sûrement quelque part. Ils ne peuvent pas vous laisser ainsi dans la rue. Voulez-vous que je vous accompagne?

— Non, merci. Vous êtes bien gentille. Au revoir.

— Au revoir, Monsieur. Et Dieu me soit témoin que j'ai le cœur malade de vous voir ainsi abandonné de tous et de tout!

— Merci!...

Il quitta lentement la maison sans détourner les yeux. Ce qui venait de lui arriver l'étonnait à peine. Il traversa des rues bien tracées et se dit qu'il aurait aimé pouvoir visiter Barcelone. Puis il se dirigea vers un commissariat. Il dut attendre sur un banc pendant de longues heures. A côté de lui, un vieillard s'épouillait. Quand il trouvait un pou plus gros que les autres, il poussait un petit gloussement de satisfaction.

II

Tanguy lut : « Asile Dumos-Centre de Redressement. » Il serra plus fort sa petite valise verte. Le policier qui l'avait accompagné sonna. Une petite cloche retentit. L'œil rond d'un judas se découpa dans l'épaisse porte et un visage blafard s'y colla.

– Que voulez-vous?

– C'est un nouveau.

– Vous avez l'ordre d'admission?

– Oui. Le voici.

Le policier tendit un papier.

La porte s'ouvrit. Tanguy se trouva devant un religieux vêtu de noir. C'était un homme petit, maigre, aux yeux inexpressifs. Il congédia le policier avec brusquerie et fit signe à Tanguy de le suivre. Celui-ci obéit et se trouva bientôt dans un étroit bureau avec une fenêtre qui donnait sur un vaste parc planté de grands arbres. Le Frère[1] s'assit devant une machine à écrire. Tanguy donna ses nom, prénoms, âge..., les noms de ses parents...

– Votre dernière adresse? demanda le religieux.

1. L'auteur croit devoir informer ses lecteurs qu'il ne s'agit pas dans tout ce qui va suivre de l'Institut des *Frères des Écoles Chrétiennes*.

Tanguy hésita. Puis il se décida :

– Saint-Sébastien.

– Vous y avez habité pendant combien de temps?

– Huit jours.

– Adresse précédente?

– Un camp de concentration, en Allemagne.

Le Frère leva ses yeux ternes et les posa sur Tanguy. Celui-ci sentait que l'homme lui était hostile. Il cherchait à en trouver les raisons.

– Tu es Juif? demanda le Frère...

– Non.

– Tu es communiste?

Tanguy eut presque envie de sourire. Mais il se contint :

– Non.

– Pourquoi as-tu donc été interné?

– ... C'était la guerre...

Tanguy n'avait rien trouvé de mieux à dire... Il était dégoûté. Il avait envie d'en finir et se demandait ce que toutes ces questions pouvaient bien signifier.

– Ici, tu n'es pas en France, reprit l'homme en soutane d'une voix sourde. Ici, la racaille comme toi, on la dresse... Tiens-toi droit. Sans quoi...

Il n'avait pas achevé sa phrase. Tanguy ne broncha pas. Il prit sa valise et suivit le Frère... Ils traversèrent le parc et gravirent un grand escalier. Le centre était sur la hauteur. Tanguy marchait en silence. Il avait le cœur serré. Les bruits de la ville proche montaient jusqu'à lui. Ils lui parvenaient, comme dans un songe.

Ils arrivèrent. C'était une cour carrée, très vaste. Pas d'arbres. Tout autour, des bancs en grès andalou. Des enfants étaient assis sur ces bancs ou bavardaient debout. Ils étaient tous tondus et portaient le même uniforme : un pantalon kaki et une chemise sans col. Ils étaient chaussés d'espadrilles. Le Frère s'arrêta dès l'entrée de la cour. Deux garçons solidement bâtis s'y tenaient. Ils avaient chacun un bâton à la main.

– Voici un nouveau. Qu'on l'emmène « chez le coiffeur » pour le tondre.

– A quelle division?

– La B-11.

Tanguy regardait tomber ses courtes mèches. Le coiffeur était un garçon très maigre, aux yeux marron. Il avait un regard de bête traquée.

– C'est toi l'Allemand? demanda-t-il soudain.

– Non, je ne suis pas Allemand. Je viens d'Allemagne.

– Qu'est-ce que tu as dans ta valise verte?

– Des vêtements, quelques livres.

– Rien à manger?

– Si, des fruits, du pain et un peu de lait concentré.

– Quels fruits?

– Des bananes et des oranges; quelques mandarines aussi.

– Je te « sonne » les peaux.

– Tu quoi?

– Je te « sonne » les peaux.

– Qu'est-ce que cela veut dire?

– Que c'est moi qui, le premier, t'ai « sonné » les peaux; que tu ne peux les donner à personne d'autre. Tu comprends?

– Vous mangez les peaux?

– Evidemment. C'est bon... Les peaux d'orange ont des vitamines B et avec celles des mandarines on fabrique la poudre... Tu penses, alors, les vitamines des peaux de mandarine!

Il y eut un silence. Le coiffeur avait achevé son travail. Tanguy se leva. Il sourit et tendit sa main au garçon maigre qui venait de lui tondre le crâne.

— Je m'appelle Tanguy.

— Moi Antonio Maderas. Mais tout le monde m'appelle « Le P »...

— Pourquoi est-ce qu'on t'appelle comme ça?

— J'ai des « éplisies ».

— Quoi?

— Des attaques. Je tombe par terre évanoui, je me mords les lèvres, je fais sur moi... Tu connais?

— Epilepsie. Oui... Moi aussi j'ai eu des attaques. J'en ai encore. Mais ce n'est pas de l'épilepsie...

— T'en sais des choses!

« Le P » dévisageait Tanguy avec admiration.

— Non, pas beaucoup.

— Tu sais écrire?

— Oui.

— Tu voudras m'écrire une lettre? C'est pour ma sœur. Elle est dans un autre centre de redressement. Elle m'a écrit. Mais je ne sais pas répondre.

— Tu ne sais pas écrire?

— Non.

— Et personne ne sait écrire ici?

— Si; le secrétaire de Frère Rouge écrit. Mais il faut lui donner quelque chose. Moi, je n'ai pas de famille et par conséquent pas de colis. Je ne peux rien lui donner, si ce n'est sur ma ration. Et ça, je ne veux pas. Il faut manger, sans quoi l'on meurt. Surtout lorsqu'on est malade.

— Je t'écrirai ta lettre.

— T'es chic.

« Le P » hésita :

— Tu veux être mon ami?

— Pourquoi pas?

— Je veux dire : tu veux bien qu'on soit à moitié de tout?

— Qu'est-ce que tu veux dire?

— De tout ce que j'aurai je te donnerai la moitié; de tout ce que tu auras tu me donneras la moitié.

Tanguy hésita. Il regarda le jeune malade qui se tenait devant lui et commençait à ranger les tondeuses et les ciseaux.

– J'ai pas de colis. Comme je suis coiffeur, les « voyous » me donnent tous les jeudis à manger... Mais personne ne veut être à moitié avec moi. Il n'y a que les « voyous » qui se mettent à moitié. Les « orphe » ne se mettent jamais à moitié de rien. De quoi donner la moitié quand on n'a rien? Mais c'est bon d'être à moitié avec quelqu'un : on est moins seul, tu comprends?

– Oui. On sera à moitié, si tu le veux.

– On se serre la main?

– D'accord.

Tanguy serra la main du « P » en souriant.

– Maintenant, crache par terre et dis : « Le premier qui change d'avis est un vendu. »

Tanguy obéit. Les yeux de son nouvel ami brillèrent d'un singulier éclat. « Le P » se mit à parler de tout à tort et à travers. Puis il dit :

– Tu dois aller maintenant aux vestiaires. Sors la nourriture de ta valise. Je la garderai. Les gens du vestiaire te la voleraient. Tu me retrouveras ici.

Tanguy fit ce que lui disait son ami. Il sortit la nourriture de la valise et alla aux vestiaires. Il y toucha sa nouvelle tenue. Puis il regagna la cour. « Le P » l'attendait. Ils allèrent s'asseoir dans un coin à l'ombre et mangèrent. « Le P » suça d'abord le jus de l'orange; puis, lorsque le fruit fut tari, il le plia en deux et l'avala avec sa peau, comme s'il se fût agi d'un sandwich. Tanguy ne mangeait pas les peaux et son ami les prenait toutes. Ils ne parlaient pas; ils se nourrissaient en silence. Autour d'eux, petit à petit, d'autres pensionnaires arrivèrent. Ils tendaient leurs mains sans dire mot.

– Si tu me donnes, je te donnerai jeudi.

Tanguy regarda celui qui parlait. C'était un garçon d'environ quinze ans, aux traits tirés, et qui semblait plus vieux que son âge... Son visage exprimait quelque chose que Tanguy pensa être de l'indifférence : c'était du mépris.

– Tiens.

Tanguy tendait un morceau de pain. « Le P » l'arrêta d'un geste brusque.

– Ne lui donne rien, dit-il. Il ne te donnera rien. C'est un radin. Il dit la même chose à tout le monde, mais il ne donne jamais rien.

– Ça ne fait rien. Je ne lui donne pas pour qu'il me le rende, mais parce qu'il a faim.

– Moi aussi, j'ai faim! cria quelqu'un.

– Moi aussi!

– J'ai faim! Je suis orphelin.

– ... Je suis de l'*Ayuntamiento!* Personne ne me donne...

Tanguy se leva. Toutes ces mains tendues lui faisaient mal; l'expression de ces visages remuait en lui de trop pénibles souvenirs. Il garda le peu de nourriture qu'il avait encore et se mit à marcher. Les élèves le suivaient, parlant tous en même temps.

– Rien qu'un petit morceau!

– Les peaux!

– Un morceau de peau!

C'était dimanche. Tanguy ne s'en serait pas aperçu si « Le P » ne le lui avait pas dit. C'est pourquoi les élèves demeuraient dans la cour toute la journée. Ils restaient dans le désœuvrement à remâcher leur faim. Ils parlaient nourritures, femmes, liberté. Les pensionnaires étaient de deux sortes : ceux de l'*Ayuntamiento* et ceux du *Tribunal*. Les premiers étaient ou orphelins ou fils de parents indignes; les seconds étaient de jeunes délinquants et n'étaient là que pour purger une peine. Ils étaient libérés après six mois, un an, ou plus, de « redressement ». On appelait le fait d'être libéré « avoir sa boule ». Délinquants et orphelins vivaient ensemble et menaient le même genre d'existence.

« Le P » avait montré à Tanguy un jeune garçon fort beau, à l'air très fragile, qui avait tué son père. Tanguy avait du mal à croire cela. Le jeune parricide s'appelait Firmin. Il passerait toute son adolescence dans le centre et serait ensuite transféré en prison. Il avait seize ans, un sourire angélique et attirant. On ne pouvait croire qu'il y eût quelque chose de méchant dans ce garçon. Tanguy s'approcha.

– Comment cela se fait-il que nous soyons toute la journée dans la cour? lui demanda-t-il pour dire quelque chose.

Ce garçon se tenait seul, à l'écart. En entendant cette question, ses yeux étincelèrent.

– T'ai-je demandé l'heure qu'il est?

Tanguy ne sut que répondre. Il balbutia :

– Pardonne-moi. Je voulais être gentil avec toi. Je ne voulais vraiment pas t'importuner.

– Non?

– Non.

– Alors, sois gentil jusqu'au bout et f... le camp.

Et comme Tanguy hésitait, Firmin insista :

– Je t'ai dit de décamper!

Tanguy s'en alla retrouver « Le P ». Il était triste. Il aurait voulu lier conversation avec Firmin. Il ne comprenait pas pourquoi ce dernier le rejetait. Puis il se dit que, sûrement, il devait avoir l'air bête. Car tous les nouveaux venus ont l'air bête.

⁂

La vie au centre était réglée par le sifflet du Frère. Il fallait obéir aux ordres de cet instrument avec une promptitude totale. Après chaque coup de sifflet, le Frère ajoutait : « Le dernier en rang aura deux jours sans dessert! » Ou : « Le dernier debout, trois jours sans pain! » Les élèves se ruaient les uns sur les autres. Les derniers se bousculaient, se poussaient du coude. Une fois dans les rangs, il était interdit de parler. Il fallait croiser les bras et garder la distance d'un mètre entre soi et le camarade de devant soi et celui de derrière. Entre les files silencieuses, se tenaient les *kapos,* pour la plupart jeunes gens du *Tribunal,* délinquants de droit commun. Les Frères choisissaient les plus « durs », et surtout les plus forts. Car les *kapos* étaient autorisés à battre leurs camarades, les punir, les priver de nourriture. Les pensionnaires étaient à leur merci, comme ils étaient à la merci des Frères. Les *kapos* n'étaient pas régulièrement tondus et ils étaient les seuls à pouvoir se coiffer.

Les punitions étaient diverses. Il y avait tout d'abord celle qui consistait à prendre tous ses repas à genoux et à rester une semaine privé de pain; ou cette autre qui consistait à courir autour de la cour. Les pensionnaires appelaient cela « faire la noria ». Le Frère et les *kapos* se plaçaient aux quatre coins de la cour et obligeaient les punis à courir vite et à marquer bien les angles. Au passage, ils fouettaient les jambes des punis avec des minces baguettes de châtaignier. De plus, les « punis » n'avaient pas le droit de toucher leurs colis et c'étaient les *kapos* qui les dégustaient à leur place. C'est pourquoi ceux-ci étaient à l'affût de fautes qu'ils punissaient sans autre but parfois que d'enlever à leurs victimes les colis qu'ils recevaient.

Le centre était très surveillé. Toutes les portes avaient leurs gardiens et les murs qui séparaient les pensionnaires de la liberté étaient hauts. Les Frères avaient en plus inventé le système des « responsables » qui avait fait de chaque élève un mouchard en puissance : chaque pensionnaire avait deux camarades « responsables » de lui. Ils étaient sévèrement punis si leur « protégé » faisait ou cherchait à faire le mur.

Malgré toutes ces précautions, quelques pensionnaires réussissaient à s'enfuir. Ils étaient souvent repris. Parfois même ils étaient repris par la police, quelques jours après leur fuite. En ce cas, il y avait la *paliza*[1]. Le soir, les Frères se saisissaient du fuyard et l'attachaient, face au mur, par les poignets et les chevilles. Avec des baguettes de châtaignier, ils le flagellaient. Dans le silence du dortoir, les camarades pouvaient entendre les cris déchirants de ceux qui subissaient ce traitement. Cris de bête blessée, entrecoupés de sanglots. Parfois, si le « fuyard » était un délinquant, s'établissaient des dialogues ahurissants. Les Frères, à chaque insulte, redoublaient de rage. Ils frappaient à la tête, aux jambes, parfois aux parties sexuelles. Lorsque leur baguette cassait, ils donnaient des coups de poing, des coups de pied. Frère Antonin avait déchiré l'oreille d'un fuyard; Frère Armando avait provoqué une hémorragie cérébrale chez un garçon qui avait failli en perdre la vie.

Tanguy, quand il entendait ces cris, frissonnait de peur, fermait les yeux et cherchait à s'endormir. Mais cela n'était pas possible. La *paliza* se pratiquait dans un préau situé près du dortoir et,

1. Mot espagnol : Bastonnade.

de leurs lits, les pensionnaires pouvaient distinguer le râle du Frère et saisir chaque parole et chaque plainte du « puni ». Quelques anciens avaient des statistiques. Le « record » était détenu par Frère Rouge : deux cent dix coups.

III

Les élèves couchaient sur des matelas étendus par terre. A deux par matelas. Ils n'avaient qu'une seule couverture et dormaient tout habillés. La nuit, le plus fort enlevait à l'autre sa part de couverture. Tanguy avait de la chance : son camarade de lit ne bougeait pas beaucoup.

Il dormait peu. Son cerveau était sans cesse occupé à revivre son passé et à méditer son présent. Lui qui n'avait jamais su haïr haïssait ces Frères à un degré incroyable.

Il s'en effrayait lui-même. Il savait que s'il en avait eu la force, il aurait, de ses propres mains, étranglé chacun de ces hommes en soutane. Il les aurait étranglés sans pitié.

Tanguy avait certes connu les camps de concentration. Mais c'était la guerre. Les Allemands étaient fidèles à un système en tuant leurs prisonniers. Ils étaient des monstres tout d'une pièce. Tandis que ces Frères communiaient chaque matin. Ils obligeaient même leurs pensionnaires à assister aux offices religieux. Ils osaient commenter pour eux l'Evangile. Tanguy détestait cette hypocrisie ignominieuse. Parfois, dans l'église, l'envie lui prenait de hurler son mépris. Il se disait : « Comment osent-ils? Comment ne meurent-ils pas de honte? » Mais Tanguy savait qu'il ne fallait s'étonner de rien. Il se contentait de ne jamais communier, de ne jamais jouer le jeu des Frères. La plupart des élèves communiaient en effet chaque matin pour être « bien vus ». Certains n'avaient même pas fait leur première Communion; d'autres ignoraient s'ils étaient baptisés.

Tanguy avait de nouveau perdu l'espoir. Il avait cru, en Allemagne, que la paix lui apporterait une vie meilleure. C'est cet espoir qui l'avait soutenu. Maintenant, il n'avait plus d'espoir. La paix était venue; elle avait apporté un monde encore plus injuste. Tanguy vivait comme un automate. Aucun enthousiasme ne le retenait plus à la vie. Il accumulait de la haine : une haine si vaste qu'il craignait qu'elle ne l'engloutît lui-même.

Les Frères faisaient vivre les pensionnaires dans la terreur du sifflet. Le matin, ils ne les éveillaient jamais à la même heure. Ils essayaient au contraire de les surprendre. Ils entraient précautionneusement dans le dortoir puis, soudain, un long coup de sifflet faisait tressaillir des corps qui n'étaient plus qu'un amas d'os tremblant de peur.

— Le dernier aux douches, huit jours sans pain et huit jours sans « repos »!

Les pensionnaires se bousculaient. Parfois, l'un d'eux, dans l'affolement général, oubliait sa serviette. Il n'osait pas retourner la chercher pour ne pas être surpris.

La « douche » faisait le bonheur des Frères. Au premier coup de sifflet, les garçons se déshabillaient dans un sombre couloir éclairé par deux vasistas. Ils attendaient là, tout nus, les bras croisés. Deuxième coup de sifflet : un premier contingent entrait dans la salle de douches pendant que leurs camarades attendaient dans le froid du réveil et du petit matin, claquant des dents. Il fallait rester sous la douche jusqu'à ce que le Frère ordonnât d'en sortir, sans bouger, sous l'eau glacée. Il fallait faire semblant de se savonner. Le Frère passait, une courroie à la main. Les douches n'avaient pas de portes. Le Frère soudain frappait l'un ou l'autre avec la courroie, qui laissait sur la peau humide des empreintes violacées. La douleur était aiguë. Elle arrachait des larmes. Le Frère cherchait à atteindre des parties sensibles : les oreilles, les mollets. Les victimes hurlaient de douleur. Les Frères riaient à plein gosier :

— En voilà une poule mouillée! Savonne-toi mieux, voyons! Là, les oreilles! (Nouveau coup de lanière.) Vite!

Allons! Les oreilles!...

Tanguy jetait au Frère des regards chargés de haine et de mépris. Un jour, Frère Rouge l'atteignit à l'oreille. Des larmes jaillirent instantanément des yeux de Tanguy. Il feignit pourtant de n'avoir rien senti. Frère Rouge l'avait frappé sans aucune raison. Il l'avait frappé pour s'amuser, en vociférant :

— Vite! Vite! Ne perdons pas de temps!

Tanguy n'accéléra pas l'allure. Il éprouvait une secrète joie à défier Frère Rouge. Celui-ci était un garçon jeune, portant des lunettes, et boiteux. Il savait à peine lire et écrire. Ces Frères ne seraient jamais ordonnés prêtres, leur ordre ne se recrutant que parmi les classes sociales les plus basses; ils y étaient entrés, pour la plupart, comme ailleurs certains jeunes gens étaient devenus S.S. : parce qu'ils ne savaient que faire de leur puissante animalité. Tanguy n'aimait pas Frère Rouge et celui-ci le lui rendait.

— Je t'ai dit de faire vite!

La courroie s'enroula autour du jarret de Tanguy. Celui-ci dut faire effort pour ne pas hurler de nouveau. Il se sentit rougir et pâlir mais ne broncha pas.

– Veux-tu te moquer de moi?

Les coups pleuvaient. Tanguy avait laissé tomber le morceau de savon. Il avait glissé dessus et était tombé. Son front avait heurté le plancher. Il y porta la main et la retira pleine de sang. Frère Rouge éjaculait sa rage en phrases inconhérentes :

– Salaud! Ordure!... Petite ordure!... Il veut tenir tête, hein? Je t'apprendrai, moi, à tenir tête!... Sale ordure! Communiste!... Bolchevik!... Ça ne croit pas au Bon Dieu, hein?... Ça fait le malin! Ordure!...

Frère Rouge avait le souffle coupé. Tanguy suffoquait. Ses yeux étaient voilés de larmes. Chaque coup de lanière sur sa peau mouillée était un affreux supplice. Mais il ne pleurait pas. Une sorte de joie monstrueuse l'emplissait au contraire. Il se régalait de cette colère; il se sentait le plus fort. Il savait que le Frère, au fond de son âme, avait peur de lui. Et c'était parce qu'il avait peur de lui que Frère Rouge le haïssait.

Tanguy, soudain, fut pris d'un vertige de haine. Il se leva, blême, le front couvert de sang, le corps strié de traces violacées. Il se mit à crier : « Vous voudriez bien me tuer, hein?... Allez-y!... Qu'est-ce qui vous retient? Votre Christ? Votre charité chrétienne? Allez-y, parlez!... Vous savez ce que je pense de vous. Vous le savez et vous en avez peur... C'est vous qui êtes des ordures... Mais des ordures qu'on n'ose pas toucher... Vous communiez chaque matin... et vous n'êtes qu'un amas de voleurs et d'assassins!... »

Frère Rouge recula, pâlit. Puis Tanguy le vit qui avançait. Instinctivement, il chercha à se protéger. Les coups pleuvaient partout. Tanguy avait mal à la tête. Il la sentait devenir lourde. Un coup de pied aux reins le fit tomber évanoui.

Il passa cinq jours à l'infirmerie. Quand il en sortit, il avait encore la tête gonflée et le corps tuméfié. Frère Rouge, en le voyant arriver, lui administra une paire de gifles et lui commanda de « faire la noria » jusqu'à nouvel ordre. Tanguy obéit. Les premiers tours ne furent pas trop durs; mais petit à petit, tout chancelait autour de lui. La faim tiraillait; la sueur coulait sur son front et sous ses aisselles. Il courait, les lèvres serrées, attentif à ne pas s'évanouir. Malgré lui, il tremblait à chaque tour, en s'approchant du Frère. Car celui-ci avait un bâton à la main. Il ne frappa pourtant pas Tanguy. Ce dernier fut seulement astreint, pour seule punition, à prendre tous ses repas à genoux pendant un mois; et à rester une heure à genoux avant de se coucher, pendant un mois aussi. Dès lors, sa vie entière devint une punition. Mais cela lui était devenu indifférent. Il souffrait, bien sûr. Mais la haine l'emportait. Il se demandait souvent *pourquoi* il était né, s'il ne ferait pas mieux de se tuer. Mais il savait qu'il n'oserait pas le faire. Il supportait donc cette nouvelle existence sans dire mot. Il ne voulait d'aide ni de consolations de personne. Il déchira l'unique photo qu'il avait de sa mère et ce geste prit pour lui toute la valeur d'un symbole.

Quant au « P », il n'était plus « à moitié » avec lui. En réalité, « Le P » n'avait rien voulu d'autre que de toucher une part du peu de nourriture que Tanguy apportait le jour de son arrivée. Mais Tanguy n'en voulait pas au « P », qui était un pauvre être, affamé et malade. Il était presque content de s'en être débarrassé, car il n'avait envie de parler avec personne ni d'être l'ami de personne. Il ne voulait rien, sinon qu'on le laissât tranquille.

Depuis l'incident des douches, les *kapos* le guettaient et l'avaient à l'œil. Tanguy le savait. Aussi s'efforçait-il de ne pas donner de prétexte à ces derniers de le punir. Il faisait attention au règlement. Il vivait attentivement. Il sentait qu'on cherchait à lui faire le plus de mal possible et était prêt à se défendre dans la mesure où il le pouvait. Parfois, la lassitude l'emportait. C'était généralement au souvenir de Gunther. La nuit, alors que ses camarades dormaient, Tanguy, agenouillé sur le plancher, se rappelait le doux visage. Il se souvenait de chacun des gestes et de chacune des paroles de celui qu'il avait aimé. Alors, tout à ce souvenir, il sentait un gros poids entrer en lui; il pliait sous un invisible fardeau. Sa lutte lui paraissait stérile. Il se demandait pourquoi il ne mourait pas... Gunther... Le soir de sa mort, son ami lui avait glissé entre les doigts la seule chose de valeur qui lui restât au monde; ils avaient passé la dernière nuit à attendre une mort qui était lente à venir... Un déporté avait arraché à Tanguy ce seul souvenir que celui-ci espérât garder de son ami...

Tanguy ne pleurait plus. Il ne pleurait plus jamais. Il sentait par moments l'angoisse serrer sa gorge et tenailler sa poitrine; il croyait alors qu'il allait éclater en sanglots. Mais il n'en était rien. Tanguy avait épuisé sa capacité de larmes, comme il avait épuisé son espoir. Il n'y avait de place dans son cœur que pour la révolte et la haine. Il détestait indifféremment les uns et les autres. Il avait chassé de sa mémoire jusqu'à sa mère, car il ne voulait voir en elle comme en tous qu'inimitié : sauf en celui qui n'était plus.

IV

Les pensionnaires travaillaient dans des ateliers situés dans l'aile gauche du bâtiment. Ils appartenaient à des particuliers. Ces derniers trouvaient dans le centre une main-d'œuvre efficace et bon marché. Les « patrons » ne payaient en effet aux Frères qu'une somme minime par journée et par tête. Car la plupart des élèves étaient mineurs. Ceux-ci ne touchaient chaque semaine qu'un « pourboire » de cinq pesetas.

Tanguy était aux polissoirs. C'était le travail le plus pénible. C'est aux polissoirs qu'on plaçait les *fuyards* et les *punis.* Les polissoirs étaient dans une cave. Là, vingt pensionnaires travaillaient sous les ordres et la surveillance d'un *kapo de travail* et d'un contremaître. Il s'agissait naturellement de « polir » des pièces de métal. Les brosses cylindriques tournaient à une vitesse vertigineuse. Elles dégageaient une odeur nauséabonde qui les faisait cracher. Ceux qui vivaient aux polissoirs étaient, à plus ou moins longue échéance, condamnés à la maladie. Ils restaient là de huit heures du matin à midi et demi et de trois heures à huit heures. Il leur était interdit de parler ou d'aller aux toilettes. Ils ne devaient pas non plus interrompre leur travail.

Tanguy travaillait en silence. Il avait le bout

des doigts brûlé par la brosse et par le métal qui s'échauffait au fur et à mesure qu'il était travaillé. Tanguy se mettait un mouchoir sur la tête et un autre sur la bouche. Il ne pensait à rien, à longueur de journée. Il haïssait à tel point les Frères qu'il se sentait presque content à l'atelier. Là, du moins, personne ne s'occupait de lui ni ne l'obligeait à donner autre chose que ses pauvres forces et son attention.

Le travail avait pour lui un autre grand avantage : il l'empêchait de penser. C'est ce dont il avait le plus grand besoin. Il se saoulait de fatigue, comme d'autres de vin. Il cherchait à oublier son court passé et à chasser de son cerveau le douloureux souvenir d'un visage. Il ne parlait jamais avec personne. Ses camarades disaient de lui qu'il était un original; d'autres, moins subtils, assuraient qu'il était « toqué ». Tanguy n'attachait aucune espèce d'importance à ces propos.

Le contremaître des polissoirs était un homme gentil. Il s'appelait Mateo. Robuste, solidement bâti, avec une tête carrée et de grands yeux noirs, il n'aimait ni les curés ni les patrons; c'est pourquoi il était secourable aux pensionnaires. Au moindre prétexte, il giflait le *kapo* qui symbolisait pour lui la tyrannie des Frères. Comme Mateo était très fort, quand il frappait il frappait bien. Il disait que les *kapos* étaient tous des *vendus,* les Frères des *salauds,* les patrons des *trafiquants d'esclaves.* Il ne cachait pas ses opinions. Il se disait « libéral ». Le triomphe de son libéralisme eût été de massacrer tous les curés si les moyens lui en avaient été donnés.

Mateo aimait Tanguy. Il l'envoyait souvent chercher des pièces au-dehors, ou les rendre. Il clignait de l'œil et lui disait :

– S'il faut attendre, tu attendras.

Tanguy pouvait de la sorte se reposer. Il s'enfermait dans les toilettes et fumait une cigarette qu'il obtenait avec les mégots de Mateo. Il fallait faire attention en fumant et dissiper la fumée avec les mains. Mais c'était une impression de liberté que ces instants où l'on était seul avec sa cigarette, dans le silence de la cour, en écoutant la lointaine rumeur des presses, des machines textiles et des polissoirs.

Mateo apportait chaque matin ce qu'il appelait son déjeuner. Il le prenait vers les dix heures et demie. Il appelait alors l'un des pensionnaires qui travaillaient sous ses ordres et lui en donnait la moitié. Il le lui faisait manger devant lui. Mateo se retournait vers le *kapo* et, en riant :

– Dis-le-lui, au Frère. Fais ton métier, mon petit!... Fais-le et du premier coup de poing, je t'aplatis la face...

Mais Mateo savait bien que le *kapo* n'oserait pas le dénoncer. Car tout le monde admirait plus ou moins Mateo.

Le patron de Tanguy était un homme très grand, très parfumé, aux doigts chargés de bagues. Il était toujours bien rasé, bien vêtu. Il surveillait sans cesse ses ateliers, car il avait peur que les pensionnaires ne fissent du sabotage. Mais il ne descendait que rarement aux « polissoirs » : la cave sentait trop mauvais. Quand il lui arrivait de descendre, il avait l'air gêné. Il souriait timidement aux pensionnaires. Mais personne ne lui rendait ses sourires. On le laissait seul. Pour se donner une contenance, il prenait une des pièces déjà polies et feignait de l'examiner avec soin. Tout le monde savait que le patron avait peur des « polissoirs ». Les pensionnaires l'appelaient le *gula* [1].

1. En catalan : radin, avare.

Un matin, alors que Tanguy était au travail, la sirène retentit. Les pensionnaires se précipitèrent au-dehors. Ils apprirent vite l'événement : un élève qui travaillait aux presses avait fait un faux mouvement. Une pièce s'étant coincée dans le moule, il avait voulu la retirer avec la main. Sans doute, en proie à la fatigue, avait-il inconsciemment actionné une pédale. La presse, lourde de plusieurs tonnes, était tombée de tout son poids et de toute sa vitesse sur la main du pauvre garçon. Tout son avant-bras était engagé sous la presse. Du dehors, on entendait ses cris désespérés : « Maman!... Maman!... Aïe!... »

Dans la cour des ateliers, tous les pensionnaires attendaient. Leurs visages étaient tendus. Une ambulance arriva. Deux infirmiers en blouse blanche en sortirent. Ils entrèrent dans les ateliers et, quelques instants plus tard, les cris avaient cessé. Le blessé fut emmené au milieu d'un silence lourd des pensées de chacun. Il était étendu sur une civière. Il était livide, avait l'air endormi. Tanguy n'avait jamais vu un visage aussi blanc. L'ambulance démarra dans un tumulte d'avertisseurs.

Le *gula* était là, entouré d'un médecin, du *kapo des presses,* de Frère Rouge et de quelques pensionnaires. Tanguy s'approcha.

– Il a dû faire une fausse manœuvre, disait Frère Rouge.

– Bien sûr, bien sûr... répétait le *gula.*

– C'est épouvantable, renchérissait le *kapo.*

– Terrible! insistait Frère Rouge. Terrible!...

– Bien sûr, bien sûr... répétait le *gula,* qui semblait ne pas vouloir comprendre ce qui lui arrivait.

– Etait-il en bonne santé? demanda le médecin.

– Excellente. Hier encore, il courait dans la cour, dit Frère Rouge.

Tanguy avait mal aux tempes. Il croyait que sa tête allait éclater, était submergé de honte et de dégoût; il tremblait d'indignation. Ses dents claquaient.

– Faux! s'écria-t-il. C'est faux!...

Toutes les têtes se tournèrent. Frère Rouge devint pourpre. Il murmura :

– Toi, retourne à ton atelier! Ne l'écoutez pas... C'est un communiste. Il a été dans un camp, en Allemagne.

– Vous avez peur, hein? hurlait Tanguy. Vous avez peur que le médecin n'apprenne la vérité!... Eh bien! je la dirai cette vérité. Même si vous devez me tuer!... Même si vous devez me couper en morceaux!

Frère Rouge se tourna, furieux, vers le *kapo :*

– Manolo, emmène cet hystérique aux polissoirs!

Tanguy fit un geste violent pour écarter la main qui allait se poser sur lui. Il s'en dégagea prestement :

– Ne me touchez pas!... Vous me dégoûtez!... Vous me dégoûtez!...

– Laissez-le parler. Il a sûrement quelque chose à dire.

C'était le médecin, petit homme pâle, chauve, qui portait des lunettes. Il était vêtu d'un élégant complet gris et avait une serviette en cuir à la main. Ses paroles plongèrent Frère Rouge et le *kapo* dans la stupeur. Un silence se fit autour de Tanguy qui avait les yeux pleins de larmes et dont la poitrine haletait d'émotion.

– Parle... Comment t'appelles-tu?

– Tanguy.

– Vas-tu dire la vérité, rien que la vérité?

– Oui.

– Sais-tu que ton témoignage devra être entendu par l'enquête, si une enquête doit avoir lieu?

— Oui.
— Et tu n'as pas peur de dire la vérité?
— Si.
— En ce cas, pourquoi la dis-tu?

Tanguy hésita. Comment aurait-il pu dire au médecin que, puisqu'il était seul au monde, il n'avait plus grand-chose à perdre? Comment aurait-il pu lui dire que lorsqu'on a perdu l'espoir en un monde plus juste, on trouve le courage de dire la vérité? Comment lui dire que lorsque tout ce à quoi l'on a cru a fait faillite, l'on ne peut plus, n'eût-on que treize ans, craindre les hommes?... Tanguy se contenta de répondre :

— Vous savez, moi!... Cela m'est égal!...
— Tu es délinquant?
— Non.
— Pourquoi es-tu ici?
— Orphelin.
— Bon, qu'as-tu à dire?...
— Vous n'y pensez pas! C'est un communiste! s'écria Frère Rouge. Il va inventer des mensonges. Vous ne pouvez pas l'écouter! C'est un communiste!

Le médecin se tourna vers le Frère :

— Comment savez-vous qu'il est communiste?
— Les Allemands l'ont interné dans un camp.
— Quel âge avait-il à l'époque?
— Dix ou onze ans.
— Communiste à dix ans?... Le médecin fixa longuement le Frère qui balbutiait des phrases incohérentes.
— ... Il ne croit pas en Dieu, ni à rien de sacré! articula Frère Rouge.

Le médecin dévisagea le religieux presque avec mépris. Il resta silencieux un long moment :

— Qu'en savez-vous? demanda-t-il enfin.
— ... Il ne communie pas.
— S'il était ailleurs, peut-être communierait-il.

Puis, regardant Tanguy dans les yeux, le médecin lui dit :

— Maintenant, parle.

Tanguy pleurait. Après les premiers instants d'indignation, il n'y avait plus à présent dans son être que silence et lassitude. Il fit un effort et commença :

— Il s'appelait Antonio Fuentès Mazos. Il avait quinze ans et six mois. Il travaillait à la matière plastique. C'était un travail moins dur. La semaine dernière, il chercha à envoyer en cachette une lettre à sa famille pour dire qu'il avait très faim et très froid. Il demandait à sa mère de lui envoyer une vraie couverture. Je sais ce qu'il disait dans sa lettre, car Fuentès ne savait pas écrire et c'est moi qui ai fait sa lettre. Il devait la donner à un *kapo* qui paraissait un bon ami. Il avait promis de donner à ce *kapo* son pourboire de semaine pendant un mois. Le *kapo* sortait en ville et avait juré qu'il mettrait sa lettre à la poste... En réalité, il moucharda Fuentès. Avant-hier, Fuentès reçut une *paliza*. Du dortoir, nous avions compté les coups : cent dix. Il avait le dos bleui et gonflé... Je l'ai vu hier. Ici, mes camarades m'appellent à l'aide parce qu'ils croient que je sais tout, étant donné que je sais lire et écrire. C'est moi qui soigne leurs furoncles et leurs plaies. J'ai pansé le dos de Fuentès comme j'ai pu et j'ai mis un peu d'huile dessus. Fuentès m'a avoué qu'il avait des troubles visuels. Je ne pouvais malheureusement rien pour ça. Depuis deux jours, il n'a rien eu à manger. Il était puni sans pain. Et depuis deux jours, il est à genoux dans le dortoir, dans le réfectoire et partout... Frère Rouge vous disait qu'il courait hier encore dans la cour. C'est vrai; mais c'était pour faire la *noria*. Vous savez ce que c'est?... Bon. Frère Rouge et le *kapo* qui l'a donné s'étaient placés dans les coins de la cour. Ils lui fouettaient les jambes avec une mince courroie qu'ils appellent ici un *raviveur.* Hier enfin, Frère Rouge a fait muter Fuentès de la matière plastique aux « presses »... Le reste, vous le savez.

Il y eut un long silence. Tanguy s'essuya les yeux. Il avait parlé d'une voix dégagée, monotone. Il se sentait détaché de tout cela, comme du danger qu'il courait lui-même. Il *savait* que rien de pire ne pouvait lui arriver qu'il n'ait déjà vécu; il *savait* surtout qu'il était très difficile de tuer un enfant.

— Je vous remercie... fit le médecin d'une voix blanche. Je m'en vais tout de suite examiner le jeune blessé pour constater s'il présente les signes que vous m'avez indiqués. Je ferai aussi examiner ses yeux. Malheureusement, poursuivit le médecin, votre déposition n'est pas suffisante. Il faut un deuxième témoin pour qu'elle puisse avoir une valeur légale. Pourriez-vous trouver ce second témoignage?

Tanguy hésita. Intérieurement, il passa quelques noms en revue et finit par répondre :

— Je ne crois pas. Ils ont très peur.

— Je le comprends... C'est dommage!

— Je serai ce second témoin!

Tanguy tourna la tête. C'était Firmin, le parricide de seize ans, qui avait élevé la voix. Il fixait Frère Rouge avec une moue haineuse aux coins des lèvres :

— Oui, ce qu'a dit Tanguy est vrai. Il ne vous a pas dit qu'il est, lui, puni depuis un mois; qu'il n'a pas mangé de pain depuis bientôt une semaine... Il ne vous a rien dit...

— Moi, je peux dire que j'ai entendu dans son atelier les élèves raconter l'histoire du petit Fuentès, telle que ce garçon vient de vous la raconter. (C'était Mateo qui parlait.)

– Votre témoignage est très important, Monsieur. Vous êtes censé être un témoin en dehors des parties en litige. Votre témoignage est très important, je vous en sais gré.

– Mais tout le monde sait que c'est un libéral! protestait Frère Rouge. Il ne va jamais à l'église; il ne fait pas ses Pâques!

V

Tanguy ne fut ni battu ni puni. Il était lui-même étonné de ce silence qui l'entourait. Frère Rouge feignait maintenant de l'ignorer. La vie continuait comme si rien ne s'était passé. Fuentès revint avec son bras en moins. Il fut dispensé de travail, Tanguy sut par lui qu'un médecin était venu l'interroger et examiner son dos et ses jambes. Tanguy se demandait comment tout cela finirait. Il se disait que les Frères avaient dû prendre peur. Mais ses hypothèses se heurtaient partout à une discrétion totale. On ignorait Tanguy. Celui-ci était d'ailleurs fort content qu'on l'ignorât; il n'avait qu'une crainte : qu'on cessât un jour de l'ignorer.

Les jours passaient, les semaines, les mois. Le travail, l'église, les deux repas, les récréations... Rien n'était changé. Tanguy ne gardait de ces journées si pareilles à elles-mêmes qu'un souvenir précis : la faim. Elle régnait sur ce petit monde. c'était une faim animale. Les élèves passaient leur temps libre à parler de nourriture, à échanger des menus. Ils n'avaient droit qu'à deux repas par jour. Ils ne mangeaient jamais de viande ou de poisson, mais un plat catalan qu'on appelait « farinetas » et qui était une espèce de purée d'orge. A midi, ils avaient droit à une mandarine et à un morceau de pain; le soir, à un morceau de pain seulement. Ce n'était pas du pain de blé. Mais un pain jaune et collant. Il fallait boire de l'eau en grande quantité pour pouvoir l'avaler. Les Frères avaient leur propre cuisine. Ils mangeaient trois plats : hors-d'œuvre, poisson et viande. On leur faisait des pâtisseries. Tanguy voyait parfois passer leurs plats. La seule odeur de la viande lui donnait des crampes au creux de l'estomac.

Le réfectoire était une salle immense. Les tables étaient en marbre, les bancs fixés au sol. Il fallait « tendre » sa gamelle et celle du voisin d'en face au kapo de cuisine. Deux garçons tenaient ce que l'on appelait « la piscine ». Le kapo de cuisine servait une pleine louche de *farinetas*[1] par personne. C'était un art difficile que de « tendre » la gamelle. Car le kapo marchait vite et servait rapidement. Il fallait imprimer à la gamelle une ondulation savante pour ne rien perdre du liquide. Parfois, le *kapo* faisait exprès de brûler les doigts de ceux qu'il n'aimait pas; ceux-ci lâchaient alors leur gamelle. Le *kapo* les frappait à la tête avec sa louche et les laissait sans manger.

Il y avait le « marché noir ». Ceux qui recevaient des colis revendaient un peu de leur nourriture. Tanguy leur achetait toujours un peu de nourriture sur sa paye du samedi. Un jour, il acheta un morceau de fromage. C'était un drôle de fromage, avec des taches bleues : « Du fromage français », lui avait-on dit. Il le garda dans sa chemise pour le manger le soir. Il était content à l'idée de manger du fromage français. Il se disait que le fromage, c'était la liberté.

1. Bouillie d'orge.

Le soir, il attendit pour le sortir de sa cachette que son camarade de lit fût endormi. Cette fois, il ne voulait pas avoir à le partager avec de plus pauvres que lui. Il le mangea lentement, pour faire durer le plaisir. Il était ravi de manger du fromage français. Il mangea jusqu'au papier d'argent dont il était enveloppé. « Le P » lui avait dit que le papier d'argent contenait des vitamines C. Tanguy se dit qu'après tout ce papier n'était pas si mauvais que cela; le tout était de s'y habituer.

C'était le jeudi que les « délinquants » recevaient leurs colis. Tanguy prenait alors un grand morceau de papier, en faisait une sorte de bourse et allait solliciter l'un ou l'autre. Parfois, les propriétaires de colis se fâchaient et renvoyaient tout le monde. Mais, le plus souvent, ils étaient gentils avec Tanguy, car il savait écrire et que tous avaient plus ou moins besoin de lui. De plus, c'était lui qui soignait leurs maladies. Ils lui donnaient donc de petits morceaux de pain, ou cinq ou six grains de raisin sec, ou bien un quartier d'orange; mais c'étaient surtout les peaux qu'il récoltait. Il s'était habitué à les manger et à les aimer. Toutefois, les peaux de bananes lui paraissaient un peu dures à avaler.

Le jeudi soir, ceux qui avaient reçu des colis ne mangeaient pas leur « farinetas ». Ils les passaient aux orphelins, à ceux qui n'avaient pas de colis. Tanguy avalait donc les jeudis cinq ou six gamelles de cette purée d'orge. Il en était toujours malade. Souvent, il avait mal au ventre et des coliques. Il ne prenait pourtant pas son parti de refuser ce qu'on lui offrait. Il transpirait en mangeant. Il devenait rouge comme un homard et gonflé comme un ballon. Parfois, tout en mangeant, il avait honte de lui. Il se disait que c'était ignoble de se remplir ainsi le ventre des restes de ses camarades. Mais il avait déjà chèrement appris que la dignité humaine ne sert pas à grand-chose dans certains cas graves et qu'il vaut mieux s'accrocher à la vie coûte que coûte.

Un autre souvenir pénible pour Tanguy était celui des récréations. Les jeux étaient obligatoires. Les pensionnaires étaient partagés en équipes. Chaque équipe avait son terrain de jeux. Il y avait aussi des *kapos de jeux*. Les pensionnaires étaient obligés de jouer aux « chepas ». L'équipe était divisée en deux camps. Le terrain était partagé par deux raies tracées à la craie. On tirait au sort : un camp allait « en haut », l'autre « en bas ». Le capitaine de ceux « d'en bas » envoyait la balle au capitaine de l'autre camp. Ce dernier courait alors vers l'équipe adverse; il devait « toucher fort » un quelconque des garçons de l'autre camp. Le jeu consistait d'une part à menacer sans frapper ou à « toucher »; de l'autre, à « esquiver » le coup. Si celui qui avait la balle atteignait son adversaire, celui-ci était « mort »; s'il ratait le coup, lui-même était éliminé.

Les *kapos* profitaient de ce jeu pour satisfaire leurs vengeances personnelles. Ils essayaient de frapper ceux qu'ils n'aimaient pas au visage ou aux reins. Les balles étaient serrées, dures; les coups faisaient très mal. Tanguy, néanmoins, arrivait à esquiver facilement. Il était nerveux et agile. Malgré tout, il n'aimait pas jouer et parfois il en avait les larmes aux yeux. Les Frères, sur une récréation d'une heure, ne laissaient aux pensionnaires que cinq ou six minutes libres. C'était le « repos ». Il y avait alors de longues queues devant les toilettes, car il était interdit de s'y rendre « pendant le jeu ». Si par hasard un étranger venait à rendre visite au centre, il fallait feindre l'enthousiasme, rire, courir vite, « en mettre un coup ». Tanguy détestait cette duplicité.

Il regardait ses camarades qui étaient exténués de fatigue et de faim, s'efforcant de crier et de rire. Il les en méprisait.

Tanguy apprit au centre l'art difficile de haïr. Lui, qui avait le goût d'aimer, il devenait misanthrope et renfermé. Il évitait de parler. Il fuyait ses camarades et ne se sentait bien que dans le bruit des polissoirs et dans l'abrutissement du travail. Là, il se retrouvait. Ses nerfs se détendaient; ses traits se reposaient. Il lui arrivait même de sourire à ses camarades de travail. Il était heureux quand Mateo l'envoyait chercher des pièces à polir et qu'il pouvait s'enfermer dans les toilettes pour griller une cigarette. Il remerciait gentiment Mateo.

Tanguy apprit bïen d'autres choses au centre. Celles qui concernaient la sexualité, par exemple. Ces garçons, privés de filles, se satisfaisaient naturellement entre eux. La nuit, ils changeaient de matelas pendant que d'autres faisaient le guet. Mais ce qui rendait ces pratiques plus haïssables, c'était le cynisme éhonté que les « délinquants » y étalaient, se gaussant de telle ou telle particularité physique d'un garçon, évaluant leurs camarades d'un œil averti, vantant en public les charmes de tel ou tel...

Les *kapos* ne prenaient pas la peine de choisir. Ils commandaient. Lorsque deux d'entre eux avaient des « visées » identiques, ils jouaient aux cartes l'élu qui n'avait, en tout cela, rien à dire.

Les Frères, eux, avaient leurs « favoris ». Ces derniers constituaient une sorte de caste intermédiaire entre le commun des pensionnaires et les *kapos.* Ils échappaient à la règle commune, n'étaient pas tondus, mangeaient « de la cuisine des Frères », pouvaient se promener dans le parc et ne travaillaient pas.

Tout n'allait pourtant pas sans incidents. Les

Frères choisissaient leurs « favoris » dans la division A, constituée par les pensionnaires les plus jeunes : de huit à treize ans. Parfois, des mécomptes survenaient... On étouffait dans l'œuf les scandales, comme on pouvait.

Une fois de plus, Tanguy croyait devenir fou... Cette ambiance de sexualité effrénée détraquait ses nerfs. Sa virilité naissante était constamment aiguillonnée par les conversations de ses camarades et leurs commentaires. Il ne pouvait faire un pas sans entendre partout parler de la même chose. Il lui semblait sombrer dans l'animalité totale. Il pleurait de rage de se sentir devenir à ce point l'esclave de sa chair et son cerveau se révoltait. Mais il ne voyait plus le moyen de lutter et de se reconquérir.

VI

C'était la fête au centre. L'évêque devait venir poser la première pierre d'un nouveau bâtiment de dortoirs. Les pensionnaires avaient touché des tenues neuves. Ils étaient passés par les douches; mais cette fois, les Frères n'avaient battu personne. Une étrange fébrilité régnait sur les bâtiments et dans les cours. L'évêque devait arriver à dix heures et demie. Une odeur de pommes de terre et de viande cuite envahissait toutes les salles et Tanguy en avait mal au ventre. Des instructions avaient été données aux pensionnaires, qui devaient faire la haie au passage de l'évêque et crier : « *Vive Monseigneur!* » et « *Vive le pape!* » A neuf heures et quart, ils étaient déjà sur place. Gênés dans leurs tenues neuves, ils restaient debout, les bras croisés, et attendaient. Une nouvelle avait fait sensation : ils auraient deux plats à manger, un potage et des pommes de terre avec de la viande; ils auraient aussi un dessert. Tout le monde était excité. La chaleur était lourde et humide. A onze heures et demie, l'évêque n'était toujours pas là. Les pensionnaires étaient las de se tenir debout sous le soleil.

Enfin, vers midi et quart, l'évêque parut. Trois autos noires remontèrent la piste qui conduisait au collège. Dans la deuxième, se tenait le prélat. Les pensionnaires s'écrièrent aussitôt : « Vive l'évêque!... Vive le Pape!... Vive l'Eglise!... » Monseigneur était un homme petit, trapu, au teint sanguin, aux yeux glauques, vides d'expression. Il sortit péniblement de son auto, en relevant sa soutane. Il portait des gants violets et, sur ses gants, une grosse améthyste. Ses mains s'accordaient avec le reste du corps : petites et bouffies. Dès qu'il se fut dégagé du siège de la voiture, il commença de tracer des croix en l'air. Il s'efforçait de marcher lentement et avec majesté. Il souriait avec condescendance aux pensionnaires qui redoublaient de cris et d'applaudissements.

Enfin, les Frères se précipitèrent vers lui et le débarrassèrent de sa cape violette. Ils le revêtirent de ses habits pontificaux, le coiffèrent de sa mitre et lui mirent sa crosse entre les mains. Le prélat se laissa habiller sans bouger. On aurait dit un mannequin. Une fois habillé, il marcha vers les fondations du nouveau bâtiment et les arrosa d'eau bénite en psalmodiant du latin. Pour terminer, il frappa une grande pierre d'un petit coup de marteau et les Frères applaudirent. Les pensionnaires firent de même. Monseigneur fit alors signe qu'il allait parler et le silence se fit :

— Mes chers enfants, commença-t-il. Nous sommes profondément touchés de l'attachement dont vous faites preuve à l'égard du pasteur de cette riante et généreuse cité de Barcelone... Là-dessus, il fit un long éloge de Barcelone, des généreux bienfaiteurs de la ville, fit allusion au long passé de la Catalogne catholique, qui était si « près de Son cœur ». Puis il en vint au centre et aux Frères... « Ces magnifiques religieux qui prennent soin de vos corps et de vos âmes. Ils font de vous des hommes, et cela... un peu malgré vous. Bien sûr, il leur arrive d'avoir à frapper; bien sûr, vous vous plaignez... Mais le métal brut, s'il le pouvait, ne se plaindrait pas, lorsque le forgeron frappe; et pourtant, quelle fierté que celle de ce même métal, une fois devenu objet précieux!... Il en va de même, chers enfants, de vous... »

Tanguy écoutait en silence. Il se demandait si le prélat se moquait. Mais Monseigneur avait l'air de parler très sérieusement. Tanguy était écœuré.

Les pensionnaires furent stupéfaits, en entrant au réfectoire, d'y apercevoir des assiettes en porcelaine et, dans chaque assiette, un morceau de pain, une orange et une mandarine. Il y avait deux « porrones » par table, qui contenaient du vin rouge. Ils s'assirent et applaudirent les cuisiniers, parce qu'ils apportaient deux grandes marmites : l'une avec de la soupe, l'autre avec des pommes de terre et de la viande. Tanguy n'en croyait pas ses yeux ni sa bouche. Il avait mangé son orange avec peau et il voyait arriver de la viande! Il se frottait inconsciemment les mains.

L'évêque fit une courte apparition dans le réfec toire. Il goûta la nourriture des pensionnaires et leva les bras au ciel avec émerveillement comme pour dire : « Que c'est bon! » Les élèves applaudirent à ce geste. Monseigneur était entouré de messieurs bien habillés, qui souriaient sans cesse. Tanguy se disait qu'il n'y avait vraiment pas de quoi faire tant de cérémonies! Mais il ne voulait pas être de mauvaise humeur et il pensa à autre chose.

— C'est dégoûtant!

Firmin, depuis leur première et malencontreuse rencontre, n'avait jamais adressé la parole à Tanguy; et celui-ci se demandait pourquoi brusquement il l'interpellait.

— Ils m'écœurent. tu l'as vu, avec son gros

ventre et ses bagues? Ça, un disciple du Christ! Il nourrissait bien son homme, le Christ, en tout cas!

— Nous aussi. Grâce à l'évêque, nous avons eu de la viande. Il y a trois ans que je suis ici et c'est la première fois que j'ai vu de la viande!

Tanguy ne voulait pas découvrir ses pensées. Il avait trop appris à se méfier de tous et de tout. Il était sur ses gardes.

— J'aurais mieux aimé ne manger que des « farinetas » et ne pas voir ça. Te rends-tu compte qu'il s'est fichu de nous?

— Pourquoi?

— Pourquoi, pourquoi?... Son truc de métal content d'être forgé! Tu avales ça, toi? Pour moi, c'est vraiment trop gros; aussi gros que lui. Il sait ce qui se passe ici. Pas tout, bien sûr. Mais il en sait le principal. Et il est d'accord?... Alors non! Tu comprends?

— Oui.

— C'est tout ce que ça te fait?

— Non.

Il y eut un silence. Firmin était appuyé contre un mur. Tous les pensionnaires étaient adossés à ce mur, pour se chauffer au soleil. Quelques-uns mangeaient; la plupart s'étaient assis à même le sol et assoupis. Tanguy observait Firmin du coin de l'œil. Le jeune parricide traçait avec ses pieds des raies dans la poussière de la cour.

— J'ai envie de faire le mur.

Firmin avait dit cela à voix basse. Le cœur de Tanguy s'était arrêté de battre. Depuis longtemps, il avait en tête cette même idée insensée.

— Ils te prendront.

— C'est à risquer. Qui ne risque rien n'a rien.

— Sortir, c'est peut-être possible. Mais après, une fois dehors? Ils te reprendront sûrement.

— Peut-être. Mais si je passe, ne fût-ce que

trois mois en liberté, ce sera toujours ça de gagné!

— Après, tu auras une « paliza »!...

— Oh! tu sais!... J'en ai pris mon parti. Je ne sens plus rien.

Tanguy n'osait encore tout à fait se découvrir. Il sentait pourtant que Firmin était quelqu'un en qui l'on pouvait avoir confiance. Il hasarda :

— Ce serait bon d'être libre!...

— Tu es de l'*Ayuntamiento,* toi? interrogea Firmin.

— Oui.

— Tu n'es pas près de sortir. Il te faut attendre vingt et un ans.

— Je sais.

— Tu en as combien?

— Seize.

— Ça ne fait toujours que cinq ans encore.

— C'est long!

— Si l'on veut.

Tanguy se tut. Il n'osait pas se livrer tout à fait. Il savait maintenant qu'il devait le faire, mais n'en trouvait pas encore le chemin. Il regarda le beau visage régulier de Firmin. Celui-ci avait de grands yeux verts bordés de longs cils, un nez long et droit, des lèvres rouges et charnues. Quand il souriait, il découvrait des dents blanches et régulières. Il était grand et mince. Son visage, de par sa beauté, semblait un peu féminin; de fait, Firmin était d'une étonnante virilité de caractère.

— C'est vrai que tu as tué ton père?

— Oui.

— Pourquoi?

— Il m'ennuyait... Il pleurait tout le temps. Chaque fois qu'il était saoul, il venait me chercher en pleurnichant. « Firmin, mon enfant... Tu es mon seul soutien, mon seul soutien! Donne-moi un peu d'argent! Rien qu'un peu... » Un jour j'en ai eu assez!

Tanguy baissa les yeux. Il sentit la tristesse l'envahir. Il voulut s'en distraire, mais ne le put. Il demanda :

— Il y a longtemps que tu es ici?

— Deux ans.

— Que faisais-tu avant... l'accident?

— J'étais plutôt bien, tu sais. Je le savais. Ma mère m'avait toujours dit que j'étais beau. Alors, comme il y a des gens qui aiment les beaux garçons...

— Ça ne t'écœurait pas?

— Bien sûr que si!... Mais tout est écœurant! Tu crois que c'est drôle de travailler comme manœuvre dans une usine de verrerie ou de textiles? Tu crois que c'est drôle de décharger des cargos au port?

— Tu faisais cela avec des femmes? Pour de l'argent?

— Avec des femmes... avec tout!

Tanguy gardait le silence. Il aurait voulu trouver un mot affectueux pour Firmin, mais n'y réussissait pas. Il comprenait que la jeunesse de Firmin n'avait pas dû non plus être drôle...

— Tu gagnais de l'argent?

— C'était selon. Pas toujours facile. Des soirs, ça marchait bien. Seulement j'étais seul à rapporter quelque chose à la maison. Alors c'était pas fameux...

— Pourquoi n'as-tu pas voulu parler avec moi le premier jour?

— Tu étais de l'*Ayuntamiento*. Presque tous ceux de l'*Ayuntamiento* sont des salauds. Ils finissent tous par être des hommes de confiance des Frères. Et puis, tu avais un colis. J'aime pas qu'on pense que je suis le copain de quelqu'un parce qu'il a un colis. Ici, c'est courant. Tu as vu « Le

P »? Il fait le coup à chaque fois. Il se met à moitié avec tous les nouveaux, les aide à avaler ce qu'ils ont. Puis... ni vu ni connu!

— Et maintenant, pourquoi me parles-tu?

— Tu ne reçois pas de colis. Et tu es un homme...

Aucun compliment ne pouvait toucher Tanguy davantage. Il rougit de plaisir. Il allait demander quelque chose à Firmin lorsqu'on appela son nom. Il fut tout étonné de savoir qu'il avait une visite. Il se rendit au parloir, tout en se demandant qui ce pouvait être. Il se trouva face à face avec le médecin auquel il avait raconté l'histoire de Fuentès. Il le salua. Tanguy s'assit. Le médecin parla le premier :

— J'ai tenu à vous voir. Vous avez été très courageux lors du malheureux accident qui a coûté le bras à votre camarade. Grâce à vous, j'ai pu établir des responsabilités... Malheureusement, l'enquête a été stoppée. J'ai reçu des ordres formels... Croyez que je le regrette!

Tanguy esquissa un sourire. Il fit :

— Je comprends...

— Je voulais vous dire ceci aussi : votre place n'est pas ici. Si vous aviez un moyen d'atteindre Madrid, allez trouver la *Société protectrice des mineurs*. Elle a de bons *centres*, où vous pourriez étudier. J'ai même penser qu'un mot d'introduction ne vous nuirait pas. Je vous le donne. C'est pour une vieille amie à moi, qui est secrétaire de cette société. Elle pourrait vous aider.

Tanguy serra la main du petit homme et garda la lettre.

— Je vous remercie.

— Cela n'en vaut pas la peine. On se sent coupable, vous savez, quand on vient ici. Je vous parle sincèrement... Il *faut* vous en aller.

— J'essaierai.

— Je vous souhaite bonne chance. Si vous parvenez à Madrid, je sais que vous serez entre de bonnes mains... Vous avez beaucoup souffert, n'est-ce pas?

Tanguy tardait à répondre :

— Un peu...

— Oui, je vois. Au revoir. Et encore une fois : bonne chance.

Tanguy regagna la cour. Il se disait qu'il n'était pas possible qu'il n'y eut qu'une simple coïncidence entre sa conversation avec Firmin et la visite du docteur. Il était tenté de parler de *providence,* mais il n'aimait pas ce mot parce que les Frères l'employaient à tort et à travers. Il alla retrouver Firmin qui n'avait pas bougé.

— Firmin!

— Quoi?

— Tu veux de moi pour faire le mur?

— D'accord. Mais qu'est-ce qui te prend?

Tanguy lui expliqua la visite du docteur. Puis il demanda :

— Tu as un plan?

— Oui.

— Lequel? Pour quand?

— Pour ce soir. Il faut profiter de ce que l'évêque est ici. Les « kapos » sont à moitié ivres parce qu'ils ont bu tout le vin. C'est une occasion unique. Maintenant écoute...

Firmin parlait d'une voix neutre. Il ne regardait pas Tanguy et remuait à peine les lèvres :

— Tu as souvent des attaques, n'est-ce pas?

— Oui.

— Que font-ils avec toi quand tu es comme ça?

— Ils m'emmènent à l'infirmerie.

— Tu pourrais feindre une attaque? Ils marcheront. Ils sont habitués aux vraies et ne discerneront pas que celle-ci sera fausse.

— Bien.
— Tu t'arrangeras pour « tomber » entre « Le P » et moi. Nous te prendrons par les pieds et les aisselles. Je m'arrangerai pour que ce soit lui qui te prenne... C'est un garçon de confiance et le « kapo » nous dira de t'emmener à l'infirmerie. Quand nous traverserons le parc, je dirai que je suis fatigué et nous te lâcherons. Alors je sortirai mon couteau et je menacerai «Le P ». Nous l'attacherons et le laisserons derrière un arbre. Puis nous sauterons le mur.
— Oui. Mais que feras-tu si le kapo te dit de me lâcher et envoie un autre à ta place?
— Tu en seras quitte pour une fausse attaque de nerfs et il nous faudra attendre une autre occasion. Mais je crois que ça ira.
— D'accord. Où est « Le P »?
— Tout à fait au bout du mur. Il est en train de ruminer son repas d'aujourd'hui.
— Bon, j'y vais.
— Non, laisse-moi y aller d'abord.
Le cœur de Tanguy battait follement. Il regarda Firmin s'avancer lentement vers « Le P ». Puis laissa s'écouler quelques minutes, avant d'y aller à son tour. Quand il fut près de Firmin, il se laissa glisser par terre. Il se fit mal au dos, car il s'était heurté à une pierre. Il entendit Firmin crier :
— C'est Tanguy! Aide-moi, « Le P »!
Tanguy se sentit soulevé par les aisselles et par les jambes. Celui qui le tenait par les jambes faillit le laisser choir. Enfin, il comprit que ceux qui le tenaient marchaient vers la sortie de la cour. Ils s'arrêtèrent.
— Qu'est-ce que c'est? demanda une voix.
— L'Allemand. Il est tombé.
— Encore!... Emmenez-le à l'infirmerie, voir s'il y crèvera. Toujours malade!

Tanguy avait peur. Il fermait les yeux. Il se demandait ce qui allait se passer si « Le P » se mettait à crier, ou si un Frère les voyait de sa fenêtre.

— Attends, on va se reposer! Je suis fatigué. Laissons-le par terre.

Tanguy ouvrit les yeux. Firmin avait ouvert son couteau et en dirigeait la lame vers la gorge du « P ». Tanguy se leva d'un bond.

— Tiens, voilà de la corde! Attache-lui les poignets derrière le dos; comme cela?... C'est ça!

— Qu'allez-vous faire? Vous n'allez pas me tuer?... Vous n'allez pas faire le mur?... Je vais être puni... Je suis malade... Vous n'avez pas le droit de me faire cela!

— Ta gueule!

— Ça y est, Firmin?

— Attends. Je ne tiens pas à ce qu'il crie...

Firmin sortit de sa poche une sorte de boule en caoutchouc et l'enfonça dans la bouche du « P » en lui disant : « Désolé, mon vieux. Il faut ce qu'il faut! »

Tanguy se mit à courir. Firmin aussi. Avec son aide, Tanguy grimpa sur le mur et eut peur :

— Je ne peux pas, Firmin. J'ai peur...

— Il faut.

— Non, je ne peux pas. Je vais me casser la jambe. J'ai peur.

— Il faut tomber sur la pointe des pieds et rebondir comme une balle. Allons, toi, d'abord!

Tanguy ferma les yeux et sauta. Il eut très mal. Il tâta ses jambes. Elles étaient intactes. Firmin sauta à son tour. La rue était vide. Le soir tombait. Les deux amis se mirent à courir comme s'ils avaient toutes les polices espagnoles à leurs trousses. Enfin, ils soufflèrent. Tanguy respira avidement sa première bouffée d'air « libre ». Des larmes mouillèrent les paupières de Tanguy. Il souriait, pleurait et riait à la fois. Ils traversèrent une grand'rue. Un tramway passa. Sur les marchepieds, des grappes humaines étaient accrochées. L'air était frais et sentait l'iode et les fritures.

VII

Ils quittèrent la ville par l'une des routes du Tibidabo. Ils étaient essouflés. Chaque fois qu'ils apercevaient un uniforme, ils se cachaient. Puis ils reprenaient leur course effrénée. Ils ne parlaient pas, s'arrêtaient à peine, couraient à l'unisson. Ils atteignirent la campagne, traversèrent de riches potagers plantés d'arbres fruitiers. Il faisait presque nuit. Le ciel était encore pâle, mais la terre s'était déjà obscurcie. Enfin, ils ralentirent l'allure...

— Ils doivent être au Salut maintenant, dit Firmin.

— Oui. Ils doivent nous chercher. « Le P » va sûrement avoir une « paliza » soignée.

— Cela ne lui fera pas de mal. C'est un mouchard. Comme ça, il saura ce que c'est.

Tanguy avait faim. Il regardait à droite et à gauche de la route. Mais les « payès » [1] étaient encore nombreux dans les champs. Ils remplissaient des charrettes de fruits. Ils étaient coiffés de grands chapeaux de paille et portaient des pantalons de velours côtelé noir.

— Comment va-t-on faire pour manger? demanda Tanguy.

1. Paysan de la Catalogne.

– J'y pensais. Nous allons trouver un « payès » et lui demander quelques fruits.

– Moi, je n'ose pas. J'ai honte.

– Honte? Et mourir de faim, n'est-ce pas plus honteux encore?... Enfin, reste là, en bordure de la route, et attends-moi. Si tu voyais la « pareja »[1], tu entres dans un champ et tu te caches.

Tanguy obéit. Il s'assit en bordure de la route, à l'ombre d'un platane. Quelques voitures roulaient silencieusement tous phares allumés. L'air était doux comme une étoffe de soie. Des effluves l'embaumaient, chargés de lourds parfums. Des voix montaient vers le ciel... Il y avait en tout cela une paix majestueuse. Tanguy se disait : « ... Je suis libre... libre... libre! » Des larmes de bonheur pointèrent à ses yeux. Il regardait avec attendrissement ce crépuscule répandre sa paix sur la terre... Il aurait voulu pouvoir prier, mais prier qui? Ce n'était pas le Bon Dieu qui l'avait délivré, mais Firmin. Et Firmin n'était pas le Bon Dieu.

Tanguy dut attendre longtemps. Il commençait même à se demander si son ami ne l'aurait pas abandonné. Puis il se dit que Firmin était un homme et que les hommes n'ont jamais qu'une parole. Il avait dit qu'il reviendrait; il fallait donc l'attendre. Quelques instants plus tard, Firmin arrivait. Il avait sa chemise toute gonflée et le sourire aux lèvres.

– Alors? fit Tanguy.

– Je l'ai aidé à charger sa charrette. Il m'a donné du pain, des pommes, une boîte de sardines, un demi-litre de vin rouge et vingt-cinq pesetas.

1. Littéralement : le couple. Ce mot désigne la « guardia civil » qui marche toujours par deux.

— Comment as-tu fait?

— Je lui ai dit que j'avais un petit frère malade.

— Il l'a cru?

— Pourquoi pas? D'ailleurs, c'est un peu vrai. Tu es malade... de faim.

Ils éclatèrent de rire; puis ils reprirent leur marche. Ils n'étaient qu'à cinq kilomètres de la ville mais auraient pu se croire à cinquante ou soixante, tant la campagne était paisible. Ils mangeaient des pommes tout en marchant. Ils chantaient, sautaient, dansaient presque, en proie à une exaltation radieuse...

— Si « Le P » voyait ces rognures de pommes, il se jetterait dessus! remarqua Firmin en riant.

— Le pauvre! s'écria Tanguy. Tu crois que Frère Rouge l'aura battu?

— Sûrement! Il a dû lui flanquer tous les coups qu'il aurait voulu nous donner.

— Pourquoi dis-tu cela joyeusement, Firmin? C'est un garçon malade...

— Et alors? C'est pas de ma faute s'il est malade. C'est un mouchard, un « planqué ». Il est là, à lécher les pieds des curés et à sourire béatifiquement. On peut être malheureux, mais on n'a pas le droit d'être servile.

Ils arrivèrent à un carrefour où ils lurent sur un écriteau : « Bord de mer : 300 mètres ».

— C'est ce qu'il nous faut, s'écria Firmin. Sur la route nous risquons de trouver la « pareja ». Il vaut mieux passer la nuit au bord de l'eau.

Il faisait déjà nuit. Le sable, sous la lumière aiguisée de la lune, luisait comme du vieil or; cette même lune avait tracé sur l'eau un chemin scintillant qui semblait aller se perdre dans un royaume merveilleux. Tout était calme. Sur tout cela régnait un étonnant silence qu'à intervalles réguliers le bruit fracassant de la mer se brisant contre les rochers rendait plus angoissant encore. Les lumières de la côte clignotaient; des mouettes s'envolèrent avec des cris. Une brise s'éleva de la mer et agita les branches des pins qui émirent un soupir prolongé.

Les deux amis marchaient, silencieux, sur le sable. Tanguy avait envie de s'agenouiller et de baiser la frange marine qui venait s'étaler sur le sable. Il était si ému qu'il entendait les battements de son cœur. Firmin aussi était ému. Il marchait, le regard perdu. Sa poitrine se dilatait. Tous deux se regardèrent et se sourirent. Tanguy prit la main de Firmin :

– C'est beau, n'est-ce pas?

– Très.

– C'est cela la liberté : pouvoir contempler la mer.

Il y eut encore un silence. Firmin fit signe à Tanguy de le suivre. Ils escaladèrent des rochers. La montagne disparaissait à même l'eau. Elle y plongeait. Ils s'arrêtèrent devant une grotte. Le sol en était encore encombré de bouteilles vides et de journaux, d'où ils conclurent que des couples avaient dû passer la nuit. Ils s'assirent et mangèrent des sardines et du pain. Devant eux la mer argentée se débattait contre la montagne sombre. Ces deux puissances s'affrontaient avec noblesse. Au-dessus d'eux, les étoiles scintillaient. Tout autour d'eux, la terre s'assoupissait.

Ils tardèrent à s'endormir. Tanguy raconta à Firmin son enfance. Il lui parla de sa mère; de tout ce à quoi il avait cru : la paix, le bonheur, le foyer, les copains, les chiens. Firmin l'écoutait en silence. Enfin il dit :

– Tu crois que ta mère vit?

– Oui.

– Pourquoi le crois-tu?

— Parce que là où elle allait, elle ne risquait pas grand-chose.

— Que ferais-tu si tu la retrouvais?

Tanguy hésita. Puis, il haussa les épaules :

— Je ne sais pas... J'ai beaucoup vécu, tu sais.

— Je comprends. Moi, ma mère m'aimait bien... C'était une femme très simple, mais elle était mère. Rien que mère!... Elle était en admiration devant moi; elle ne me questionnait jamais. C'était une femme très simple, très humble, tu vois?

— Oui, je vois.

— Toujours de noir vêtue, jamais de fard; elle ne vivait que pour nous. Mon père, quand il revenait ivre, la battait. Un jour j'ai pris une barre de fer et je l'ai menacé. Elle s'est écriée : « Firmin, tu ne vas pas le tuer? Tu ne vas pas devenir un assassin?... Pas ça, Firmin!... Il ne faut pas!... C'est un malheureux! »... Ma mère était une sainte; une vraie sainte. Elle n'a vécu que pour les siens. Elle est morte d'un cancer à l'hôpital. Son dernier mot a été : « Firmin, sois gentil avec ton père!... Il est si seul! »

Firmin s'arrêta de parler. Il regardait ses mains, comme s'il y voyait encore les traces de sang du père assassiné. Puis il reprit d'une voix très basse et comme perdue :

— Si elle me voyait!... Et tout ce qui m'attend!... De maison de redressement en maison de redressement; puis, la prison... Elle qui disait toujours :« Mon Firmin est bon... Il est très bon. Il a bon cœur! »

— Qui t'a dit que tu n'avais pas bon cœur?

— Les juges. Ils se sont étonnés « de mon manque de sensibilité et de mon enlisement dans le mal ».

Tanguy se tut. Il hésita. Puis :

— Moi, j'adorais ma mère. Elle était si belle, si

intelligente!... Je me souviendrai toujours d'une nuit où elle allait au Casino. Elle portait une robe du soir toute noire. J'étais au lit et je la voyais se préparer. Je la faisais tourner en lui disant : « Tu es belle comme une fée! » Cela me fait mal de penser que depuis sept ans elle vit, parle, rit, boit ou danse, et cela pendant que j'étais chez les déportés, en Allemagne, et plus tard ici, chez les Frères!... Je l'aimais tant!... Je me dis qu'elle a dû m'oublier; pas tout à fait, peut-être. Mais elle a dû s'organiser, arranger sa vie : s'habituer. Elle me croit peut-être mort.

— Ce n'est peut-être pas sa faute. Elle pense peut-être à toi? qui sait?

— Ce n'est pas tout de penser. Lorsqu'elle m'a laissé à Marseille... Enfin, ta mère l'aurait-elle fait?

— Jamais.

— C'est ce que je voulais te faire dire. Tu vois, ma mère aimait l'Humanité, la Fraternité, la Liberté... Alors elle ne pouvait plus tellement s'occuper de ceux qui l'entouraient.

— Et ton père?

— Oh! lui... Je m'en souviens si peu! Il nous a quittés très vite après ma naissance, tu sais. C'est un peu comme le tien. Un pauvre type... Seulement il ne boit pas. Il a passé son temps à chercher la femme riche, la situation payante, l'affaire qui rapporte... Je ne crois pas qu'il était méchant : pas très, je veux dire. Mais il était lâche.

Ils gardèrent à nouveau le silence. La mer se brisait toujours contre les rochers. La lune montait dans le ciel. La brise avait cessé. Les lumières de la côte tremblaient toujours.

— Ce doit être dur de douter de sa mère, dit Firmin comme dans un rêve...

— Oui. On ne sait plus en qui croire, ni à quoi.

Ils s'endormirent. La mer berça leur premier sommeil d'hommes libres.

*
**

Le lendemain matin, ils reprirent la route. Ils marchèrent toute la matinée. Il faisait beau. Tout était joie autour d'eux. Ils riaient en se racontant des anecdotes du Centre. Ils arrivèrent à Sitgès. Un chauffeur de camion les avait chargés à son bord et les y avait déposés. C'était un brave homme qui n'aimait pas, lui non plus, les curés. Ils avaient plaisanté tous les trois. Il leur avait donné des cigarettes, avait pris congé d'eux.

Sitgès était une petite plage mondaine. Des baigneurs à demi nus emplissaient les petites rues étroites, toutes blanches. Firmin entra dans une boutique et acheta de quoi aller manger sur la plage. Après quoi, ils s'écartèrent de Sitgès et prirent un bain sur une plage solitaire. Ils couchèrent une fois de plus au bord de l'eau.

Le surlendemain de leur fuite Firmin emmena Tanguy à la gare de Sitgès. Ils y attendirent longtemps. Tanguy ne savait pas encore pourquoi Firmin l'avait emmené là. Il ne lui demandait rien pourtant. Car il laissait à Firmin le soin du commandement.

Vers midi un train de marchandises s'arrêta devant eux. Alors Firmin se tourna vers Tanguy :

— Ecoute, mon petit vieux, tu vas monter dans ce train et tu vas aller jusqu'à Madrid. Il *faut* que tu arrives à Madrid. Je sais que c'est dur de se séparer. Mais la police nous prendra plus facilement si nous sommes deux. Moi je suis un assassin, et mon signalement doit être dans tous les commissariats. Toi, tu pourras sortir.

Tanguy avait la gorge serrée. Il eut un geste nerveux. Alors :

– Pas encore, Firmin! Ne nous quittons pas encore! Demain, si tu veux! Nous sommes heureux... Pas encore! J'ai peur de me retrouver seul.

– Non. Il faut que ce soit *maintenant*. Sans cela, nous ne le pourrons jamais. C'est le moment.

– Je ne peux pas. La police va me prendre.

– Elle ne te prendra pas.

– Je ne sais pas voyager clandestinement.

– Si, tu sauras. Tu vas monter dans cette guérite qui est devant toi. Tu vas t'asseoir et ne pas bouger. Ce sera long, mais tu ne crains pas grand-chose. Regarde le wagon : *Madrid* y est écrit à la craie. C'est un train direct.

La cloche du départ retentit. Firmin se leva :

– Allons, monte!

– Non!... Demain, si tu veux.

– Maintenant.

Firmin poussa Tanguy. Celui-ci monta dans la guérite. Elle était très étroite. Il ne pouvait pas s'y allonger. Il s'assit par terre. Il avait la gorge serrée. Il était triste parce qu'une fois de plus il était seul. Il se dit que son destin était de toujours être seul, de toujours perdre ce qu'il aimait. Il avait froid dans le dos. Le train partit. Tanguy posa son front sur ses genoux. Il ne pleurait pas. Il sentait un grand vide dans son âme. Il était triste pour Firmin aussi. Il se dit que Firmin était bien seul aussi et qu'il méritait d'être aimé. Puis, il ne pensa plus à rien. Il avait chaud dans ce réduit étroit et mal aéré.

Le train ne cessa de rouler pendant toute la journée. La nuit tomba et Tanguy s'endormit. Il se réveilla au milieu de la nuit et se rendit compte que le train ne roulait plus. Il se leva et jeta un coup d'œil autour de lui. C'était une petite gare perdue. Un « guardia civil », assis sur un banc, fumait une cigarette, enveloppé dans son manteau. La pendule marquait quatre heures dix. Des employés qui portaient des lampes passaient entre les wagons. La nuit était froide, l'air d'une rare pureté, qui embaumait.

Tanguy reprit sa place et s'assoupit à nouveau. Lorsqu'il se réveilla, le train n'avait pas bougé. Il se demanda s'il allait resté là. Il jeta un coup d'œil au-dehors : toujours la même gare. Il ne savait pas où il était, car de son observatoire il ne pouvait pas voir le nom de la localité. La pendule marquait six heures dix. Tanguy s'assit de nouveau. Quelques minutes plus tard une légère secousse fut le début d'une seconde étape. Tanguy soupira, soulagé. Il était content. Il se disait que la vie était tout de même belle et que tout n'était pas si dur que cela. L'aube rougissait le ciel; une légère fumée rampait à ras de terre; la lumière était d'une surprenante beauté; l'air se réchauffait.

VIII

Tanguy arriva à Madrid aux premières heures du matin, il quitta la gare d'Atocha sans encombre, en se faufilant, et fut ébloui par la grande ville. Il y avait de beaux immeubles surmontés de chevaux de bronze; de larges avenues bordées d'arbres; des rues très droites. La circulation y était dense et Tanguy dut faire attention pour ne pas être renversé. Il remonta la Paseo du Prado, prit la rue d'Alcalà et alla presque au Retiro. Là, il s'immobilisa devant le lac. Il était content à l'idée qu'il était né dans cette belle ville. Les gens de Madrid paraissaient affables. Ils avaient une façon de marcher et de parler qui était, pensa Tanguy, très citadine.

On le regardait. Quelques personnes se mirent à rire. Tanguy se demanda ce qu'elles avaient à rire ainsi. Il aperçut une bascule automatique et alla s'y regarder dans la glace. Il constata qu'il était hirsute et sale. Son visage était tout noir. Alors il avisa une petite fontaine cachée parmi les arbres et se lava la figure. Il se rasséréna aussitôt : il pouvait de nouveau circuler parmi les hommes.

Il décida d'aller voir la maison où il était né. Il remonta la rue Velazquez et continua par la rue

Goya. Il s'arrêta devant un petit hôtel dont la façade régulière accusait le style français. Il sourit. Il trouvait amusant de penser qu'il était le petit-fils de celui qui avait habité cet hôtel, et possédé des terres innombrables et des maisons à travers toute l'Espagne. Puis Tanguy haussa les épaules et marcha encore un peu. Il voulait, avant d'aller à la *Société de Protection des Mineurs* revoir un peu sa ville. Il remonta la rue d'Alcalà, passa par la *Puerta del Sol,* descendit dans la *Gran Via,* marcha le long de *Castellana.* Il était ravi. Il regardait tout ce qui l'entourait avec sympathie. Il était content parce qu'il y avait beaucoup de monde dans les rues et qu'il se sentait entouré d'une foule sympathique. Enfin, il se sentit très fatigué et décida d'aller trouver la personne pour qui il avait un mot d'introduction.

C'était une femme très grande, très mince. Elle avait des cheveux gris, et était vêtue d'un tailleur noir d'une coupe très masculine. Elle avait de petits yeux noirs, vifs et rapides et son visage était sans fard. Son seul bijou était une médaille d'or qu'elle portait autour du cou. Elle lut la lettre, la relut. Puis, elle dévisagea Tanguy tout en paraissant réfléchir sur le contenu de la lettre qu'elle venait de lire. Elle posa enfin quelques questions à Tanguy, auxquelles celui-ci répondit avec attention, parce qu'elle posait souvent les mêmes questions dans un ordre inverse et qu'il y avait des choses qu'il ne voulait pas dire. Alors elle lui demanda s'il croyait au Bon Dieu. Il ne sut d'abord que répondre. De fait, il ne savait pas s'il croyait au Bon Dieu ou non. Le Bon Dieu le laissait indifférent. Il ne savait qu'en faire. Elle lui dit enfin qu'elle allait l'envoyer chez un saint, un vrai saint. Tanguy était content qu'elle voulût bien s'occuper de lui.

Le soir même il se retrouvait dans un train qui roulait vers l'Andalousie. Dans le même compartiment il y avait d'autres enfants qui paraissaient heureux et riaient. Ils étaient accompagnés par un homme d'environ quarante ans, qui semblait très bon.

Tanguy poussa un soupir. Il s'était habitué à être ballotté par-ci, par-là... Il était presque content. Cependant il pensa à Firmin. La police l'avait-elle arrêté? Il se souvint de leur première nuit de liberté, passée au bord de l'eau. Deux larmes jaillirent de ses yeux. Il les sentit glisser le long de son nez, puis tomber. Un enfant cria :

– Monsieur, il pleure!

L'homme qui accompagnait les enfants prit la main de Tanguy et lui dit d'une voix douce :

– Il ne faut pas pleurer. Vous allez dans un très bon Collège. Ce sont des Jésuites. Vous allez devenir un homme de bien. Vous verrez!

Tanguy sourit. Qu'il était las! Il ne pouvait s'empêcher de penser à Firmin. Que deviendrait-il? Qu'allait-on faire de lui?... Il se demandait s'il existerait jamais un monde où les enfants seraient aimés et protégés. Puis il appuya sa tête contre le dos de la banquette et s'assoupit. Vers minuit les enfants le réveillèrent pour lui montrer la Sierra Morena. A peine jeta-t-il un coup d'œil nostalgique sur ces rocs abrupts et figés à jamais entre ciel et terre. C'était un spectacle impressionnant. Mais Tanguy était très fatigué et il se rendormit aussitôt.

IX

C'était un homme maigre, au regard pénétrant, fait d'intelligence et de compréhension. Il avait des cheveux gris, et une calvitie commençante. Il devait avoir entre quarante et quarante-cinq ans. Il portait des lunettes et se frottait toujours les yeux, après les avoir enlevées. Tanguy comprit qu'il s'agissait là d'un geste machinal.

Il était entré dans le bureau du Père Pardo vers cinq heures du soir. A huit heures et demie il y était encore. Il parlait à cœur ouvert, comme il n'avait jamais parlé de sa vie. Cet homme lui avait inspiré dès l'abord une infinie confiance. Tanguy sentait dans son regard que, pour la première fois de sa vie, il était compris. Il raconta tout, dit les choses les plus intimes, comme s'il était au confessionnal : sa mère, son père, ses espoirs flétris, sa déportation due à un monstrueux hasard, Gunther, le Centre des Frères, Firmin... Le Jésuite l'écoutait avec une attention infinie. De temps à autre il émettait une réflexion ou posait une question; sur l'organisation des camps, par exemple. Mais le plus souvent, il restait silencieux. Tanguy distinguait à peine ses traits. Il parlait avec volubilité et anxiété. Chacune de ses phrases le libérait d'un poids étrange. Il se sentait devenir un autre, uniquement parce que ce prêtre acceptait de l'entendre.

Le bureau était étroit. Une table en chêne, chargée de livres, un fauteuil, une chaise. Dans un coin un prie-Dieu surmonté d'un Christ accroché au mur; et dans un autre coin, un squelette monté sur tringle. Face au Père et dans le dos de Tanguy, une étroite fenêtre ouverte, de laquelle on avait vue sur un paysage de coteaux couverts d'oliviers, avec dans le fond la Sierra Magina aux crêtes couvertes de neige.

Tanguy s'arrêta enfin de parler. Le Père sourit. Il avait un étrange sourire, le sourire de quelqu'un qui ne veut pas trahir sa sensibilité et qui s'est toujours imposé de retenir les élans de son cœur :

— Ici, tu n'auras ni murs ni surveillance. Tu seras libre. Si un jour tu voulais partir, personne n'essaiera de te retenir... par la force... Tant que tu n'en auras pas trouvé d'autre, je voudrais que tu considères cette maison comme ton propre foyer. Nous serons là, non pour te punir ou te brimer, mais pour t'aider dans la mesure où nous le pourrons... (Le Père fit une pause.) Tout ne sera pas toujours facile pour toi. Les enfants que j'ai ici n'ont connu d'autres problèmes que celui d'une misère aussi vieille que l'Andalousie. Ce sont des garçons un peu rudes, pas méchants; mais tu les trouveras « très jeunes ». Ce qui vieillit un être, vois-tu, ce sont les adieux; plus on a fait d'adieux dans sa vie et plus on est vieux. Vieillir, c'est quitter quelqu'un ou quelque chose... Tu te sentiras vieux... Ils ne te comprendront peut-être pas tout à fait; ils te jugeront « original »... Alors, quand cela n'ira pas, viens dans ce bureau. Viens-y comme tu irais vers l'église si tu croyais, pour te délivrer. Nous aurons toujours de quoi parler. Nous serons seuls... avec Philiston...

Ici, le Père Pardo montra le squelette du doigt.
— Qu'est-ce cela? dit Tanguy.
— Philiston! Mon plus grand ami. Je l'ai acheté quand j'étais en troisième année de Médecine. J'étudiais à Grenade. Je n'avais pas beaucoup d'argent. Mon père était, lui-même, médecin et avait quatorze enfants. Alors... il fallait faire attention. Pour étudier l'Anatomie, j'allais chez un ami. Un jour, il me signala une occasion. J'ai eu Philiston pour un prix très raisonnable. J'étais si heureux, le soir de cette acquisition que je l'ai mis sur mon lit, à côté de moi...
Tanguy esquissa un geste de protestation... Le Père leva le sourcil d'un air amusé :
— Quoi?... Tu ne vas pas avoir peur de Philiston? C'est un garçon charmant et d'une discrétion à toute épreuve. Peut-on en dire autant de beaucoup d'humains?
Tanguy sourit. Quand il quitta le Père Pardo pour se rendre au réfectoire, il se sentait heureux et détendu. Il respira profondément. Tout n'était que paix. Seules les cloches des églises d'Ubeba, en égrenant leurs coups, troublèrent le calme du soir.

Le Collège était un bel édifice moderne, situé sur la hauteur, d'où l'on avait vue sur une vallée toute plantée d'oliviers. Par les nuits claires on apercevait de là, au loin, les lumières de Jaén.
Tanguy avait une chambre pour lui seul. Le mobilier en était simple : un lit, une chaise, une table de travail, des rayons pour les livres, et, dans un coin, un lavabo surmonté d'un miroir. Tanguy aimait à travailler dans cette chambre, alors que tout était silence dans le Collège. Sa fenêtre donnait sur la Sierra Magina. En se réveillant, la première image qu'il aperçut était cette montagne majestueuse enveloppée d'un voile

mauve et couronnée de blanc. Elle semblait si proche qu'on croyait pouvoir la toucher avec la main; en réalité on en était séparé par plus de vingt kilomètres.

Tanguy connut là dès le début un bonheur comme il n'en avait jamais rêvé. Il était pris d'une fièvre de travail. Il avait trouvé le moyen, malgré ses traverses, de beaucoup lire; mais sa culture demeurait celle de beaucoup d'autodidactes : peu solide et peu systématique. Ce qui lui avait toujours manqué, il l'eut en ce Collège : de vrais professeurs.

Ce n'étaient pas des religieux. Le Père Pardo n'en avait pas voulu, en effet. Ils étaient, pour la plupart, de jeunes licenciés préparant un concours. Les quatre Pères qui se trouvaient au Collège n'enseignaient que la Religion, la Morale, la Théologie et la Philosophie; à l'exception du Père Pardo qui s'était réservé les cours d'Anatomie, de Botanique, de Chimie organique, de Trigonométrie et de Grec!

Ces professeurs étaient d'un abord aimable. Ils étaient, pour la plupart, d'excellents pédagogues, aimaient leurs élèves et leur Collège, que personne n'appelait autrement que : *l'Œuvre.* Tous, à des degrés divers, comprenaient qu'ils remplissaient une mission importante auprès de ces enfants. Ils aidaient le Père Pardo dans la mesure de leurs capacités, mais toujours avec une grande efficience.

Tanguy avait un professeur de Géographie remarquable. Ses classes étaient des plus vivantes. Il avait des cartes dites « muettes » où fleuves, monts et villes ne portaient aucune indication. Les élèves apprirent vite à se familiariser avec ce genre de cartes. Ce professeur de Géographie s'appelait Don Francisco. Il était d'une grande gentillesse avec Tanguy qui, par ailleurs, obtenait de très bonnes notes en Géographie.

Le professeur de Littérature Espagnole s'appelait Don Armando. C'est à lui que Tanguy dut le goût du classicisme et de la rigueur d'expression; c'est lui aussi qui orienta ses premières lectures sérieuses : Cervantes, Lope de Vega, Quevedo, Calderón; puis Azorin, que Tanguy aimait par-dessus tout, Pio Bajora, Unamuno. Don Armando était un homme petit, aux yeux bleus. Son visage avait une particularité : ses deux sourcils se rejoignaient. Il était du Nord, de Galice, et préparait une thèse sur « l'influence du Romantisme allemand dans l'évolution de la littérature espagnole au XIXe siècle ». C'était un homme d'une immense culture et d'une grande finesse. Tanguy se plaisait à causer avec lui. Les autres garçons n'aimaient pas beaucoup Don Armando, parce qu'il était très sévère dans ses notes et très rigoureux dans l'appréciation des devoirs. Tanguy se souviendrait longtemps de cette main énergique, qui écrivait en marge de ses copies : « ... *Inutile!...* » ou « ... *Platitude!...* » ou encore : « *Trêves de métaphores!* »

Il y avait encore Don Isman, le professeur de Français, un homme sec, nerveux, d'une remarquable intelligence, mais de mauvais caractère et qui donnait à Tanguy des notes excellentes; Don José Aguilde, un mathématicien, qui avait cette très rare qualité d'être bon pédagogue et de faire aimer l'algèbre à ses élèves... Tant d'autres encore...

La bête noire de Tanguy était Don Santos, homme très courtois et très doux, mais qui avait ce terrible défaut d'être professeur de Latin et de Grec. Tanguy n'avait jamais fait de Latin ni de Grec. On le mettait, soudain, en concurrence avec des garçons familiarisés depuis deux ans avec les déclinaisons, les verbes neutres, et Tanguy souffrait chaque fois qu'il se rendait en classe de Latin. Il faisait tout pour l'esquiver. Don Santos avait, par-dessus le marché, pris la bonne habitude de l'interroger à chaque fois :

— Allons, voyons un peu cette *Catilinaire.*

. Tanguy croit encore entendre la voix de cet homme exceptionnel. Il eut la patience difficile de reprendre par la base la culture de Tanguy. Il lui dit un jour :

— Vous viendrez chaque soir me trouver pendant le Cours d'agrément. Je pense que le Latin et le Grec vous seront d'une plus grande utilité que le dessin ou que la musique.

Chaque soir, Tanguy allait donc trouver le vieux Don Santos dans la bibliothèque des professeurs. Là il passait plus d'une heure à suer sur les déclinaisons et les conjugaisons. Bientôt, néanmoins, il fut capable de traduire assez aisément César, puis Cicéron. Ce fut pour lui une révélation. Don Santos sut inculquer à Tanguy le goût de l'Histoire comprise comme un tout. Avant de travailler sur un discours de Cicéron, Don Santos évoquait toute une fresque historique : les textes prenaient alors une signification nouvelle et s'enrichissaient d'une vraie résurrection. Au bout de quatre mois Tanguy avait dépassé ses camarades et les cours du soir se poursuivaient toujours. Don Santos s'épanouissait :

— Tu vas voir, je vais faire de toi un latiniste!

Ils riaient. Tanguy lisait Ovide qu'il aimait par-dessus tout. Il connaissait par cœur des longs passages de ses *Tristes* qu'il aimait réciter à voix haute en se promenant dans sa chambre. S'il se sentait le cœur serré, ce lui était un remède plus efficace que n'importe quelle parole de ceux qui l'entouraient. Virgile venait en second dans l'ordre de ses préférences. Ainsi formé, Tanguy ne pourrait jamais renier ses vieux maîtres. Don

Santos lui avait fourni le moyen le plus sûr de s'évader de son présent : le goût de ce qui est immortel.

Une autre caractéristique de l'enseignement du Collège était le « travail collectif par équipes », auquel le Père Pardo attachait une très grande importance. Les élèves étaient distribués en « équipes de travail » pour étudier tel ou tel problème qui leur était posé. Leur devise était : « Chacun pour tous ». Le Père Pardo bannissait formellement de ces équipes les supériorités. Il n'y avait pas de « maître » ou de « chef », mais seulement un « philosophe », chargé de la synthèse, dont le rôle était de rassembler et de commenter les travaux de chacun et de les coordonner, pour en faire un ensemble homogène. Chaque jeudi une équipe exposait devant tous les professeurs et tous les Pères réunis le résultat de ses recherches. Les Pères et les Professeurs posaient des « colles ». Il fallait les avoir prévues. Parfois elles étaient si difficiles que des discussions s'ensuivaient entre les professeurs eux-mêmes. Le Père Pardo avait toujours le dernier mot. Tout le monde s'en remettait à lui. Les professeurs disaient de lui que c'était « un monstre de savoir ». Sa mémoire était en effet prodigieuse. En Histoire, en Chimie, en Lettres comme en Sciences, sa culture était tout aussi sûre, on se demandait comment un cerveau humain pouvait avoir accumulé tant de connaissances diverses et, surtout, comment il avait pu les « assimiler ».

X

Les élèves de l'Œuvre n'appelaient jamais le Père Pardo autrement que « le Père », titre qui, pour eux, était un symbole. Ils se moquaient de ses distractions, plaisantaient de sa mémoire qui touchait à l'anormal. Mais ils l'aimaient profondément et avaient en lui la plus totale confiance. Les garcons les plus « durs » pleuraient comme des enfants lorsque le Père les appelait pour les gronder. Un blâme de sa part suffisait à obscurcir la joie d'un élève. Car ils savaient qu'il était d'une probité et d'une justice à toute épreuve; d'une bonté presque surnaturelle aussi. Ils ne se laissaient pas abuser par sa voix qu'il savait rendre terrible, parfois à l'excès; ni par son regard qu'il savait rendre dur en fronçant les sourcils. Ils savaient qu'il les aimait; comme lui-même savait que ces enfants « l'aimaient ».

Le Père Pardo n'était pas un saint. Mais il était « un homme ». C'est une chose exceptionnelle que d'être « un homme ». Lui, il en était un. L'Œuvre était son œuvre : le résultat de son énergie, de son amour pour les enfants, de son savoir-faire, de sa foi... aussi. Le Père Pardo en avait jeté les fondements lorsqu'il était en Théologie, déjà docteur en Médecine et en Philosophie. Il avait plus de trente ans lorsqu'il avait décidé d'entrer dans la Compagnie de Jésus. Puis il avait été touché par la misère des régions andalouses, qu'une excessive natalité rendait ahurissante. Des familles qui n'avaient rien à manger avaient jusqu'à douze enfants. Les enfants avaient faim depuis leur naissance. Ils commençaient à travailler à l'âge de dix ans pour les gros propriétaires.

Le Père Pardo fit alors un rêve. Il voulait des écoles. Mais des écoles modernes, spacieuses, claires, où les enfants seraient chez eux; il les voulait entièrement gratuites. Ce fut alors une lutte de tous les jours contre les pouvoirs établis. Ses confrères disaient de lui qu'il était un utopiste. Mais ses supérieurs lui avaient laissé les mains libres. Il commença par obtenir du conseil de la municipalité d'Andujar une école désaffectée : ce fut le début de son rêve. Il y accueillit des enfants pauvres auxquels il donna la nourriture et le savoir. Dans une salle de cette école il exposa le Saint-Sacrement. Il ne demandait aux enfants que de répéter cette invocation : « Cœur Sacré de Jésus, j'ai confiance en Vous! »

Tanguy avait pour camarade l'un des premiers élèves du Père, qui s'appelait Gabriel Almónzas et lui raconta ces débuts de l'Œuvre. Le Père téléphonait parfois de Madrid au milieu de la nuit : « J'ai des difficultés aux Finances. Exposez le Saint-Sacrement. Que les enfants se relaient par équipes jusqu'à ce que je téléphone à nouveau. » Jour et nuit, d'un côté, des enfants répétaient inlassablement la même prière; jour et nuit, de l'autre, un homme se débattait contre des bureaucrates et réclamait pour des enfants le droit de devenir des hommes... Petit à petit le rêve se réalisa. Des écoles s'ouvrirent à Andujar, Las Carolinas, Linarès, Puerto de Santa Maria, Udeba enfin. De spacieux bâtiments surgissaient du sol. Le

Père disait : « La Providence. Vos prières. » Les enfants avaient confiance dans le Père. Parfois, dans les années difficiles de l'après-guerre, les provisions s'épuisaient. Personne ne savait comment elles pourraient se renouveler. Le Père réunissait alors les enfants et les avertissait : « J'ai confiance en vous, leur disait-il. Je sais que si vous priez vraiment, tout ira bien. » Les enfants se mettaient à genoux devant le Saint-Sacrement. Jour et nuit la Maison bourdonnait de prières; les équipes se relayaient sans relâche. De son côté le Père parcourait la région avec son camion. Quand il revenait, celui-ci était plein de sacs de pommes de terre et de bidons d'huile. Le Père aimait à dire que l'Œuvre « était un miracle de tous les instants ». Tanguy, lui, se disait : « Courage, énergie, justice, voilà le vrai miracle. »

Pour les enfants, l'Œuvre était *leur* Maison. Ils en parlaient ainsi, d'ailleurs. Ils savaient aussi bien que le Père ce qu'il y avait ou ce qui manquait dans les réserves.

Le Centre d'Ubeda se divisait en deux Collèges. En haut, le Collège proprement dit; en bas, les Ecoles Professionnelles. Le Père prenait en effet toutes sortes de garçons et de tous les âges. Ceux qui pouvaient faire des études allaient en haut; les autres trouvaient en bas des ateliers et des machines modernes. Ils choisissaient eux-mêmes le métier qui leur plaisait. Ils devenaient des techniciens spécialisés, car le Père voulait fournir des cadres à l'Andalousie. Aucune différence n'existait entre les « professionnels » et les « livresques ». Ils étaient tous également attachés à la Maison.

Tanguy n'avait jamais eu de contact avec la charité. Il ne l'avait jamais rencontrée. Or le Père *était charité.* Il aimait chacun des êtres qu'il rencontrait dans la mesure où ils avaient besoin de lui. Il ne cherchait pas à fouiller les consciences. Il disait : « Ce qui importe, c'est de donner. » Il donnait, à longueur de journée. Il était toujours là prêt à aider, avant même qu'on ne lui eût rien demandé. Il n'y avait aucune complaisance ni aucune curiosité maladive dans la façon qu'il avait d'écouter ceux qui se confiaient à lui. Ceux qui avaient besoin de parler, il les laissait parler; ceux qui voulaient plaisanter plaisantaient; d'aucuns allaient pleurer dans son bureau comme l'on va pleurer près de sa mère. C'est le Père qui dit un jour à Tanguy :

— La charité n'est pas vertu : elle est acte.

Il était d'ailleurs lui-même tout action. Il pensait en actes. Chez lui action et pensée étaient indissolublement liées par ce lien invisible de la charité. Il n'aimait pas les consciences scrupuleuses, les âmes « tourmentées ». Un jour, Tanguy lui ayant avoué qu'il se demandait souvent s'il croyait ou non en Dieu, le Père lui jeta un regard sévère :

— Laisse en paix ces histoires!... Mange, dors, joue, étudie, ne mens pas, sois bon avec tes camarades, travaille, agis loyalement. Quand tu auras fait toutes ces choses, et qu'en plus tu te sentiras capable d'aimer ton prochain jusque dans tes actes, alors demande-toi si tu crois en Dieu; pas avant. La plupart de nos « croyants » cessent de se comporter en croyants dès qu'il s'agit de donner mille pesetas. Foi bien fragile que celle qui dépend du portefeuille! Ce n'est pas le superflu qu'il faut savoir donner, mais bien le nécessaire.

***

La vie de Tanguy suivait son cours. Il étudiait, jouait, mangeait. Il avait grossi de plusieurs kilos. Le Père le pesait régulièrement et notait la moindre différence de poids. Tanguy avait à nouveau des cheveux longs et il était bien habillé.

Les jeudis, les élèves se promenaient. Ils allaient deux par deux jusqu'à Baeza ou descendaient la vallée vers une ferme abandonnée qu'ils appelaient le « château ». Là ils jouaient, s'ébattaient, se disputaient.

Tanguy avait des copains qu'il aimait bien. L'un d'eux était de Cadix et s'appelait Manolo. Il était d'une drôlerie extraordinaire. Ses voisins ne pouvaient arrêter de pouffer de rire et cela jusque dans l'église. Manolo était petit, noir, avait des cheveux bouclés qui lui tombaient dans les yeux, et un regard pétillant. En plus, l'accent andalou. Don Armando le grondait toujours parce qu'il ne mettait pas les « s » à la fin des mots et parce qu'il employait indifféremment le *s* ou le *z*.

— Que faites-vous de vos *s*? demandait Don Armando.

— J'les mange... C'est pas ma faute. J'écris pas castillan; j'écris andalou. L'Académie dit que la Langue s'écrit comme elle se prononce. Moi j'écris comme je prononce.

— Vous prononcez mal, Manuel.

— Mal?... Ah! non!... Pas vous, Don Armando!... Ce sont ces Castillans qui le disent. Moi j'prétends que le vrai Espagnol, c'est l'Andalou.

Le Père aimait beaucoup Manolo qui était malicieux, mais jamais méchant. Tanguy sut qu'il était orphelin et l'une des premières recrues du Père. Ce dernier l'avait trouvé dans les rues de Séville. Manolo était alors crieur : il avait sept ans.

Il y avait aussi Platero. C'était un grand garçon passionné de football. Il passait ses journées à se disputer avec Manolo, qui n'aimait que les taureaux. Manolo appelait son rival « morue desséchée », et l'autre l'appelait Monsieur Zi-Zi, à cause de sa prononciation andalouse.

Et puis il y avait Josselin. C'était un garçon très doux, qui avait été longtemps malade. Il aimait beaucoup le cinéma. Il adorait la musique et Tanguy passait de longues heures à discuter avec lui. Ils s'enfermaient dans la bibliothèque et écoutaient des disques. Le Père avait formé une véritable discothèque. Ils pouvaient choisir entre Beethoven, Mozart et Bach, dont presque toutes les œuvres étaient à portée de leur main. Quand ils sortaient de la bibliothèque, tout transportés de musique, Manolo s'écriait :

– Silence!... Voilà nos Beethoven!... Ils viennent d'entendre *La Vaca Dechera!*[1]

Manolo, Platero, Josselin et Tanguy étaient inséparables. Ils étaient toujours ensemble. Les autres élèves les avaient surnommés *les quatre Mousquetaires,* d'où Manolo avait tiré *les quatre Moustiquaires.*

Les dimanches après-midi les élèves avaient quartier libre. C'étaient alors des disputes à n'en plus finir entre les quatre. Josselin voulait rester à écouter de la musique; Platero voulait assister au match de football; Manolo était pour les promenades au grand air, Tanguy pour le cinéma. Mais chaque dimanche le débat se terminait de la même façon : ils allaient tous quatre d'abord au football, ensuite au cinéma, à sept heures.

Tanguy était content de mettre son beau costume. Il cirait ses chaussures, nouait sa cravate, se peignait avec soin. Puis il allait trouver le Père qui, chaque dimanche, donnait cinq pesetas à chacun de ses orphelins. Il y avait en ville un cinéma qui passait de vieux films, où l'entrée ne coûtait que deux pesetas. Avec le reste Tanguy s'achetait

1. *La Vache laitière,* chanson populaire.

des bonbons et parfois quelques cigarettes au détail, qu'il fumait aux toilettes du cinéma.

La salle était aussi vétuste que les films. Quatre ou cinq fois, au cours de la projection, il y avait des coupures. C'étaient alors des sifflements à n'en plus finir. Manolo excellait dans ce genre d'exercice. Il avait une façon particulière de siffler en mettant deux doigts dans sa bouche, qui faisait taire tout le monde. Josselin, lui, était un romantique. Quand les deux protagonistes du film s'embrassaient, il poussait de petits gloussements. Manolo criait :

— Ça va!... Ça va!... On connaît la suite!

Un dimanche le Père emmena plusieurs élèves voir l'illustre Manolete, qui était venu toréer à Linarès. Le Père était un fervent de la tauromachie. Manolo jubilait; Platero affichait un mépris académique, mais était néanmoins si excité qu'il fut le premier prêt; quant à Tanguy, c'était sa première corrida et il était hors de lui. Trois jours à l'avance, le Père avait commencé à lui expliquer le sens caché des gestes et des rites qui constituent *La Fiesta.* Il lui prêta des livres, des lithographies anciennes, lui fit des croquis; pour finir il assura que Manolete était « le plus grand parmi les plus grands ». La joie de Tanguy était immense. Malheureusement sa première corrida fut la dernière de Manolete. La mort du *diestro* s'abattit comme une catastrophe sur le Collège et le Père dit une messe solennelle pour le repos de celui qu'il appelait « le dernier représentant de la grande tauromachie espagnole ».

Bien que leur joie eût été assombrie par l'événement douloureux, les privilégiés qui avaient accompagné le Père passaient leur temps à mimer des « naturales » avec leurs vestes et à expliquer aux autres « l'accident ». Il y eut thème à conversation pour plus d'un mois. Tous étaient unanimes à vanter le courage de Manolete, son art indiscutable. Ils se servaient pour le louer des mêmes termes que le Père.

Tanguy, qui s'était demandé s'il était très « orthodoxe » de dire des messes pour les *diestros,* eut une nouvelle surprise « liturgique » quelques semaines après.

Il y avait au Centre une ferme-modèle, pour ceux qui voulaient étudier l'agriculture, où se trouvaient en quantité appréciables poules, lapins, vaches, etc. La ferme était merveilleusement équipée et un Hollandais en avait la charge. Or, l'une des vaches qui s'appelait « Louise » étant tombée malade, le Père célébra aussitôt une série de messes pour que le Seigneur ne privât pas le Centre du lait de « Louise »! Pendant six jours, « livresques » et « professionnels » se retrouvèrent autour de l'animal, qui regardait avec ahurissement cette subite montée de sa popularité. Elle inquiéta tous les esprits pendant cette semaine. On parlait « température de Louise », « sommeil de Louise », « appétit de Louise ». Un nouveau venu aurait pu croire que Louise était une Infante d'Espagne.

XI

Pâques approchait. Il y avait plus de dix mois que Tanguy était à Ubeda. Il préparait ses examens trimestriels au prix d'un travail acharné. Il était premier en tout, mais tenait à obtenir des notes très élevées, car il savait que cela faisait plaisir au Père et il aurait fait n'importe quoi pour lui faire plaisir. Tanguy travaillait dans sa chambre. Parfois Platero et Manolo venaient lui tenir compagnie; ils s'interrogeaient mutuellement.

Tanguy pourtant souffrait de malaises; il était souvent en nage. La nuit, il ne pouvait s'étendre, car des accès de toux le faisaient suffoquer. Il perdait l'appétit. Un soir, comme il toussait, la porte s'ouvrit et le Père entra :

– Ça ne va pas?

– Si. Ce n'est rien. Je tousse.

– Oui, j'entends.

Le Père posa sa main sur le front de Tanguy.

– Mais tu as de la fièvre, mon bonhomme!

– Non, c'est la chaleur.

– Quelle chaleur? Te rends-tu compte que la Sierra est toute proche et que les nuits sont loin d'être chaudes? Je te dis que tu as de la fièvre.

– Vous croyez?

— Je vais le savoir tout de suite. Je vais chercher le thermomètre. Reste tranquille et couvre-toi bien.

Le Père revint et tendit un thermomètre à Tanguy. Pendant que celui-ci le laissait monter, le Père alla regarder le paysage. Tanguy voyait son ombre noire se découpant dans le cadre de l'étroite fenêtre.

— Ça y est?

— Oui.

— Donne voir.

— ... Tu as de la fièvre, jeune homme. Tu as même une forte poussée de fièvre... Bon. On va tâcher de savoir ce que c'est. Je vais te poser quelques questions et tu vas me répondre exactement. D'accord?

— D'accord.

— As-tu des frissons?

— Oui.

— Sont-ce des frissons courts, séparés?

— Non. Ce sont de longs frissons.

— Bon. As-tu saigné du nez ces jours derniers?

— Oui. Hier et avant-hier.

— D'accord. Tu as mal à la tête, tu as des sueurs, des malaises, as-tu des vomissements?

— Non.

— As-tu mal quelque part?

— Ici, au côté gauche.

— Bon. Je vais aller chercher mes joujoux pour voir ce qu'on entend dans cette vieille poitrine, et je te transporterai ensuite à l'infirmerie.

Le Père ausculta Tanguy, le fit tousser, lui posa encore quelques questions, puis l'enveloppa dans une couverture, et le transporta dans ses bras à l'infirmerie, au même étage. La Sœur infirmière, vêtue de blanc, aida le Père à mettre Tanguy au lit. Celui-ci se laissait faire. Il se sentait bien. Il regardait le Père aller et venir et se sentait rassuré car il avait une totale confiance en lui. Il frissonnait encore et cherchait à se blottir dans le lit. En étendant les pieds, il trouva une boule chaude, et sourit. C'était bon d'être malade et d'être soigné et cajolé. Il se dit que s'il avait eu des parents, ils l'auraient sûrement soigné.

Le Père arriva et se prépara à lui faire une injection :

— Là, bonhomme, nous allons te faire un peu mal.

Tanguy sourit et tendit son bras. Le Père lui fit l'injection avec habileté. Puis il lui donna une petite tape sur le front et lui dit :

— Tu as une vilaine maladie, mon bonhomme. Mais nous allons te soigner. Tu vas être bien raisonnable et nous aider à te guérir. Sœur Marie-Madeleine va te veiller. Si tu as besoin de quelque chose, tu le lui demandes. Elle va te faire un grand broc, avec du jus d'orange. Bois le plus possible. Demain matin je viendrai et apporterai de beaux appareils pour te faire des photos. Nous allons voir ce qu'il y a exactement dans cette carcasse.

— Je ne pourrai pas me présenter aux examens?

— Sûrement pas! Tu vas rester un mois ici. D'abord pour te guérir, et ensuite pour te retaper.

Pendant quinze jours Tanguy fut gravement malade. Son point de côté devint de plus en plus douloureux; sa toux de plus en plus embarrassée. Chaque fois qu'il ouvrait les yeux, il trouvait ceux de Sœur Marie-Madeleine ou du Père posés sur lui. Ceux de Sœur Marie-Madeleine étaient noirs et humains. Sous ses habits blancs elle faisait songer à une fée. Le Père, debout, immobile, souriait. Tanguy cherchait aussi à sourire :

— Alors, le malade, tu ne vas pas rester

comme cela jusqu'à Pâques? Sœur Marie-Madeleine a l'intention de te faire des gâteaux immenses.

Tanguy était heureux. Il se sentait léger comme une plume et avait grande envie de dormir. Il était content, en ouvrant les yeux, de voir qu'il n'était pas seul; qu'ils étaient là, auprès de lui. Dès qu'il se réveillait, la Sœur infirmière se saisissait du broc et lui faisait boire un peu de jus d'orange. Tanguy aimait cette sensation d'avoir sous sa nuque les bras de la Sœur. Il se disait que c'était merveilleux d'être aimé. Il ne pensait plus à sa famille ni à personne. Le Père était là. C'était l'essentiel.

Tanguy put commencer à se nourrir. La toux diminua, la fièvre tomba. Il gardait le lit, mais pouvait parler avec la Sœur et le Père. Ce dernier tenait à assister à ses repas, pour être sûr qu'il mangeait tout. Tanguy souriait. Quand il n'avait plus faim, il regardait le Père d'un œil candide; mais le Père ne se laissait pas attendrir. Il jetait un regard sévère au convalescent et l'obligeait à terminer son repas.

Jamais Tanguy n'avait si bien mangé : des bouillons de poule, du lait, de menues pâtisseries, du blanc de poulet, des œufs battus dans du vin, du « serrano ». La Sœur infirmière lui servait tout cela sur un plateau; parfois, elle y ajoutait quelques fleurs. Tanguy était heureux. Il se sentait revivre. Dehors, le printemps se mourait et l'été s'annonçait. Il ne restait presque plus de neige sur les sommets de la Sierra Magina.

De son lit Tanguy commença à épier tous les bruits du Collège. Cela l'amusait. Il devinait ce que faisaient ses camarades rien qu'au bruit. Il y avait aussi les cloches de la ville. Elles ne sonnaient jamais en même temps. Quand l'une finissait, l'autre commençait. Tanguy devinait au son de sa cloche quelle église sonnait. Il les reconnaissait toutes.

Il s'ennuyait. Sa seule distraction et sa seule joie étaient les visites du Père, qui venait tous les jours vers la même heure : après la grande récréation. Il s'asseyait auprès de Tanguy et ils bavardaient. La culture du Père plongeait Tanguy dans le ravissement; car il savait tout. Il connaissait des centaines d'anecdotes sur chaque règne et les racontait de façon si vivante que l'on avait l'impression qu'il en avait été le témoin. Chaque jour, ils abordaient un sujet différent : l'Histoire, la Philosophie, la Musique, la Politique. Les opinions du Père étaient toujours nuancées, très humaines. il ne jugeait jamais *a priori*. Il prenait un sujet, l'examinait, l'analysait, le tournait et retournait en tous sens; souvent il ne concluait pas, et se contentait d'avoir cherché à mieux comprendre.

Un soir, comme ils parlaient éducation et problèmes pédagogiques, le Père demanda soudain à Tanguy :

– Tu ne penses jamais à ta famille?

– Si. Parfois.

– Tu ne voudrais pas retrouver ton père?

Tanguy haussa les épaules :

– Je ne sais pas. Je suis bien ici.

– Vraiment?

– Oui.

– Cela me fait plaisir de te l'entendre dire. Nous t'aimons tous; tes professeurs, tes camarades, les Sœurs et les Pères.

Le Père s'arrêta. Puis il poursuivit d'une voix lasse.

– Moi-même j'ai souvent souhaité pouvoir me limiter à un seul être afin de pouvoir l'aider vraiment. J'aurais voulu pouvoir t'offrir plus. Mais ceci, malgré tout, n'est qu'un Collège. Tu aurais eu besoin d'un foyer; d'un vrai foyer... Et je me dois, hélas! à tous. Ils sont nombreux à n'avoir pour foyer que cette maison. Et je dois m'efforcer de leur donner l'illusion qu'ils ont un vrai foyer... même si ce n'est qu'une illusion...

Tanguy ne répondit pas. Il aurait pu dire au Père que, grâce à cette illusion il avait, lui, retrouvé l'espoir et la joie; que pour la première fois dans sa vie, quelqu'un avait agi envers lui comme un père et une mère doivent agir; que, depuis qu'il était à Ubeda, il avait appris à rire et à être heureux... Il ne dit pourtant rien.

— J'ai fait, d'après les renseignements que tu m'avais donnés des recherches pour retrouver tes parents. Or, je viens de recevoir une lettre qui me donne l'adresse de ton père. La voici. Veux-tu lui écrire?

Tanguy regarda la lettre : quelques lignes à peine, tapées à la machine. Il les lut. Son cœur battait à une vitesse accélérée. Le Père lui tendit une petite photo d'identité :

— Je suis allé avec cette adresse au Consulat de France à Madrid, poursuivit-il. Ils vont sûrement écrire à ton père. Je leur ai dit de nous transmettre la réponse. Mais tu pourrais, je pense, écrire toi aussi. Au Consulat ils m'ont donné cette photo. C'est ton père. Il avait vingt-cinq ou vingt-six ans, à cette époque.

Tanguy regarda sur la photo ce visage qui ne lui disait rien. Il chercha quelques souvenirs dans sa mémoire, mais n'en avait plus que de très confus. Il était en proie à une violente émotion. Il prit la main du Père et y posa un baiser :

— Merci.

Le Père jeta sur lui un long regard triste, et ouvrit la bouche pour parler, mais il se ravisa.

Le soir même Tanguy écrivait à son père. Il voulut écrire en français et fit des fautes d'orthographe. Il pensa que son père comprendrait qu'il avait oublié le français et apprécierait son intention. Il tarda ce soir-là à s'endormir.

Un mois après, il quitta l'infirmerie et rejoignit son cours. Il n'eut pas de mal à rattraper son retard. Tout le monde fut content de le revoir. Ses professeurs lui serrèrent affectueusement la main; ses camarades lui prodiguèrent des tapes sur le dos. C'est alors qu'il apprit qu'il avait été très gravement malade, qu'une nuit le Père avait fait exposer le Saint-Sacrement et que tous ses camarades, le Collège entier, avaient tenu à passer la nuit en prières à la Chapelle. Même les « professionnels » avaient veillé. Tanguy en fut si ému qu'il resta sans voix et que des larmes montèrent à ses yeux.

XII

Tanguy attendait la réponse de son père avec impatience. Mais rien ne venait. Il était triste. Il avait écrit à son père que depuis que sa mère l'avait abandonné en France pendant la guerre, il était seul au monde. Il ne comprenait donc pas que son père pût ne pas lui répondre. Il avait dit à tous ses camarades qu'il avait un père, que le Père Pardo venait de retrouver sa trace et son adresse, et qu'il attendait de lui une réponse. Ses camarades s'étaient réjouis avec lui. Maintenant, s'il arrivait que l'un d'eux demandât à Tanguy : « As-tu des nouvelles de ton père? », le visage de Tanguy s'assombrissait.

Tanguy avait été pleinement heureux aussi longtemps qu'il avait pu entrevoir cette possibilité de vivre avec son père comme tous les autres enfants. Il avait alors bâti de beaux rêves. Quand il dut constater que son père tardait à répondre, il s'imagina d'abord que celui-ci viendrait lui-même le surprendre au Collège. Tanguy se représentait chacun des détails de cette rencontre : une voiture arriverait, on appellerait Tanguy, qui tomberait dans les bras de son père et pleurerait très fort...

Mais le temps passait et rien ne venait. Tanguy

connaissait à nouveau l'angoisse. La nuit, tout ce passé qu'il avait en vain cherché à oublier reparaissait devant lui. Il cherchait à comprendre pourquoi son père ne voulait rien savoir de lui. Il se souvenait de sa mère; des jours lointains de Vichy, où il avait eu, près d'elle, un foyer. Ce souvenir lui était cruel. Il lui arrivait de serrer les poings en songeant à elle. Car il ne comprenait pas qu'elle ne l'eût pas, elle aussi, recherché.

Tanguy avait passé les examens de la seconde année d'études d'une manière très brillante. Il avait obtenu une mention honorable dans chacune des matières du cours. La nuit, il regardait tous ces diplômes et ces médailles qui parsemaient son lit et se disait que personne n'était là pour se réjouir avec lui de ses succès. Il se sentait à nouveau seul, ne trouvait de repos qu'auprès du Père. Là, dans le petit bureau, auprès de Philiston, qui était en vérité discret, Tanguy pouvait parler à cœur ouvert. Il allait donc souvent trouver le Père. Ils causaient pendant des heures. Tanguy parlait nerveusement. Le Père l'écoutait avec attention.

— C'est dur de se passer du mythe des parents, lui dit un jour le Père, car c'est l'illusion la plus fortement ancrée dans le cœur des enfants. Ici, vois-tu, il m'arrive souvent de voir des enfants abandonnés par leur mère ou dédaignés par leur père, s'accrocher avec un désespoir farouche à ce mythe du père et surtout de la mère.

— Oui. Mais à quoi d'autre peut s'accrocher un enfant?

— A très peu de chose, bien sûr. J'allais te dire : à Dieu. Mais généralement ceux qui parlent ainsi ne savent pas ce qu'ils disent. Même aux adultes Dieu seul ne suffit pas.

— Moi, le souvenir de ma mère m'a souvent

soutenu, au camp. Surtout à la fin. J'étais tenté de rester étendu sur ma paillasse et de ne plus bouger. Alors je me disais qu'il fallait lutter, pour la revoir.

– Tu avais Gunther aussi.

– Oui, j'avais Gunther. Mais après sa mort, à qui donc me serais-je accroché?

Le Père garda le silence. Il ôta ses lunettes et se frotta les yeux. Il semblait fatigué. Par la fenêtre ouverte les parfums de la terre et du crépuscule entraient dans le bureau.

– Pour un éducateur les parents sont toujours l'obstacle. Ils ne comprennent pas leurs enfants, ou les aiment mal. Ils ne font jamais ce qu'il faut... Mais... Mais ils sont les parents! Ils sont des dieux pour leurs enfants, qui souvent courent à leur perte les yeux ouverts.

– Ils me seraient autre chose. Il y a pour moi une question de mise en place. Vous me comprenez?

– Mal.

– Je veux dire... Tout dans ma vie a toujours été cassé. Je voudrais pouvoir mettre un peu d'ordre dans ce chaos. Si je ne le fais pas, je deviendrai fou. Je ne pourrai trouver la paix qu'à ce prix : restituer autour de moi les êtres et les lieux.

Tanguy fit une pause.

– Vous voyez, quand j'étais à l'Orphelinat, je disais souvent que ma mère était morte; j'inventais même des détails. J'expliquais sa mort tantôt comme cela, tantôt comme ceci. Je ne prenais même pas la peine de bien mentir. C'était un besoin... *Il fallait que je la tue...*

– Je comprends. Mais dis-toi, Tanguy, que ni l'ordre ni la paix n'appartiennent à ce monde. Pas même cet ordre relatif dont tu as besoin. Il est des choses, à propos de ton père et de ta mère, qui t'échapperont toujours. Les parents sont des humains. Et les humains sont incompréhensibles.

— Cela, je me le suis dit souvent. Pourtant j'éprouve le besoin d'en savoir plus long que je n'en sais. Vous savez, il m'a fallu faire de grands efforts pour pardonner. J'ai maintenant dix-huit ans. Je n'en avais que neuf quand ils ont commencé à tout faire pour me briser. Ils ont anéanti jusqu'à mes espérances les plus légitimes... Je ne leur en veux pas. Mais *je voudrais qu'ils me voient...* Vous comprenez?

— Oui.

— Ce n'est pas de la rancune. Je n'en ai pas. Je ne veux rien d'autre que me planter devant eux et leur montrer mon visage.

— Mon pauvre enfant! Tu seras le seul ému. Ils ne sourcilleraient même pas... Toi, par contre...

— Le jour où je suis arrivé à Barcelone pour voir ma grand-mère, la concierge m'a parlé longuement du séjour de ma mère en Espagne... Elle paraissait heureuse, riait... C'était en 1942... Ces phrases de la concierge, j'ai souvent voulu les oublier, les excuser. Mais je n'en ai pas le courage. Elle venait de me perdre, vous comprenez! Elle venait de me laisser, éperdu de douleur, parmi des étrangers. J'ai un peu l'impression qu'elle riait de moi...

Le Père ne répondit pas. Il jouait avec un coupe-papier. Il leva sur lui des yeux humides de larmes, fit un geste, puis :

— Tu as écrit au Consulat?

— Oui. Tout à coup je n'en peux plus... Je veux aller en France coûte que coûte. C'est... plus fort que moi.

— Je vois...

— Mais le Consulat me répond que si personne ne me réclame en France, ou n'y garantit mon hébergement, ils ne peuvent rien pour moi. J'ai beau leur dire que je suis Français. Ils n'ont pas l'air de prendre cela très en considération...

— Que vas-tu faire? demanda le Père.

Tanguy hésita. Il regarda par la fenêtre les oliviers. L'olivier est l'arbre triste, l'arbre douloureux, l'arbre anormal. Comme l'homme, il se plie et se replie sur lui-même, rongé par un mal secret; comme lui il s'accroche farouchement à une terre sèche et stérile; comme lui, il ne porte, malgré son infortune, que de maigres fruits.

— Partir, fit enfin Tanguy.

— Partir où?

— Pour Madrid d'abord. Je vais aller au Consulat voir ce qui se passe.

— Et puis?

— Le plus près possible de la frontière.

Ils se turent. Tanguy n'osait pas regarder le Père. Celui-ci avait une fois de plus ôté ses lunettes et frottait ses yeux et ses paupières closes en un geste las.

— Tu vas commettre une erreur, dit le Père. Mais c'est une erreur que je commettrais à ta place. Je ne puis que t'offrir mes prières et je crains qu'elles ne te soient pas d'une grande utilité. Je vais dire à la Sœur de la garde-robe de te chercher un deuxième costume, un peu de linge et une paire de souliers. Je prendrai ton billet pour Madrid. Tu partiras demain soir...

⁂

Tanguy baisa la main du Père. Il hésita. Puis il se mit à genoux. C'était une habitude du Collège que de bénir les partants. Le Père posa ses deux mains sur la tête de Tanguy, puis le bénit de sa voix tranquille. Tanguy se leva. Il avait l'âme lourde. Il avait senti que le Père était aussi ému que lui et ne voulait pas ajouter à sa peine. Il ne se retourna pas et descendit dans la cour. Les quatre Sœurs chargées de la cuisine, de la garde-robe et de l'infirmerie l'attendaient. Elles lui dirent gentiment au revoir. Puis ce furent Manolo, Platero et Josselin. Enfin Tanguy monta dans la voiture du Collège, jeta un dernier coup d'œil derrière lui, et aperçut le Père, immobile derrière une fenêtre. Tanguy ferma les yeux. La voiture démarra et traversa bientôt des champs d'oliviers. Les fruits reluisaient sous la lune. Il arriva en gare de Baeza juste à temps pour prendre son train. L'express était plein. Tanguy resta d'abord debout dans le couloir, puis s'assit sur sa valise. Il se demandait à quelle heure arriverait le train. Mais il avait oublié de consulter les horaires. Il essayait de penser à quelque chose qui l'eût distrait de sa peine, mais ne trouvait rien. Il ne pensa donc à rien...

XIII

Tanguy habitait à Madrid chez des Pères auxquels le Père Pardo l'avait recommandé. La maison de ces Pères ne se trouvait pas loin du Retiro. Tanguy n'avait qu'à traverser le grand jardin public pour se trouver au Consulat de France, où il se rendait presque tous les jours.

Il y avait là une gentille dame, assez âgée, qui s'appelait Mme Bérard. Elle était petite, avait les cheveux blancs et se fardait. Elle était d'une grande amabilité, et l'appelait « jeune homme ». Tanguy se sentait réconforté de la voir. Il arrivait tranquille au Consulat parce qu'il savait que Mme Bérard était là. Elle paraissait navrée de sa situation. Pour lui prouver que le Consulat s'occupait de son cas, elle lui montrait un dossier épais de plusieurs dizaines de lettres échangées entre le Ministère des Affaires Etrangères à Paris et le Consulat de France à Madrid. Elle lui disait qu'elle ne voyait plus ce qu'on pourrait essayer pour lui. Alors il insistait pour qu'on le laissât rentrer en France, proposant même de s'engager. Il lui semblait qu'on n'avait pas le droit de l'en empêcher, étant donné qu'il était Français. Mais Mme Bérard, avec une infinie patience, cherchait à lui faire comprendre qu'il fallait savoir *où aller.*

Un jour elle l'appela « mon petit jeune homme » et lui avoua à mi-voix :

– Vous savez, c'est pas un bonhomme très intéressant, votre père. Son obstination à ne pas vous répondre nous gêne tous énormément. J'espère que vous réussirez quand même à rentrer en France.

En sortant du Consulat, Tanguy allait se promener au Retiro. Il se sentait très las. Il aimait à se rendre à la Roseraie et entendre les joueurs d'orgue de Barbarie. Ils jouaient de vieux « chotis » de Madrid. Tanguy regardait les bonnes d'enfant avec leurs blouses bleues et leurs tabliers blancs. Il allait parfois jusqu'au lac. Des jeunes gens et des jeunes filles canotaient. Les garçons en profitaient pour voler un baiser aux filles. Cela amusait Tanguy. Il souriait et se disait que la vie était belle.

Enfin après deux mois de démarches inutiles, il lui fallut se résoudre, ou à retourner au Collège, ou à trouver un moyen d'existence. Il imagina les questions de ses camarades s'il retournait là-bas. Il préféra chercher du travail.

Auparavant il alla prendre congé de Mme Bérard. Cela le peinait presque de penser qu'il ne la reverrait plus. Il la remercia beaucoup, et s'excusa de l'avoir tant dérangée. Mme Bérard était triste. Elle lui dit qu'elle regrettait ne pas avoir pu mieux faire, mais que personne ne saurait obliger son père à faire ce qu'il ne voulait pas faire. Tanguy comprit. Il sourit et quitta ces lieux, où il avait passé tant d'heures à essayer de retrouver une identité.

Tanguy avait décidé d'aller à Barcelone pour chercher du travail, car à Madrid il était difficile d'en trouver. Il prit donc le train pour la Cité Comtale, mais eut de la peine en quittant Madrid. Il aimait Madrid, et Barcelone lui paraissait être une ville sale. Puis il se dit que ce qui importait, c'était de travailler et que dans les villes sales on travaille plus facilement que dans les autres.

⁂

Tanguy cherchait du travail. Mais ce n'était pas facile. Chaque fois qu'il allait quelque part en demander, les employés le regardaient avec malveillance. Tanguy se disait qu'il n'y avait pourtant rien de honteux à vouloir travailler. Il lisait attentivement les journaux aux rubriques d'*offres d'emplois.* Il achetait les journaux de bon matin, et courait à l'adresse indiquée. On lui répondait toujours : « écrivez » ou « revenez dans huit jours ». Il savait ce que signifiait ce : « revenez dans huit jours », mais ne savait par contre s'il serait toujours vivant dans huit jours. Il patientait de longues heures dans des salles malodorantes. D'autres personnes, assises sur des bancs, défaisaient des mégots et, avec le tabac ainsi obtenu, roulaient des cigarettes; d'autres crachaient par terre ou toussaient très fort. Tanguy, lui, écoutait les bruits amortis de la ville. Au bout de deux ou trois heures un employé épinglait un petit papier à la porte : « On n'embauche pas. » Alors, tout le monde repartait patiemment.

Tanguy allait au port voir les grands paquebots « El Cabo de Hormos » ou « El Cabo de Buena Esperanza ». Il s'asseyait par terre près de l'eau, contemplait l'eau sale sur laquelle flottaient des épaves, des peaux de bananes et des oranges pourries. Il rêvait. Son esprit était comme détaché de sa chair et visitait des mondes merveilleux. Ses désirs charnels le tourmentaient et il errait toute la nuit comme une âme en peine. Le lendemain de ces nuits blanches, il avait la bouche pâteuse et froid à l'âme parce qu'il se sentait amoindri.

Il n'avait plus d'argent, couchait sur les bancs au parc de Montjuich, et se nourrissait de fruits qu'il gagnait en déchargeant des camions aux Halles. Parfois on lui donnait un pourboire et alors il buvait un café au lait chaud. Deux fois il put même aller au cinéma. Il aimait le cinéma : il s'y sentait bien au chaud et entouré.

Mais les jours passaient et les semaines, sans que Tanguy trouvât du travail. Un jour il se dit qu'il pourrait se suicider. Mais cette idée lui parut absurde : à qui sa mort profiterait-elle? Mieux valait continuer à lutter.

Il descendait les Ramblas pleines de fleurs et de mouvement, ou s'attardait sur la Plaza de Cataluña; parfois il poussait jusqu'à El Paralelo. Il regardait tous ces hommes qui allaient et venaient. Il se sentait seul dans ce grand flot humain et se demandait si l'un de ces hommes aurait pu le comprendre, ou se trouvait dans une situation semblable à la sienne. Il aurait voulu le leur demander. Il était intrigué par ces visages. Il aurait voulu pouvoir leur ouvrir le cerveau et lire leurs pensées. Ils étaient là, irréductibles; et continuaient d'aller et venir...

Enfin, un jour il apprit qu'on allait embaucher dans une usine de ciment, près de Barcelone, à Vallarca de Sitgès. Tanguy prit le train. Dix minutes après il débarquait à Vallarca.

XIV

L'usine était une vraie ville. Il y avait, à un kilomètre de l'usine proprement dite, le « chantier », puis les divers ateliers avec leurs grands fours qui n'arrêtaient jamais de tourner; enfin le port, avec toute une flottille de cargos qui appartenaient à l'usine.

Celle-ci se trouvait dans une vallée étroitement encaissée. Les cheminées fumantes s'encadraient dans un cercle de hautes montagnes couvertes de pins. Il n'y avait d'issue que vers la mer. L'usine avait un port et une plage. De l'autre côté des montagnes, en suivant le rivage, se trouvait Sitgès, la plage élégante que Tanguy connaissait déjà. L'usine était comme une ville aux rues étroites et parallèles. Elle fournissait en effet un logement à ses employés. Maisons et ateliers étaient couverts d'une poussière blanche qui faisait songer à la neige.

Tanguy arriva vers les dix heures du matin à l'usine. Il alla d'abord à l'Administration et vit un papier accroché à la porte : « Bureau d'embauche ». Il entra dans une salle. Une vingtaine d'hommes y attendaient; parmi eux un garçon de seize ans. Mais il avait l'air plus âgé que Tanguy, tant son visage était marqué par la lutte et la douleur. Tanguy salua l'assistance et alla s'asseoir dans un coin. Personne ne répondit à son salut. Il attendait. Les ouvriers bavardaient et riaient. Enfin, vers midi, la porte s'ouvrit. Un par un, les ouvriers entraient et ressortaient, une feuille de papier à la main. Ils paraissaient contents. Tanguy se demanda s'il aurait, lui aussi, cette chance. Il entra dans le bureau, son tour venu, et se trouva devant un homme de stature moyenne, aux cheveux très blancs, aux yeux gris, au visage rouge. Il était vêtu d'un costume bleu foncé. Il leva les yeux vers Tanguy.

— Vous avez déjà travaillé?

— Non.

— Vous avez des papiers?

— Oui.

Tanguy tendit les certificats que lui avait donnés le Père. Ils assuraient qu'il était un garçon honnête, d'une grande culture, parlant plusieurs langues, et qu'il avait fait deux années d'études équivalentes aux dernières années du baccalauréat au Collège qu'il avait l'honneur de diriger.

L'homme resta un instant rêveur, regarda Tanguy attentivement, et lui demanda :

— Vous parlez français et anglais?

— Oui.

— Pourquoi voulez-vous travailler comme ouvrier? Vous pourriez trouver une place comme secrétaire à Barcelone?

— J'ai déjà cherché.

— Je vois... Le métier est dur ici (il le regarda dans les yeux). C'est un métier d'hommes.

— Je ferai ce que je pourrai.

— Le fait est que vous n'avez pas l'air de pouvoir faire grand-chose.

— Je ferai ce que je dois faire.

Il y eut un silence. L'homme écrivit quelques mots sur un bout de papier :

— Je vous prends à l'essai. Si l'essai est satisfaisant au bout de trois mois, je vous inscrirai aux *Assurances*. Vous commencerez lundi. Vous irez au « chantier » avec Quico. Allez le trouver lundi. Il vous dira ce qu'il faut faire.

Tanguy eut envie d'embrasser l'homme. Il sourit et dit :

— Merci.

Il sortit content et fit des pirouettes. Quelqu'un lui demanda si on l'avait embauché et il montra son papier. Alors on le félicita. C'était samedi. Tanguy avait donc deux jours de liberté devant lui. Il trouva le chemin de la plage et alla se baigner. Le sable n'était séparé du port que par la jetée. L'eau n'était pas propre, mais couverte de l'huile des cargos. Il faisait bon. Tanguy s'étendit sur le sable. La mer scintillait. Elle faisait mal aux yeux. Elle était bleue et blanche de voiles. La montagne derrière était mauve et on apercevait dans son flanc une grande plaie blanche : le ciment. De temps à autre le silence était brisé par la sirène de l'usine qui ne cessait d'appeler ou de renvoyer des hommes. Ceux qui sortaient allaient s'étendre sur la plage. Ils étaient couverts de poussière. Ils couraient sur le sable et se plongeaient dans la mer. Sur la route de Sitgès à Barcelone circulaient d'élégantes voitures de tourisme.

Tanguy dut trouver un logement. On lui signala l'adresse d'une veuve, du nom de Sebastiana, qui louait une chambre. Il s'y rendit. Sebastiana était née en Estrémadure. C'était une femme forte, solide, courageuse, qui avait mauvais caractère et parlait avec brusquerie. Elle n'aimait pas ses voisines, qu'elle trouvait trop occupées des affaires des autres. Elle n'allait jamais à l'église et quand sortaient les processions, elle fermait ses volets. Les ouvriers l'aimaient bien et parlaient d'elle avec le sourire. Elle avait perdu son mari à l'usine. Depuis trente ans elle ne connaissait d'autres horizons que ceux de l'étroite vallée inondée de poussière. Sa vie était réglée par les sirènes de l'usine. Peu tendre, elle détestait toute « sensiblerie ».

Tanguy fut impressionné par son profil rude. Elle se tenait devant lui, les mains sur les hanches, vêtue d'une robe noire très propre, les cheveux tordus en un chignon. Elle n'avait pas d'âge. Elle le dévisagea de ses yeux noirs et dit d'une voix brusque :

— Alors, on a perdu la voix?

— ... Je... euh... Je voulais savoir si vous aviez une chambre...

— Oui, j'ai une chambre. Et alors?

— ... Euh... à louer...

— Tu es Murcien?

— Non.

— D'où es-tu?

— De Madrid.

— Mauvais. Les gens de Madrid aiment faire la noce. Que viens-tu faire ici?

— Je commence à travailler lundi.

— Où?

— Au chantier.

— Que fait ta famille?

— Je n'en ai pas.

Sebastiana cessa d'interroger. Elle regarda Tanguy avec plus d'attention. Celui-ci se demandait où elle voulait en venir avec toutes ses questions. Il attendit.

— Pas de père, pas de mère? fit-elle.

— Non (il n'avait aucune envie de tout expliquer à tout le monde).

— Bon. Viens, je vais te montrer ta chambre.

Les logements des ouvriers étaient tous semblables, composés de deux pièces et d'une antichambre. Pour y atteindre, il fallait descendre quelques marches. Une petite cour pavée, de trois mètres sur quatre, s'ouvrait devant la porte. Cette cour était attenante à celle des deux logements voisins. Les pièces n'avaient pas de fenêtres. La cour et les murs qui la séparaient des autres logements étaient peints à la chaux. Le mobilier était très pauvre, mais très propre.

– C'est tout ce que j'ai : cette pièce-ci fit Sebastiana. Mais elles sont partout les mêmes.

– Oui. Je vois. Et le prix serait?

– Quel prix?

– Pour la chambre.

– Il n'y a pas de prix qui tienne!... Tu me donneras tout ce que tu gagnes. J'arrangerai cela moi-même. Il faut que tu manges; que tu t'habilles. Les hommes, en plus ça doit fumer. Puis il y a le cinéma. Ne t'occupe pas de ca. Maintenant mets un peu la radio, pendant que je prépare le dîner. Tu aimes les œufs?

Tanguy fit oui de la tête. Il s'installa sur une chaise. De sa petite valise il avait sorti les *Tristes.* Il en lut quelques passages, chercha un programme de musique classique et finit par s'arrêter sur un poste allemand, qui diffusait les *Concertos Brandebourgeois.*

Sebastiana entra, une assiette à la main. Elle lui avait fait des pommes de terre frites et des œufs sur le plat. Elle avait l'air gêné et s'assis devant lui :

– Tu aimes Strauss, toi?

Tanguy tarda à comprendre. Pour Sebastiana, il n'y avait que deux musiques : les *pasodobles* et Strauss. Tout ce qu'elle ne comprenait pas était de Strauss. Et comme elle ne comprenait rien sauf les *pasodobles*, presque toute la musique était de Strauss.

– Oui, fit Tanguy.

— Et tu lis l'allemand?

— Non. C'est du latin.

— Tu es curé? Sebastiana le regarda avec méfiance.

— Non. C'est du latin « civil ». C'est un poète : Ovide.

— Ah!...

Elle resta un instant tranquille et le regardait manger.

— Pourquoi es-tu venu ici?

— Pour travailler.

— Mais c'est pas une place pour toi, ici!

— Pourquoi?

— Ici personne ne lit « Ovide »... On lit... On lit... autre chose!

Tanguy finit de dîner. Sebastiana le prit alors par le bras, et ils allèrent ensemble se promener sur la grande route. Elle le regardait avec une admiration infinie. Soudain, elle dit à voix basse :

— J'aurais voulu avoir un fils beau et intelligent comme toi.

Il en fut ému. Car il savait qu'elle était sincère. Il la regarda, sourit, et caressa ses cheveux gris. Puis ils poursuivirent leur promenade. L'usine fumait. Dans la nuit des lueurs montaient dans le ciel. Toute proche, la mer se débattait contre la montagne. Dans une de ces grottes, Tanguy avait passé une nuit, sa première nuit de liberté. Il sourit à cette pensée. Il avait grandi depuis.

XV

Le lundi, Tanguy alla au chantier. Il se présenta à Quico, son contremaître. C'était un Catalan, grand, gros, au visage débonnaire. Ils sympathisèrent tout de suite. Quico conduisit Tanguy à son poste : il n'aurait pas un travail trop absorbant et pourrait se reposer de temps à autre.

De sept heures du matin à sept heures du soir, avec une pause d'une heure, Tanguy restait debout dans le petit train qui emmenait le ciment brut du chantier à l'usine. Le train entrait dans l'usine, passait sous les hauts fourneaux cylindriques qui travaillaient le ciment à de hautes températures. Les ouvriers disaient que c'étaient les meilleures machines d'Europe. Tanguy n'en savait rien. Il était content. Il se disait qu'enfin il gagnait sa vie. Il en était fier et s'efforçait de bien travailler. Il faisait son travail méticuleusement, comme si l'usine eût été de sa propriété. Il était content quand on lui disait que tout allait bien ou que des cargos venaient chercher des sacs. Il s'intéressait aux commandes, à la hausse de la productivité. Mais un jour il se demanda pourquoi il prenait tant de soins. Personne ne faisait attention à lui. C'est tout juste si l'employée du magasin lui souriait quand il passait dans le train. Il compris alors qu'il n'était rien dans cette grande usine qui crachait du feu la nuit. Son travail n'avait d'autre sens que de lui permettre de ne pas mourir de faim.

Il y avait bien sûr, quelque part, là-haut, le bureau du gérant. Mais Tanguy n'avait jamais vu ni bureau ni gérant. Ce gérant était un mythe. C'était l'homme qui parle au téléphone, qui a une secrétaire, deux secrétaires, peut-être même trois secrétaires; qui pouvait le congédier sans que, lui, Tanguy, n'eût rien à objecter à tout cela.

Tanguy se demandait comment ces hommes qui l'entouraient pouvaient vivre dans cet abrutissement d'esclaves. Il s'interrogeait et avait du mal à comprendre comment ils acceptaient d'être là, jour après jour, sans même avoir vu leur gérant. Alors il découvrit quelque chose : ils étaient habitués. Oui, ils étaient habitués. Habitués à leur vie obscure; habitués à n'avoir que des espoirs menus et immédiats. Toute la semaine ils vivaient dans l'attente du dimanche, travaillaient dans l'espoir d'acheter un jour une robe à leur petite ou une table pour la salle à manger. Ils se contentaient de devenir des hommes une fois par semaine : le dimanche. Ce jour-là ils se baignaient sur la plage ou allaient au cinéma de l'usine. Ils disaient : « N'allons pas à Sitgès, sans quoi les « gens bien » seraient obligés d'aller ailleurs. » Tanguy était étonné de cette servilité. Il ne pouvait admettre leur patiente docilité. Lui qui avait tant lutté se disait que ces hommes ne savaient pas, ne s'étaient jamais rendu compte qu'ils étaient forts et pouvaient entamer la lutte.

L'usine petit à petit engloutissait les êtres. Elle était dirigée par un Allemand. Les ouvriers crachaient par terre en parlant de lui. Mais là s'arrêtait leur révolte. Cet Allemand avait pris une série de dispositions qui avaient rendu l'existence des ouvriers plus misérable encore que jamais. Les enfants des travailleurs, par exemple, ne pouvaient sous aucun prétexte chercher un autre emploi. Ils étaient d'avance liés par un contrat avec la maison. Si leurs parents les envoyaient travailler à Barcelone, alors ils perdaient eux-mêmes leur emploi et on leur enlevait leur misérable logement. De plus, pour payer moins cher ses ouvriers, l'Allemand avait passé des contrats avec l'Etat qui lui fournissait une partie de sa main-d'œuvre. Des trains de marchandises arrivaient à l'usine. Des « Murciens », mal vêtus et affamés, en débarquaient. Ils avaient voyagé dans des wagons plombés sous passeport collectif. On leur interdisait d'en sortir pendant le jour. Le directeur leur « offrait » un contrat de travail merveilleux pour des « Murciens ». La Direction publiait alors un communiqué affirmant que, *d'un commun accord,* patron et ouvriers, « vu la baisse du coût de la vie », avaient décidé de ramener le tarif horaire de tant à tant.

Tanguy gagnait dix-huit pesetas par jour. Il faisait deux heures supplémentaires qui lui étaient payées à trois pesetas soixante-quinze. Cela lui faisait une moyenne de vingt-cinq pesetas par jour. Ceux qui gagnaient le plus arrivaient à trente-deux pesetas, heures supplémentaires comprises. Les contremaîtres en touchaient quarante. Or, la vie, au lieu de baisser, ne cessait de monter. Sebastiana avait du mal à joindre les deux bouts et Tanguy le savait. Le jeudi, elle devait acheter à crédit à la coopérative sur la paie du samedi.

Malgré tout, Tanguy était content le samedi quand il touchait sa petite enveloppe bleue. Il était heureux de la donner à Sebastiana. Elle lui avait acheté à terme une veste de sport et une cravate rouge. Les samedis, après la sortie de l'usine, il se lavait dans la cour en chantant, mettait sa veste et allait chercher José, qu'il appelait Pepe. Ensemble ils prenaient le train pour Sitgès, allaient dans un café que Pepe connaissait et buvaient quelques verres en entendant du *flamenco.* Puis ils se rendaient au cinéma.

Mais le lundi arrivait. Tanguy repartait pour l'usine. Chaque jour qui passait le trouvait plus las. Le soir il avait de nouveau de longs frissons de fièvre, mal à la tête et il toussait. Il ne pouvait s'étendre car aussitôt il commençait à étouffer. Sa gorge était irritée par la poussière du ciment, au goût de sable; son palais était pâteux. Quand il toussait, Sebastiana entrait dans sa chambre, mettait une cape en tricot sur ses épaules et s'asseyait sur son lit. Elle lui caressait les cheveux et lui donnait de petites tapes dans le dos. Tanguy souffrait. A sa fatigue physique, de plus en plus grande, se joignait le désespoir de celui qui se sent devenir une bête. Il s'enlisait en commençant de s'habituer au malheur, et c'est cela qu'il ne voulait pas. Entre deux accès de toux il se mettait à pleurer. Sebastiana le consolait de sa voix rauque. Elle l'appelait « mon tout petit ». Il se disait qu'après tout, à dix-neuf ans, on n'est pas si grand que cela.

Son visage était de plus en plus pâle, ses traits de plus en plus tirés. Il perdait l'appétit. Il passait ses soirées à écrire des lettres à tout le monde : au consul de France, à son père, etc. Mais rien ne venait. Il partait tous les jours dans le noir vers l'usine et y restait dix heures. Il se mettait un mouchoir sur la bouche pour ne pas avaler la poussière de l'usine. Mais cela ne servait à rien. En rentrant chez lui, il était recouvert de cette pâte blanche et farineuse. En vain essayait-il de la cracher! Elle était en lui.

Il dut bientôt faire comme les autres et s'inscrire pour une équipe de nuit. Les tarifs de nuit étaient plus élevés. Cinq pesetas l'heure. Après dix heures de jour, il faisait trois heures de nuit. Le travail consistait à charger les cargos et à empiler les sacs de ciment dans les cales des bateaux. C'était un travail très dur. Les grues laissaient tomber dans la cale les sacs qui soulevaient des nuages de poussière. Les travailleurs avaient des masques pour s'en protéger, mais leurs yeux les brûlaient, et ils toussaient sans cesse... On prenait le sac à deux et on l'arrimait. Il fallait faire vite. Les sacs tombaient avec une précision mathématique et il ne fallait pas s'arrêter, sans quoi le travail devenait un supplice.

L'un des camarades de Tanguy s'appelait Alejandro. C'était un grand garçon, d'environ trente-cinq ans, avec un visage flétri. Sa femme travaillait aussi dans l'usine. Il faisait quatorze heures par jour; sa femme dix. Il n'avait qu'une peur : que les heures de nuit fussent supprimées.

Tanguy perdait tout courage. Il se sentait sombrer. Ses derniers efforts se heurtaient à un mur de silence. Il avait écrit à son père pour lui dire qu'il était malade. Pas de réponse. Cela laissait d'ailleurs Tanguy indifférent. C'est moins son père qu'il cherchait à atteindre que la France. Car Tanguy croyait encore à ces choses qu'on lui avait dites quand il était petit : la France était le pays de la liberté, de la fraternité, de l'égalité, où il n'y avait ni riches ni pauvres. On y gagnait bien sa vie. Bien sûr, Tanguy se disait que le premier camp de concentration qu'il avait connu était un camp français; que les gendarmes qui l'avaient livré aux Allemands étaient des Français; que son père était Français. Mais il se disait que c'était alors la guerre, et que maintenant il allait sûrement retrouver la vraie France : celle qui l'avait accueilli à son retour d'Allemagne; celle de la Révolution.

Le soir quand il ne pouvait dormir, il entendait *Paris-Inter.* Il attendait la fin des émissions pour avoir « la Marseillaise » et pleurait d'émotion en l'écoutant. Il se disait que, quand il serait en France, il aurait enfin cette paix dont il avait tant rêvé.

Puis, au milieu de la nuit, Sebastiana le réveillait pour qu'il aille rejoindre son équipe. Elle avait à peine besoin de le toucher, car il avait le réveil de l'homme qui a eu des réveils terribles. Il sursautait au moindre bruit. Elle lui préparait un peu de pain qu'il arrosait d'huile. Il ouvrait une tomate en deux, et la mangeait en allant au port. Tous les jours c'était la même lutte contre l'habitude du malheur. Tous les jours il devait faire le même effort surhumain pour se maintenir debout.

XVI

Sebastiana aimait Tanguy. Elle l'aimait en silence. Elle veillait sur lui, le soignait. Tous les jours, à l'heure de la pause, on la voyait arriver avec le déjeuner du *fiston.* Elle avait plus d'une demi-heure de chemin à faire pour lui apporter sa nourriture. Mais elle voulait qu'il mangeât chaud. Elle trouvait toujours moyen de se procurer un article qu'elle croyait « de luxe » : un morceau de jambon, un peu de fromage. Elle arrivait toute fière et s'asseyait sur une pierre, à l'ombre, à côté de Tanguy. On la taquinait en lui disant « qu'elle avait passé l'âge ». Mais elle laissait dire et ne prenait même pas la peine de répondre. Elle s'attristait de le voir abattu, malade. Elle le regardait avec une infinie tendresse.

Elle passait ses journées à chercher pour lui de la musique classique. Elle prétendait adorer Bach et Beethoven. Le soir, entre le retour de Tanguy et l'heure du dîner, ils s'asseyaient dans la petite cour pour bavarder. Quand il lisait le journal ou écoutait de la musique, elle restait silencieuse, sans bouger.

Ils ne s'étaient jamais dit de grandes paroles d'affection. Elle l'aimait en silence. Comme Gunther, elle n'extériorisait sa tendresse qu'avec l'irrécusable éloquence des actes. Elle vivait pour lui comme elle aurait vécu pour son fils, veillait sur son sommeil, entretenait ses vêtements, lui donnait à manger ce qu'il aimait, dans la mesure où elle le pouvait, cherchait à le distraire. Les dimanches ils allaient parfois déjeuner au bord de l'eau, à l'écart de la foule... Il lui parlait de tout. Elle l'écoutait en silence et lui souriait avec tendresse. Elle comprenait tout par le cœur. Elle n'était qu'élans maternels. Lui, en retour, l'aimait et l'admirait parce qu'elle était juste et vraie. Il aimait en elle sa générosité sans arrière-pensée et son regard lucide. Elle était sage plus qu'intelligente. Mais elle voyait presque toujours juste.

Six mois après l'arrivée de Tanguy à l'usine, une rumeur se propagea parmi les ouvriers. On allait décréter la grève à Barcelone. Le prétexte invoqué était celui-ci : les Cortès avaient voté une augmentation de dix pour cent sur les salaires, « en raison du coût de la vie ». Sept mois après, cette augmentation n'était toujours pas effective. Les diverses branches de l'industrie devaient se joindre au mouvement. Il en était même question pour les étudiants; beaucoup de commerçants voulaient fermer leurs volets.

Ce ne furent plus que conciliabules à l'usine. Les uns étaient pour la grève et disaient qu'« on ne risquait pas grand-chose »; les autres affirmaient qu'« on risquait beaucoup, et que ça ne servirait à rien ». Les deux camps échangeaient leurs arguments. Les jours passaient. La Radio Nationale lançait une offensive en règle, accusait les « hordes communistes et juives » de vouloir fomenter des troubles, répétait à longueur de journée : « Le communisme ne passera pas! » Tanguy savait que les ouvriers se souciaient peu du communisme, et que ce dont il était question pour eux, c'était de gagner plus et de manger mieux; peut-être même de travailler moins.

Des haut-parleurs furent installés partout dans l'usine, prodiguant alternativement promesses et menaces. Douche écossaise. Personne n'y prêtait attention. Mais ce qui frappa les esprits, ce furent des trains chargés de *Policia armada* et de *Guardia civil,* armés de fusils mitrailleurs. Les convois se succédaient à une cadence régulière. Allaient-ils tirer?... Y aurait-il des incidents?... Tout le monde se posait cette question. Tanguy, lui, regardait en silence ce déploiement de forces. Il n'avait jamais participé à une grève et ignorait même ce que c'était. Il alla néanmoins à la réunion du Comité de grève.

Les ouvriers discutèrent longtemps. Il y eut des votes à main levée. Les uns prétendirent que la grève équivaudrait à un suicide. Alejandro monta sur l'estrade et assura que « les patrons allaient supprimer les heures supplémentaires et prendre des décisions graves ». Quico fut très écouté. Il travaillait depuis vingt-six ans à l'usine et n'était pas un irréfléchi. Lui aussi pensait que la grève était le fait d'une armée « en désespoir de cause », et ne croyait pas qu'il fallût aller jusque-là. Il aurait été partisan de grèves-surprises dans les différents secteurs de la productivité : « Ce serait plus efficace. » Mais il était d'avis aussi qu'on n'avait pas le droit de laisser tomber les camarades de Barcelone sous le prétexte que les patrons montraient les dents. Il fut très applaudi. Un autre ouvrier demanda ce qu'il fallait faire pour éviter des incidents. Quico prit de nouveau la parole. Il pensait que « les gros » chercheraient à créer des incidents pour pouvoir mieux mater la grève, et empêcher les cortèges de se former; il croyait que ce qu'il y avait de mieux à faire c'était de faire défiler les femmes. « Ils ne tireront pas sur elles! » disait-il. Un vacarme indescriptible se produisit alors. Les hommes étaient partisans de laisser les femmes à la cuisine; elles n'avaient rien à faire « dans la politique ». Quico répondit qu'il ne s'agissait pas de politique mais de pain, et qu'elles savaient aussi bien que les hommes ce qu'était la faim. De plus, une grande partie d'entre elles travaillaient à l'usine.

Enfin la grève fut votée à une très grande majorité. L'usine fermerait ses portes et des piquets de grève s'opposeraient à la reprise du travail. Les travailleurs se retrouveraient à la *Diagonal* et défileraient avec leurs camarades de Barcelone en rangs serrés. Ils veilleraient à éviter tout incident et ne répondraient à aucune provocation, sauf verbalement.

Le jour fixé pour la grève arriva. Tanguy revêtit son costume neuf comme s'il allait à une fête. Les autres ouvriers l'avaient mis aussi. Il prit le bras de Sebastiana qui était ravie. Elle ne cessait de répéter à qui voulait l'entendre qu'« enfin on allait commencer à penser avec la tête ». Les ouvriers avaient confisqué les camions de l'usine. On se mit en route. Chaque camion arborait une pancarte : « *Nous voulons du pain.* » Sur l'une d'elles on lisait : « *NOUS VOULONS VIVRE.* » Cette phrase frappa Tanguy. Il connaissait la misère de ces hommes qui allaient tout risquer pour pouvoir crier leur volonté de vie. Et il se dit que l'amour de la vie doit être bien fort, en effet, pour que ceux qui n'ont encore jamais véritablement vécu continuent à en affirmer le droit.

Ils trouvèrent Barcelone armée jusqu'aux dents. Les rues étaient remplies de police, le fusil mitrailleur à la main, échangeant des insultes avec les ouvriers qui les traitaient de tous les noms sans le moindre geste. Quand un ouvrier voulait outrepasser la consigne, ses camarades le rappelaient à l'ordre. Enfin le cortège atteignit le *Diagonal.* Tanguy n'avait jamais vu un tel rassemblement. Il y avait là des milliers et des milliers d'hommes, de femmes et d'enfants qui bavardaient, plaisantaient... La chaleur commençait à monter. Les hommes étaient en bras de chemise... Tous les volets des rues élégantes étaient fermés.

Vers onze heures le cortège se remit en marche. Il occupait les deux chaussées et le trottoir du milieu. On n'en voyait ni le début ni la fin. C'était une immense vague humaine qui déferlait avec indifférence vers le port. La police la regardait passer sans broncher.

Tanguy se rendit brusquement compte de la force que représentaient ces hommes. Ils étaient là, défilant les uns contre les autres, et rien n'aurait pu arrêter leur marche pacifique vers les quais et Colón. Ils étaient « les plus forts ». Chacun prenait en ce moment conscience de sa propre force et surtout de la force qu'ils représentaient « ensemble ». Tanguy comprit que le mythe du patron n'existait vraiment que parce qu'ils le voulaient bien. En même temps un malaise insurmontable s'empara de lui. Il se sentait « différent d'eux ». Il avait peur de la force qu'ils représentaient. Il les entendait rire, menacer, insulter. Il se disait, angoissé, que si ces hommes déferlaient un jour non plus calmement, mais avec colère, dans ces mêmes rues, il n'y aurait plus de nouveau que des vaincus.

Vers une heure, pendant la pire chaleur, Tanguy atteignit les Ramblas. C'est alors qu'une nouvelle se propagea de groupe en groupe : les soldats faisaient circuler les trams. Tout le monde s'interrogeait avec anxiété sur ce qui allait se passer. Enfin l'ordre fut donné de tenir bon et de resserrer les rangs. Les ouvriers continuèrent d'avancer. Un bruit insolite se fit entendre : un tramway voulait remonter les Ramblas à l'encontre des hommes qui les descendaient. Le véhicule continuait d'avancer, les hommes aussi. C'était un duel muet et étrange. Enfin le cortège tint bon et l'emporta. Le tram s'arrêta deux mètres à peine avant les premiers rangs des femmes qui descendaient. Un cri rauque, immense, inhumain, s'éleva : « VENCIMOS, COMPANEROS! »

⁂

Pendant deux jours tout se tut à l'usine. Les ouvriers reprirent le travail. Mais quelque chose avait changé. Sebastiana dit à Tanguy :

— Ils ont compris qu'ils sont les plus forts. Tôt ou tard la grève d'aujourd'hui se transformera en vraie castastrophe pour les salauds. C'est toujours grave pour eux que les ouvriers prennent conscience d'eux-mêmes, de leur force, parce qu'alors ils comprennent qu'ils sont les plus nombreux... C'est pas pour tout de suite. Mais la machine est en marche. Rien ne l'arrêtera plus. Ce qui est dur, c'est de la faire démarrer.

Tanguy ne répondit pas. Il continua de travailler, de tousser, de cracher. Il se demandait si cela finirait un jour et ne comprenait pas à quoi servent les grèves puisque rien « d'essentiel » ne paraissait changé. Mais au deuxième jour il apprit qu'on avait congédié soixante-douze hommes. Il courut vers la liste qui était affichée et y trouva son nom. Il se demanda pourquoi on le renvoyait, lui. Puis il haussa les épaules : cela lui était devenu déjà presque indifférent. Il était triste pour Sebastiana. Mais Sebastiana n'était plus à la maison : la « guardia civil » l'avait emmenée. Tanguy apprit par une voisine qu'elle avait pris la parole pour inciter les femmes à faire grève avec les hommes.

Il revint à Barcelone, cherchant par tous les moyens à la retrouver. Mais il ne put rien apprendre quant à l'endroit où elle avait été emmenée. Il vendit alors son costume neuf, son unique pardessus et une montre dont le Père Pardo lui avait fait don au moment de son départ. Il venait de se décider à risquer le tout pour le tout...

Il monta dans le train de Saint-Sébastien, plus que jamais las, déprimé, fiévreux, agité de frissons. Mais il n'obéissait plus qu'à une idée fixe : à tout prix rejoindre la France.

XVII

Depuis cinq jours, il n'avait pas cessé de pleuvoir. La fenêtre grande ouverte, Tanguy se laissait bercer par ce bruit uniforme et cadencé. Bruit doux, mou, chaud, comme le frôlement d'une robe féminine. Il se savait affaibli par la faim. Il n'avait rien mangé depuis deux jours qu'un petit paquet de cacahuètes. Il restait là, étendu sur son lit et cherchait à rassembler ses idées. Parfois il se levait. Mais il sentait alors le sang lui monter à la tête et ses jambes tremblaient encore plus. Il n'avait même plus faim...

La chambre qu'il avait louée était située au septième étage. Sa fenêtre s'ouvrait sur une terrasse d'où l'on dominait Saint-Sébastien, sa baie et la proche campagne. Tanguy se dit qu'il serait très agréable d'être assis sur cette terrasse par un beau temps chaud, un verre de limonade à la main. Puis il fit la grimace, car il n'aimait pas la limonade : un Cinzano, voilà ce qu'il lui aurait fallu ou un gin-fizz bien frappé.

La pièce était tapissée d'un papier d'une couleur indéfinissable. Une nuit, Tanguy avait aperçu des punaises sur son lit. Il se couchait tout habillé de peur d'être piqué, et laissait sa lampe allumée pour se sentir moins seul. Sa chambre était réglée pour une semaine, mais Tanguy se dit qu'il ne pourrait rester là sans manger. L'idée le traversa d'aller sonner chez l'hôtesse qui l'avait logé sept ans auparavant, Mme Lucienne... Mais cette pensée le fit rougir... : « ... Je ne suis pas encore un mendiant... » se disait-il. Puis il recommença d'écouter la pluie. Elle lui tenait compagnie...

⁂

Chaque soir il allait à la gare pour assister au départ du petit train électrique qui rejoignait la frontière. Il n'avait plus d'argent; sans cela il y serait monté. « Le plus près possible de la France », se répétait-il.

Il se demanda soudainement ce qu'il adviendrait de lui à Paris, s'il n'y avait personne pour l'attendre à la gare. Il sourit. Peut-être ne pourrait-il jamais quitter l'Espagne... D'ailleurs, le cas échéant, il pourrait toujours trouver du travail : « A Paris tout le monde travaille. » Il le croyait sincèrement.

Il s'intéressa aux horaires des trains, fit des calculs pour voir quel était le plus rapide, et de combien; cela l'amusait.

Un jeune homme vint s'asseoir sur le même banc que lui et entama la conversation. Il se plaignait du mauvais temps. La pluie durait trop longtemps et survenait après une trop longue sécheresse. Des inondations étaient à craindre, ainsi que des pertes sérieuses dans les récoltes. Tanguy n'y avait pas songé, mais il se souvenait d'avoir lu quelque chose de cela dans la presse. Son interlocuteur devint soucieux : que les inondations aient rendu impraticable la voie ferrée et les routes menant à la frontière. c'était pour lui un contretemps sérieux. Tanguy lui demanda s'il connaissait Biarritz : ce jeune homme y allait tous les jours, car il y avait des affaires.

Ils repartirent ensemble vers la ville. Tanguy raconta sa vie dont il passa sous silence certains détails qui n'auraient pas paru vraisemblables. Ricardo – c'était le nom de son ami – souriait afin de le mettre à l'aise. Tanguy lui savait gré de cet encouragement. Ricardo affirmait qu'il était très difficile de passer la frontière, mais que, peut-être, il pourrait l'y aider... Mais, que ferait-il, une fois parvenu à Hendaye, pour arriver, sans argent, jusqu'à Paris? Tanguy ne s'était jamais posé cette question... Le tout, pour lui, était de passer. Il croyait que cette ligne rouge tracée sur les cartes était la seule barrière qui le séparât réellement de ce bonheur et de cette tranquillité auxquels il aspirait. Maintenant il comprenait qu'il y en avait bien d'autres, mais que, s'il voulait chercher à tout prévoir, il ne sortirait peut-être plus jamais de sa chambre ni même de son lit. Il fallait commencer par quelque chose...

Ricardo lui offrit de monter chez lui et d'y rester dîner. Tanguy sentait le besoin de rester avec lui. Il s'accrochait à lui de toutes ses forces. Il se sentait envoûté par cette voix humaine qui lui paraissait chaude et affectueuse. Tout cela lui semblait d'ailleurs fort normal.

Après avoir pris un bain et changé de linge, Tanguy se coiffa, se regarda dans la glace : il se trouva maigre, un peu pâle. Il éprouvait néanmoins un grand bien-être. Ensuite, il dîna fort agréablement avec son ami. Au début, il était trop faible pour apprécier ce qu'il mangeait. A la fin du repas, la tête lui tournait un peu : « ... J'ai trop bu. C'est sans doute le mélange des vins. Oui. c'est cela... » Ricardo continuait de parler avec bonne humeur. Il lui expliquait qu'il avait des cartes de visite, signées du commissaire de police à Saint-Sébastien, l'autorisant à passer en France pour quarante-huit heures. C'est ainsi qu'il lui ferait passer la frontière le lendemain matin. Soudain il lui demanda :

– Est-ce vrai tout cela?

– Tout cela, quoi?

– Ton enfance, ton père, les Jésuites, etc. Veux-tu vraiment rejoindre ton père? Est-ce vraiment pour cela que tu cherches à passer la frontière?...

– Bien sûr...

Ricardo resta un instant silencieux; puis il reprit d'un ton grave :

– Quand j'étais gosse, je croyais tout le monde, même les curés. La vie m'a appris petit à petit à ne plus croire personne... Je m'étais promis de ne jamais plus faire le couillon... Malgré tout, j'ai l'impression que tu ne mens pas. Je vais donc te payer le voyage jusqu'à Paris. Tu pourras, me le rendre...

Tanguy sentit sa gorge se serrer :

– Merci.

– C'est normal. Il faut s'aider les uns les autres. Un jour, tu pourras peut-être me rendre service à ton tour. On ne sait jamais...

Il s'approcha de Tanguy et posa les deux mains sur ses épaules. Brusquement, Tanguy cessa de l'entendre. Les mains de Ricardo s'étaient glissées sous sa veste. « C'est donc cela qu'il voulait! Le salaud. Il voulait abuser de la circonstance!... C'est pour cela qu'il m'a invité chez lui! Pour cela qu'il m'a proposé de m'offrir le voyage!... » Tanguy cessa de réfléchir... Il sentait que tout ne pouvait s'expliquer par ce seul mobile. Son raisonnement était faux. Ce garçon pouvait avoir agi sans calcul et n'éprouver que maintenant le désir de profiter d'une occasion. Tanguy sentait que lorsque, quelques minutes auparavant, Ricardo lui avait parlé un langage généreux, il était sincère : maintenant il l'était aussi...

Tanguy voulut trouver quelque chose à dire. Il pensa soudain à la pluie, aux punaises, à sa solitude accablante. Mieux valait malgré tout rester ici... Sur quoi, il ne pensa plus à rien... Il était triste, car il croyait mal agir.

III

LES DEUX MONDES

I

Ricardo avait tenu sa promesse. Tanguy était installé dans un coin de compartiment. Il regardait défiler sous ses yeux les paysages de France. Après huit jours, la pluie avait cessé. Un soleil timide déchirait des nuages noirs et blancs. A perte de vue des prés verts, séparés par des haies. Tanguy était ému. Il retrouvait avec émotion ce pays qu'il avait connu enfant et dont il s'était si souvent réclamé avec désespoir. Il dévorait de ses yeux humides de larmes cette terre riche et généreuse.

Il frissonna. Sa faiblesse était encore extrême. Sans cesse une angoisse l'étreignait à la gorge. L'envie le prenait sans raison de se mettre à pleurer jusqu'à en mourir. Il avait peur de tout et de rien, se sentait las, brisé. Il se demanda si son père serait à la gare pour l'accueillir; puis il haussa les épaules. « Aucune importance », se dit-il. Et il colla son nez à la fenêtre. Il cherchait à établir une comparaison entre la France et l'Espagne, mais n'y parvenait pas.

« L'Espagne, se disait-il, c'est le désert. Le désert est un infini. Ce qui est étonnant en Espagne, c'est cette étrange parenté de l'homme et du paysage... L'Espagne se devait d'être le pays des fanatiques, des exaltés, des mystiques. Quichotte et Pança seraient tous deux morts de tristesse dans ces prés verts tout hérissés de haies, de murs... »

Il se leva, inquiet. La police française n'allait-elle pas inspecter le train et demander les passeports? Ricardo lui avait dit qu'après Bordeaux cela ne pourrait plus se produire. Mais avant Bordeaux? A supposer que oui, que ferait-elle de lui?... Personne ne voudrait le croire; personne ne prêterait foi à son récit. De plus, il était si mal vêtu!...

Il entra dans les toilettes, sortit de son portefeuille les quelques pièces d'identité qu'il avait encore et les déchira... « Comme cela ils ne sauront pas d'où je viens, ni si je suis Espagnol... »

Il sortit des toilettes libéré d'une partie de son angoisse, reprit sa place de coin près de la fenêtre et se laissa bercer par la trépidation régulière du train. Sa mémoire vagabondait parmi son lourd passé.

Il faisait froid. Tanguy avait la gorge nouée... Ce passé qu'il évoquait lui pesait encore dans l'âme; il le portait en lui et ne savait comment s'en débarrasser. Il ferma les paupières et se souvint brusquement de Sebastiana qui devait être en prison et pleurer en songeant à lui... Puis, il se demanda une fois de plus, ce qu'il ferait si son père n'était pas à la gare pour l'accueillir... Que pourrait-il faire d'autre que ce qu'il avait toujours fait?... Se résigner... Chercher une issue... Il avait l'habitude des situations désespérées...

Aucun incident n'était venu interrompre sa rêverie. Il ne s'apercevait même pas que ce long après-midi d'automne touchait à sa fin. Les premières lumières de la banlieue commencèrent à poindre derrière ses paupières closes. Paris était proche. Tanguy sourit. Il trouvait cela presque drôle de retrouver Paris pour la troisième fois sans connaître encore la ville. Tout ce qu'il en savait c'était que les Champs-Elysées allaient de l'Etoile à la Concorde; que par les quais on arrivait à Notre-Dame.

Il se leva, descendit du filet sa petite valise verte, la posa par terre dans le couloir et alla aux toilettes. Il se dit qu'en France les trains étaient plus propres qu'en Espagne. « Evidemment, ils sont électriques... » Mais, lui, il aimait les bons vieux trains espagnols qui n'avaient d'autre horaire que leur fantaisie. Tanguy se regarda dans la glace. Il sortit de sa poche un bout de peigne que lui avait donné Sebastiana et coiffa ses longs cheveux en les relevant en arrière. Puis, il se lava les mains et le visage, et défroissa un peu sa veste. Il portait un vieux costume que lui avait fait faire le Père Pardo et qu'il avait fait teindre en noir. Ce costume lui était étroit. Il murmura : « ... Ce n'est pas ma faute... » Il allait quitter les toilettes lorsqu'il se souvint qu'un jour de son enfance un gendarme français avait voulu l'obliger à y satisfaire ses besoins la porte ouverte. Ce souvenir l'assombrit. Le train ralentissait. Tanguy prit sa valise et sauta du wagon.

La gare lui parut immense. Il avançait vers la sortie, jetant à gauche et à droite des regards angoissés. Il avait peur. Il redoutait le moment proche peut-être où il se retrouverait seul dans une grande ville inconnue. Il se dit qu'il n'aurait jamais dû quitter l'Espagne. Mais il était trop tard. Un grand flot humain déferlait vers la sortie. Tanguy aurait voulu pouvoir arrêter un de ces hommes et lui parler. Parmi eux il devait y en avoir un au moins qui avait connu la guerre, la faim, la solitude, le désespoir. Ils s'entendraient sûrement. Tanguy avait besoin de parler à quelqu'un, de dire ce qui lui arrivait. Mais personne ne le croirait. On le prendrait pour un « tapeur » ou pour un extravagant. Ces hommes qui l'entouraient avaient oublié; ils ne voudraient jamais entendre une histoire aussi invraisemblable. La guerre était depuis trop longtemps finie. Comment se pourrait-il qu'un jeune homme en fût là en 1953?

Tanguy tendit son billet au contrôleur. Il arriva dans une vaste cour emplie de voitures. Tanguy n'en avait jamais vu un si grand nombre. Les affiches lumineuses, les lampadaires, les enseignes rouges des *Tabacs* l'étourdirent. Il s'arrêta. Il avait peur. Il savait qu'il fallait avoir le courage de franchir la grille. Mais il restait là. Il avait perdu tout espoir que son père fût à la gare. Les derniers voyageurs sortaient avec leurs parents ou leurs amis. Des gens s'embrassaient autour de lui. Tanguy se demandait où aller. Il avait trois cents francs sur lui. Pourrait-il dîner avec trois cents francs? Puis il pensa qu'il était trop tard pour dîner.

— Vous cherchez quelqu'un?

Celui qui l'interpellait ainsi était un homme grand, à demi chauve, qui grimacait en se penchant vers lui.

— Monsieur Legrand?

— C'est moi.

Tanguy regarda l'homme avec étonnement. Celui-ci comprit le sens de ce regard et ajouta :

— Non, je ne suis pas votre père. Votre père va venir. Il était sur le quai à vous attendre. Il a dû vous rater. Posez votre valise à terre. Ce ne sera pas long. Vous avez fait bon voyage?

— Oui. Je vous remercie.

Tanguy attendait, il sentait son cœur battre avec violence et crut défaillir : « ... Ce n'est pas le moment... Non, ce n'est vraiment pas le moment... » Il fixait la sortie avec attention. Il se disait que c'était du roman : un père et un fils se cherchant sur les quais d'une gare comme deux inconnus. Puis il conclut que toute sa vie n'avait été qu'un roman : un roman que Jules Verne n'aurait osé signer.

— Le voilà!

Un homme venait. Il devait avoir entre quarante-cinq et cinquante ans. Ses cheveux rares commençaient à blanchir. Il était vêtu d'un manteau gris foncé et marchait voûté. Son teint était brun comme celui d'un Espagnol, son nez court et droit, ses lèvres épaisses. Mais ce qu'on remarquait d'abord, c'étaient ses yeux, immenses, noirs et luisants comme aile de corbeau au soleil, légèrement humides. Par contre ses mains étaient fortes et maladroites : celles d'un travailleur manuel.

Tanguy le vit approcher avec une grande émotion. Soudain il lui parut vieux. Pour Tanguy le visage de son père s'était fixé, dans son inconscient, à cette époque lointaine de quinze ans où il venait les voir, sa mère et lui, à Vichy. Mais le temps avait coulé. Son père avait vieilli. Tanguy s'en attrista.

— C'est toi?

La voix était brusque, désagréable. Tanguy comprit une fois de plus qu'il n'était pas le bienvenu.

— Oui.

— Bon. Viens, nous allons aller causer quelque part. Tu vas laisser ta valise dans la voiture. Qu'est-ce que tu as dans cette valise?

— Un peu de linge sale.

— Sale?

— Oui... Je...

Ils montèrent tous trois dans une traction

noire. Son père jouait nerveusement avec son trousseau de clés.

– Je voudrais tout de même savoir ce qui a bien pu te décider à venir ici. Je comprends fort bien que tu te sois dit : « J'ai un père... Je vais aller le retrouver. » Mais pourquoi maintenant?

Tanguy cherchait à expliquer ses raisons à son père. Celui-ci voulait tout savoir. Il l'interrogeait surtout sur sa mère : comment s'étaient-ils séparés? Tanguy décida de ne rien dire, ou de n'en dire que le moins possible. Au surplus, il n'en savait guère davantage... Son père insistait. Tanguy s'en sortit comme il put. Il était las de parler. Il sentait chez son père un mépris et une mauvaise foi absolus. Cet homme parlait du bout des lèvres, comme il ne tendait que le bout des doigts.

Il conduisit Tanguy à Montparnasse où ils s'installèrent, toujours avec l'homme qui lui avait parlé le premier, à la terrasse de *la Rotonde.* Tanguy commanda un demi. Tout en buvant il lui fallut subir un nouvel interrogatoire. A l'intérieur du café, un orchestre jouait *Le Beau Danube Bleu* et son père continuait à jouer avec ses clés. Ces bruits agaçaient Tanguy. Il aurait donné n'importe quoi pour les faire taire. Il ferma les yeux et parla comme il put. Son père souriait d'un air faussement désinvolte. A l'intérieur, une femme dans une robe très décolletée, se mit à chanter : « ... se ramassent à la pelle ». Tanguy se demanda ce que l'on pouvait bien ramasser à la pelle. Il se dit qu'il devait s'agir de baisers.

– Et tu n'as pas de papiers?

– Non.

Son père se tourna vers leur compagnon comme pour le prendre à témoin : « Ne te l'avais-je pas dit? » Puis il toisa son fils avec un infini dédain :

– Tu as vraiment l'air d'un voyou, d'un *chorizo*[1].

Tanguy rougit. Il aurait pu répondre à son père que, lorsqu'on vient de passer une semaine presque sans manger, en proie à la solitude et à l'angoisse, il est naturel que l'on ne paie pas de mine. Il aurait pu lui dire aussi qu'il n'aurait tenu qu'à lui que son fils revînt bien habillé et muni de papiers en règle. Il aurait pu lui dire encore qu'il est des hommes mal vêtus, au visage émacié, qui sont de plus honnêtes gens que bien d'autres au ventre rebondi et au portefeuille gonflé de références. Car les références, comme la nourriture, s'achètent; tandis que l'honneur, lui, ne s'achète ni ne se vend. Mais qu'aurait-il compris à tout cela, cet homme qui le regardait avec une visible antipathie? Tanguy avait mal au cœur. Il n'en pouvait plus de fatigue et fut soulagé lorsque son père lui annonça qu'il allait le conduire dans un hôtel et viendrait le chercher le lendemain matin, vers onze heures.

1. En argot espagnol : « pickpocket », voleur.

II

Le lendemain son père arriva en effet ponctuellement. Il était vêtu d'un élégant complet noir à rayures blanches, qui allongeait sa taille. Il était rasé de près et avait l'air détendu. Tanguy le trouva beau.

Il conduisit de nouveau son fils à *la Rotonde,* cette fois à l'intérieur du café. A cette heure-là il n'y avait pas d'orchestre. Deux amoureux seulement, qui ne cessaient de s'embrasser. Tanguy aimait les amoureux et se sentait heureux de les croire heureux. Il écouta néanmoins son père. Celui-ci avait sorti un dossier et entreprenait de démontrer à Tanguy que sa mère seule était responsable de tous ses malheurs. Tanguy cherchait une diversion... Il trouvait l'attitude de cet homme parfaitement inélégante et se disait qu'un Espagnol n'aurait jamais agi ainsi. Sur quoi son souvenir s'envola vers l'Espagne...

– Je ne veux pas te parler mal de ta mère... Mais je ne veux pas que tu penses que je suis un monstre. Si je n'ai pas répondu à tes lettres, c'est parce que je les croyais plus ou moins dictées par ta mère. Quand tu étais petit et que nous nous sommes séparés, j'ai voulu te prendre avec moi. Elle a refusé de te laisser partir... Alors, je lui ai dit que jamais plus je ne voudrais entendre parler de toi... De plus... Je croyais que tu étais devenu... un « ouvrier »... ou quelque chose d'approchant... mais tu as l'air cultivé.

Tanguy eut envie de sourire. S'il eut été borgne, sot ou mauvais sujet, qu'aurait fait de lui cet homme? Puis il se dit que c'était après tout naturel, quand on est intelligent, de vouloir des fils cultivés.

— Je vais te donner ta chance... *To give you a chance,* comme disent les Anglais... Je ne sais pas encore comment. Je n'ai pas beaucoup d'argent; je travaille durement. Mais je vais faire quelque chose pour toi...

Tanguy pensait à autre chose. Il entendait à peine ce que lui disait son père. Il disait « oui » de temps à autre. Son père s'était remis à parler de sa mère. Soudain, Tanguy se sentit rougir. Il eut honte. Il eut honte pour l'homme qui était en face de lui et qui semblait être incapable de rougir. Il fut étonné. Son père venait de dire :

— D'ailleurs je ne sais même pas si tu es mon fils... Ta mère traînait pas mal à l'époque...

Cela puait le mensonge; le mensonge improvisé pour blesser. Mais Tanguy restait impassible. Il rougissait pour cet homme qui osait parler ainsi, sans tomber raide mort. Puis, Tanguy se dit que ce n'était pas de la méchanceté, mais de la lâcheté. Son père sentait le lâche. Tanguy, rien qu'à le voir, aurait pu le définir. Ses yeux fuyaient les regards, ses mains étaient molles et sans courage, son langage pédant, ses manières faussement protectrices. Il en eut pitié.

Il déjeuna dans un « self-service », avenue George-V. Il était content d'être seul, seul à Paris. Il mangea vite et alla ensuite jusqu'au Cours-la-Reine. Il fit le tour de la Concorde, en admira les proportions et remonta les Champs-Elysées. Les feuilles jaunissaient; le ciel se voilait de brume et un timide soleil perçait réchauffant les cœurs. Tanguy souriait. Il songea à Sebastiana : si elle avait pu le voir à Paris, sur les Champs-Elysées!

A trois heures il alla au Colisée, descendit au sous-sol car il y avait un nouveau rendez-vous avec son père. Celui-ci arriva en retard. Tanguy avait commandé un café. Il se sentait mieux. L'atmosphère était agréable. L'orchestre jouait en sourdine. Tanguy se promit de revenir au Colisée.

Son père recommença à parler de sa mère. Tanguy ne l'écoutait pas. Il se sentait bien et il ne voulait pas s'angoisser. Il détaillait son père et cherchait à analyser ce que ce mot « père » éveillait en lui. Mais ce mot le laissait indifférent.

— Je voudrais te dire... enfin...

Son père était visiblement embarrassé. Tanguy était curieux de savoir pourquoi. Il attendit. Enfin son père finit par lui avouer qu'il s'était remarié. Il avait épousé une femme très gentille, qui avait deux grands enfants et avait un foyer heureux... Tanguy ne ressentait rien. Cela l'agaçait seulement de ne pas connaître sa belle-mère. Alors son père prit une voix encore plus cérémonieuse pour lui dire qu'il en avait assez de traîner dans les cafés et allait l'emmener chez lui prendre le thé.

« Je vais aller prendre le thé... chez moi », pensa Tanguy. Mais il trouva la boutade mauvaise.

Avant d'aller « chez lui », Tanguy dut passer par les mains d'un coiffeur et d'un chemisier. Il observa alors un changement subit dans l'attitude de son père. Celui-ci semblait content de pouvoir s'occuper de son fils et de lui acheter des choses. Il supervisa la coupe de cheveux, alla jusqu'à dire qu'ils avaient les mêmes cheveux, que cela sautait aux yeux... Tanguy découvrit alors que son père avait dû traîner quelque part, dans sa conscience, le souvenir de ce fils qui écrivait parfois des lettres angoissées. Il en fut touché. Il aurait voulu embrasser cet homme et lui dire qu'il l'aimait bien; qu'il n'était pas seul responsable... Tout cela avait été une grande malchance qu'il fallait oublier : il y avait eu la guerre, l'occupation, les ruines successives... Non, il n'était pas l'unique responsable; peut-être même pas le plus responsable. Par ailleurs Tanguy ne lui en voulait pas. Il n'en voulait à personne. Il était las seulement et avait envie de se reposer, de se soigner, de recommencer enfin une vie...

⁂

Il fut ébloui en entrant chez son père par les beaux meubles du salon. Tanguy n'avait jamais vu cela : même au cinéma. il resta sagement dans un fauteuil et se sentait gêné. Son père avait disparu pour aller chercher sa belle-mère. Tanguy attendit.

Une porte s'ouvrit et sa belle-mère entra. C'était une femme grande, svelte, aux allures distinguées. Elle avait de beaux yeux verts et des cheveux blonds. Elle était vêtue avec élégance, c'est-à-dire avec simplicité. Elle prit Tanguy par les mains et balbutia quelques phrases en pleurant. Tanguy se demanda *pourquoi* elle pleurait. Elle lui dit qu'elle chercherait à l'aimer et à être gentille. Elle s'essuya les yeux et lui expliqua que ces meubles étaient des meubles « anciens » et « signés ».

Ils se sentaient un peu gênés l'un envers l'autre. Enfin son père revint et Tanguy se sentit soulagé. Son père lui dit d'aller prendre un bain. Tanguy acquiesça, ravi. Quand il sortit de la salle de bains, il se sentait détendu et presque nouveau. Son père lui sourit et ils prirent le thé, tous trois, devant le feu. L'angoisse qui à Saint-Sébastien et pendant tout le voyage avait noué sa gorge avait disparu. Il ne pensait plus à rien. Sa belle-mère lui présenta la bonne : Marie. C'était une Alsacienne au regard humain et tendre. Elle pleurait plus que les autres membres de la famille et renifla pendant toute la soirée. Tanguy connut aussi la fille de sa belle-mère. Elle s'appelait Jeannette. C'était une jeune femme d'environ trente ans. Il la trouva jolie et surtout aimable. Elle était veuve depuis peu et Tanguy en eut de la peine pour elle. Elle lui donna un manteau qui avait appartenu à son mari et un paquet de cigarettes. Elle lui expliqua que son mari et lui étaient à peu près de la même taille. Tanguy sourit, ému parce qu'il savait que de faire ce cadeau avait dû coûter un grand effort à la jeune femme. Il aurait aimé avoir une grande sœur comme elle...

On avait décidé, vu qu'il n'y avait pas assez de lits à la maison, que Tanguy coucherait dans un hôtel voisin et prendrait ici ses repas. Le soir, son père et lui se promenèrent ensemble, avec le chien pleurnichard et bête. Celui-ci boudait Tanguy et Tanguy le lui rendait. Pour la première fois depuis son arrivée, le père et le fils bavardèrent gentiment de choses et d'autres, parlèrent de l'Espagne, de Grenade, des couchers de soleil sur la Sierra Nevada... Tanguy était heureux en se couchant.

III

Cette détente entre père et fils s'accentua les jours qui suivirent. Ils eurent des moments de vraie intimité où ils restaient de longues heures à causer au salon. Ils se tenaient au coin du feu et ressuscitaient l'Espagne.

Son père était décidément un étrange mélange de bourgeoisie et d'humanité simple. D'un certain côté il se voulait rationaliste, fidèle disciple de Descartes. Il prétendait rechercher les causes des événements avec une précision dérisoire. Mais il était capable aussi de comprendre et de saisir l'intime poésie des choses et des êtres. Il aimait la nature. Le dimanche, ils partaient ensemble en voiture vers les forêts toutes proches de Paris, marchaient sur les feuilles mortes, respiraient les parfums de la terre mouillée. Son père « sentait ». Il s'extasiait devant la teinte des arbres, savait s'arrêter pour contempler la petite maison campagnarde aux vieilles tuiles et couvertes de lierre. Il aimait, dans les bistrots, s'entretenir avec les habitants du coin, de chasse, de pêche, du temps... Il trouvait le ton qu'il fallait pour s'adresser à chacun. Mais un autre côté de sa nature échappait à Tanguy. Il était facilement impressionné par l'extérieur des êtres, n'accordait de valeur qu'à la réussite d'argent, méprisait les pauvres et se considérait comme faisant partie d'un monde à part.

Ce mélange se retrouvait dans leurs relations. Tanguy sentait qu'ils commençaient à s'aimer. Mais quelque chose les séparait alors même qu'ils étaient le plus près l'un de l'autre. Ce « quelque chose » échappait à l'analyse de Tanguy. C'était peut-être leur passé.

Quand ils parlaient humainement, avec simplicité, ils se retrouvaient. Ils avaient une même façon d'aimer les êtres et les choses « pour ce qu'ils sont ». Ils savaient sourire des mêmes gestes ou pardonner les même travers. Ils avaient le même commun mépris pour les drapeaux et les fanfares, pour les symboles obscurs d'où l'humain est banni. Ils savaient « voir » derrière les grands discours les petitesses ridicules et percevaient avec acuité la vanité des grands mots. Ils aimaient de la même façon la rue avec ses types divers, souriaient avec la même bonhomie devant le clochard ou les couples d'amoureux. Ni son père ni Tanguy n'avaient de « morale » et c'est ce qui les unissait. Ils regardaient le monde avec sympathie et se rangeaient du côté de l'amour contre les sexophobes et du côté du bonheur simple contre le Grand Bonheur. Ni l'un ni l'autre ne jugeaient le monde. Ils l'aimaient simplement, parce qu'ils le trouvaient beau; ils ne voulaient, ni le père ni le fils, d'un au-delà hypothétique dans le Temps ou dans l'Espace et construit sur la mort d'êtres à qui l'on ne demande pas leur avis. Le monde n'était peut-être pas le meilleur des mondes possible, mais il était « bien », avec son cortège de pauvres peines et de pauvres joies. Tanguy avait durement acquis cette sagesse; quant à son père?...

Ils aimaient les chansons de rues, riaient des

titis parisiens. Ils auraient donné tous les généraux du monde avec leurs médailles et leurs képis pour un vieux clochard pouilleux et philosophe. Ils avaient en commun l'amour de la plus humble liberté : celle qui consiste à pouvoir dire « M... » à quiconque ne vous plaît pas. C'était leur position en face de la vie, une position anti — tout ce qui finit en *isme.* Ils avaient une grande confiance dans les hommes; non pas qu'ils les crussent bons, mais parce qu'ils les savaient capables de bonnes choses. Pas plus le fils que le père, ils n'aimaient les curés ni les militaires et cela aussi les rapprochait.

Mais il y avait un autre aspect du caractère de son père que Tanguy ne comprenait pas. Ce côté fait de petits snobismes mal placés et absurdes; de jugements sévères sur des êtres qu'on ne connaît pas, mais qui ont ce grand malheur de n'être pas « nés »... Tout un amas de mesquineries, de pauvres choses qui les divisaient.

Tanguy, lui, savait que si son père avait connu « un camp », il aurait appris que l'on n'est jamais « né ». Il aurait appris à aimer les êtres pour ce qu'ils sont et non pour ce qu'ils paraissent. Il aurait adopté à l'égard des hommes l'attitude qu'il avait adoptée à l'égard de la vie. Car cette attitude de sympathie à l'égard de la vie n'était-elle pas « pour se donner un genre »? Tanguy se demandait en quel cas son père se donnait un genre : quand il demandait : « est-elle née? » ou quand il causait familièrement avec un clochard. Là était toute la différence entre eux. Pour Tanguy, tout le monde était « né ». Même les chiens et les chats. Il ne pouvait accepter de se cantonner dans un monde étroit de « gens bien nés » et de « meubles signés ». Tanguy n'était pas « né ». Il se sentait plus près de ceux qui souffrent que de ceux qui jouissent; du côté des victimes

« naturellement ». Il était avec les grévistes contre les forces de l'ordre; avec le déserteur contre le tribunal militaire; avec le voyou contre la police. Ces sentiments, il n'aurait pu les analyser. Il avait appris que ce qui sépare le voyou de l'honnête homme n'est pas une bien haute barrière... Il avait appris beaucoup de choses et tenait à ne jamais les oublier. Il savait que renier ces colonnes silencieuses, qui avaient accompagné sa vie, eût été se renier, et renier tout ce qui lui avait permis de tenir bon : l'amour qu'il vouait à ces hommes et à ces femmes « sans naissance » qui n'opposent à l'ordre que les forces de leur patience et de leur résignation.

Il y avait d'affreux malentendus aussi. Tanguy parfois se taisait. Il avait vécu toujours si replié sur lui-même qu'il avait du mal à vivre en société et à prendre part à des conversations qui ne l'intéressaient pas. Son père croyait voir dans son attitude un blâme et une condamnation de ses erreurs passées. Des scènes avaient lieu. Un mur d'hostilité recommençait à séparer ces deux êtres qui, au fond d'eux-mêmes, s'aimaient malgré leurs défauts ou peut-être à cause de ces défauts. Ils avaient du mal à se supporter.

Et puis, Tanguy songeait à sa mère...

Un jour, son père lui apprit que sa mère vivait, qu'il l'avait aperçue à Paris.

— Mais ce n'est pas possible! fit Tanguy. Elle serait venue te voir, te demander de mes nouvelles!...

— Non... Elle a peur de moi. Elle croit que c'est moi qui l'ai dénoncée et fait interner dans un camp.

Tanguy se tut. Ces tristesses resurgissaient... Il avait beau vouloir les oublier. Elles renaissaient d'elles-mêmes. Tanguy demanda :

– Et ce n'est pas vrai?

– Pas exactement. La police m'a demandé certains renseignements...

Tanguy eut pitié de son père. Il n'arrivait pas à comprendre cet homme auquel il manquait si peu pour être tout à fait un homme. Il avait honte pour lui. Il se disait que ce devait être dur de renoncer tous les jours à être pleinement soi-même.

– D'ailleurs, reprit son père, qu'elle ne m'embête pas! Parce qu'elle pourrait avoir un bien mauvais réveil! Je n'ai qu'un mot à dire, et je la fais interner à nouveau!

Tanguy ne répondit pas. Il ne trouvait rien à répliquer. Que sa mère fût vivante ne l'étonnait pas. Qu'elle habitât Paris, il s'y attendait. Mais que cachaient ces menaces à peine voilées de son père? Il regarda ses mains. Il avait toujours imaginé ce moment où il retrouverait sa mère. Maintenant qu'il était devant le fait, il en avait peur. Un malaise étrange s'emparait de lui. Il aurait voulu reculer cet instant. Il balbutia :

– Ce n'était peut-être pas elle!

– Tu penses!... Quand on a vécu dix ou onze ans avec une femme, on est tout de même capable de la reconnaître!

– Ou-i... Sûrement!

Tanguy regarda son père. Cet homme, qui avait dénoncé sa femme et son enfant et les avait fait interner, était encore là, à proférer des menaces! Il frissonna. Il se dit que ni la guerre, ni l'occupation, ni la ruine, ni la faim, n'avaient réussi à changer certains hommes. Ils restaient en tout pareils à ce qu'ils avaient été; ils en restaient au même point qu'en 1938. Tout imprégnés encore de leurs haines médiocres et de leurs médiocres ambitions. C'était un monde mort. Mais un monde qui, déjà mort, se raccrochait avec opiniâtreté à la vie. Tanguy comprenait bien que ce monde était un monde mort. Mais par quoi le remplacer?...,

– Elle doit sûrement avoir des embêtements avec la police. Avec ses histoires politiques!...

De nouveau, Tanguy eut peur. Cet homme ne serait-il pas capable de refaire ce qu'il avait déjà fait? D'envoyer de nouveau sa mère et son propre fils en déportation? Tanguy « savait » qu'il en était capable, quoique pas méchant. Mais il était lâche. Il avait la cruauté des lâches, de ceux qui n'ont pas le courage de mourir pour une idée. Tanguy le plaignait. C'était un homme à plaindre.

IV

Le père de Tanguy avait deux frères dont l'aîné s'appelait Norbert. C'était un homme bien bâti, grand, très sportif. Il avait de grands yeux marron, très bons, et des cheveux blancs. Dans sa jeunesse il avait aimé le jeu, et en avait gardé l'amour du risque et du danger. Il avait épousé par amour une femme qui n'était ni de son pays ni de sa religion. Sa famille lui avait fait payer cher cette « mésalliance ». Ses frères et ses sœurs l'avaient « ignoré » pendant de longues années. Personne ne lui avait tendu une main secourable alors que lui se débattait contre les difficultés les plus dures. Pendant de longs mois, il avait dû vivre au jour le jour, sur une petite plage normande où il n'avait même pas de quoi manger. Il allait aux alentours cueillir des pommes vertes que sa femme faisait cuire et dont ils se nourrissaient. Il écrivait des lettres désespérées à ses frères et à sa mère, qui refusaient de recevoir le « paria » qu'il était devenu. Norbert avait eu un fils qui mourut, peu après sa naissance... De ces longues années de luttes et de solitudes, il n'avait pas plus hérité de haine que Tanguy de sa geôle. Mais il y avait appris à juger les êtres à leur juste valeur. Souvent il se taisait. Car il préférait taire ce que ses épreuves l'eussent autorisé à dire.

Norbert aimait Tanguy. Du premier coup d'œil il l'avait compris, mais ne voulait pas avoir l'air de trop s'immiscer dans les affaires de son frère. Néanmoins, Norbert se montrait affectueux avec son neveu. Il le respectait et, sans le comprendre toujours, le laissait suivre sa voie. Il avait eu la passion du risque et du pari, et en avait pâti. C'est pourquoi, peut-être, il regardait Tanguy comme il aurait suivi des yeux un cheval de sang. Il se demandait ce qu'il adviendrait de ce jeune homme si malmené par la vie, rebelle aux « traditions sérieuses ». Il le laissait faire et avait décidé de l'aider coûte que coûte, sans rien lui demander en échange.

Nita, sa femme, était grande, mince, blonde, d'allure élégante, avait un nez légèrement retroussé, des yeux bleus comme la mer par les jours clairs d'été, et, dans ses gestes, dans son sourire, ce charme indéfini des brumes qui enveloppe le pays du nord dont elle était originaire. Elle parlait français avec un léger accent chantant.

Ayant connu Tanguy à l'âge de cinq ans, elle avait aussitôt proposé de le garder, ayant deviné avec la plus fine intuition ce que pourrait devenir la vie de ce jeune homme dont les parents étaient divisés par une haine irréductible. Personne ne l'avait écoutée car elle avait toujours été considérée comme « l'étrangère », l'indésirable. La famille de son mari ne l'avait jamais admise. Elle savait qu'« ils » ne l'aimaient pas, mais n'avait aucunement besoin de leur amour pour poursuivre sa route; et c'est pourquoi, dans son cœur, elle les ignorait.

Tanguy aimait son oncle et sa tante. Ils avaient des préjugés, bien sûr, mais savaient les oublier. Il aimait leur maison simple, claire, exposée au soleil, se plaisait à venir s'asseoir chez eux et à laisser couler les heures. L'épreuve avait étroitement rapproché ces époux et Tanguy comprit qu'ils s'aimaient profondément. La sécurité qu'il trouvait là, et qui n'était pas faite de meubles signés mais de véritable amour, lui était douce. C'est pourquoi il venait souvent les voir. Ils essayaient de le persuader que son père malgré tout l'aimait bien...

Pourtant la vie en commun avec ce père devenait pour Tanguy de plus en plus difficile. Des scènes éclataient à propos de n'importe quoi. Avec une maladresse perfide et une abominable lâcheté, cet homme cherchait à blesser son fils dans ce que celui-ci avait de plus sacré : ses souvenirs. Une scène naquit un jour d'un prétexte absurde, qui allait atteindre très vite une violence inhabituelle.

Norbert s'était intéressé, dans un passé déjà lointain, à une petite fille d'un milieu modeste, dont la mère était malade, et qui avait elle-même les poumons touchés. Il avait recueilli à son foyer cette petite Monique et lui avait procuré ainsi deux années d'instruction et de vie familiale. Grâce à Norbert elle avait pu entrer comme secrétaire dans une maison d'édition. Elle avait voué une vive reconnaissance à celui à qui elle devait son salut, et Norbert chérissait fort sa protégée. Il eut un jour l'idée de présenter Monique à Tanguy. Celui-ci eut l'imprudence d'en parler chez lui :

— Mais tu n'y penses pas! s'écria son père. Sortir avec une « bonniche »!

— *Primo,* il ne s'agit pas d'une bonniche, répliqua Tanguy. *Secundo,* je sortirai avec qui il me plaira. *Tertio,* elle vaut sûrement mieux que beaucoup de gens de notre monde.

— Non, mais regardez-moi ce voyou! Il ose répondre à son père!... J'aurais pu le laisser crever de faim. Rien ne m'obligeait d'aller le chercher à la gare. J'y vais. Je le ramène chez moi. J'en fais un « gentleman », et regardez-moi le résultat!

— Albert, calme-toi, intervint sa femme. Cet enfant ne peut pas *savoir*... Il a toujours vécu avec des « gens impossibles »... Il faut se dire qu'il a été mêlé à des ouvriers, ou même des « voleurs »... Tu comprends, il faut du temps... Il se formera.

Tanguy se leva. Il était pâle. Son cœur battait à se rompre. Il criait malgré lui. Pour la première fois depuis son arrivée il allait leur sortir tout ce qu'il avait sur le cœur...

Se croyaient-ils plus et mieux que ces « ouvriers » qu'il avait connus? Ils ne l'étaient pas. Non, ils n'étaient pas dignes de leur enlever leurs chaussures. Lui, un homme qui avait dénoncé sa femme, qui se vantait de s'être fait réformer, grâce à une maîtresse influente, qui avait fui lors des premiers coups de canon, comment oserait-il se comparer à des hommes, à des vrais? Comment pourrait-il, lui qui n'avait jamais rempli son devoir envers son fils, regarder en face des hommes comme le Père Pardo ou des femmes comme Sebastiana? Comment osait-il insulter des êtres qui lui étaient de cent fois supérieurs par la vertu comme par le courage?...

— Mais regarde-toi, hurlait Tanguy. Regarde-toi donc, avec tes meubles signés et ta femme bien née!... Où en es-tu arrivé? A ce que ton fils t'insulte et te dise que tu es un lâche? Un lâche de la pire espèce, l'espèce de ceux qui intriguent dans les coulisses, de ceux qui n'osent même pas avoir le courage de leurs actes?... Tu nous espérais morts, enterrés, et que tu n'entendrais plus parler de nous... Tu as fait un mauvais calcul. Il ne suffit pas d'entrer au Deuxième Bureau du Maréchal et de dénoncer sa femme et son fils pour se débarrasser de la honte. Elle te poursuivra, cette honte, toi et ceux qui étaient tes complices; qui ont signé les ordres de déportation; qui ont envoyé des gens à la mort et, au jour de la Libération, se sont retrouvés un brassard de F.F.I. au bras... Tu n'as trompé personne. On t'a laissé vivre parce que la vie est déjà pour toi plus dure que la mort... Je te méprise. Je te méprise. Chacun des êtres que j'ai rencontrés au cours de ma vie valaient mieux que toi parce qu'ils étaient plus hommes que toi. Non, tu n'as jamais eu le courage de tes actes et tu ne l'auras jamais... Veux-tu savoir ce que tu es?... Non pas même de la merde dans un bas de soie, mais un bas de soie dans un tas de merde. Et il est trop tard maintenant pour te débarrasser de toute cette puanteur. Elle t'ensevelira. Tu mourras étouffé sous tes saloperies... Et tu n'auras même pas la main d'un fils pour te fermer tes grands yeux voraces! Je ne te hais pas! Tu passes ta journée à dire que je te hais; mais pourquoi te haïrais-je? Je dois à la douleur et aux hommes de la douleur d'être sorti de ces excréments. Tout cela, c'est grâce à toi, et je t'en suis presque reconnaissant. Des hommes comme toi ne peuvent pas être pères. Il ne suffit pas d'avoir... des couilles et de savoir s'en servir pour être père... Etre père, c'est beaucoup plus difficile que cela. Tu me fais pitié... Infiniment pitié.

La sueur ruisselait sur le front de Tanguy. Il s'arrêta de parler. Il avait les lèvres serrées de dégoût et il était livide. Son père avait changé plusieurs fois de couleur. Il se leva et se mit à frapper son fils avec rage :

– Salaud! Ordure!... J'ai fait de toi un monsieur, je t'ai pris chez moi. Mais maintenant c'est fini! A la rue! A la rue! Va retrouver tes pareils! Va retrouver tes « Sebastiana » et tes « ouvriers »!... Je le savais, je le savais! Tu as ça dans le sang! Tu es un « rouge »!... Une « ordure de rouge »!

Un coup de poing atteignit Tanguy à l'oreille. Il s'écroula, en proie à une attaque de nerfs plus violente que celles dont il était parfois victime. Quant il revint à lui, son père était près de lui et se tordait les mains. La servante posait sur son front des serviettes mouillées imbibées de vinaigre. Tanguy se leva, chancelant. Sans dire mot, il alla vers son armoire, en sortit ses quelques effets et quitta la maison. Tout le monde le regardait faire en silence.

Au-dehors, c'était un bel après-midi de printemps. Tanguy alla chez son oncle. Celui-ci s'étonna du visage tuméfié du jeune homme. Tanguy sourit. Il souffrait de l'oreille. C'était une douleur presque intolérable. Son oncle l'emmena chez un médecin qui diagnostiqua une otite. Il conseilla des gouttes qui calmèrent la souffrance de Tanguy. Puis, son oncle le ramena chez lui. Tanguy s'assit dans un fauteuil. Sa tante s'approcha de lui et caressa ses cheveux :

— Sais-tu, chéri, que dans le lit où tu vas dormir ce soir, tu as déjà couché?

— Non. Quand cela?

— A l'époque où tu étais dans cette petite maison à Vichy. Tu te rappelles?

— Oui.

— Vous faisiez un voyage, ta mère et toi, et étiez venus habiter chez nous. Tu ne t'en souviens pas?

— Non, pas du tout. Alors, j'ai vu quatre fois Paris?

— Oui. Tu étais tout petit. C'était avant la guerre. Ta mère voulait partir pour le Mexique. C'était avant que vous n'alliez dans ce camp... » D'une voix plus douce, Nita ajouta : « Tu étais mal élevé à l'époque! Tu levais le poing et tu disais : « Salut! ».

– Vraiment?

– Oui.

– C'est drôle. On croit se rappeler tout. Puis il y a toujours quelque chose qui vous échappe. Je ne savais même pas que j'avais un oncle. Sans quoi, je vous aurais écrit d'Espagne.

– Un jour, ta mère était partie; tu étais seul à la maison avec moi. J'étais dans la cuisine. Tu es venu tout doucement vers moi; tu m'as mis les mains autour du cou et tu m'as dit : « Tu sais, tante Nita, je t'aime bien. J'aimerais habiter une maison belle et propre comme la tienne. »

Tanguy sourit. Il avait oublié la douleur des coups reçus. Il prit les mains de sa tante entre les siennes. Le soleil couchant éclairait la pièce. Son oncle, auprès de lui, lisait le journal. Il souriait malicieusement parce qu'il avait acheté un billet de loterie sans que sa femme le sût. Il l'avait dit à Tanguy et cette complicité lui faisait plaisir. Il cligna de l'œil à son neveu. Celui-ci fit de même. De la rue des bruits de klaxon montaient. Tanguy se sentait bien, en paix. Il ferma les yeux et sur son front brûlant deux mains de femme se posèrent tendrement inquiètes. Il ne bougea plus.

V

En avril 1955, la veille de la Fête des Mères, Tanguy retrouva la sienne. Ils se revirent après treize ans d'absence... Ce fut triste. Chacun d'eux avait poursuivi sa longue route. Lorsqu'ils se rencontrèrent, ni l'un ni l'autre n'étaient plus les mêmes. La guerre, qui n'avait pas changé certains êtres, les avait changés, eux...

Ils ne se comprirent pas. Elle haïssait encore. Elle croyait toujours à la justice de sa cause. Pour elle, il y avait encore deux camps : celui des « salauds » et le sien. Les salauds étaient tous ceux qui n'étaient pas de son bord. Tanguy, lui, ne croyait pas à un monde divisé en deux camps. Il ne voulait pas de haine. Peut-être était-il utopique, peut-être était-il clairvoyant. Mais il s'obstinait à aimer la vie et les hommes avec un désespoir farouche. Et parce qu'il avait appris la valeur du sang de ses frères, il ne se sentait pas capable d'en verser une seule goutte, fût-ce pour construire le meilleur des mondes possibles. Son monde à lui était *ici* et *maintenant*. Il y avait des Sebastiana, des Firmin, des Père Pardo, et peut-être un autre Gunther. Tant qu'il y aurait des êtres de cette sorte, il se sentirait chez lui sur la terre. Les « autres », il les éviterait et les laisserait seuls, face à eux-mêmes.

Sa mère voulut lui démontrer que toute la responsabilité de son sort incombait à son père. Elle essaya de le convaincre qu'il y avait une « sainte haine ». Tanguy lui répondait qu'aucune haine n'était sainte. Elle l'accusa d'être un opportuniste parce qu'il n'était pas « engagé ». Il répondit qu'il ne savait pas ce qu'il était et que cela le laissait indifférent. Il ne voulait ni de « parti » ni de « luttes »... Ils se séparèrent sans déchirement, comme se séparent des rails qui conduisent vers des directions différentes.

Et maintenant, que va devenir notre Tanguy?... Nous allons le laisser dans la rue qu'il aime; parmi ses frères, en qui il a confiance. Laissons-le faire. Nous ne chercherons pas à lui enlever ses dernières illusions. Nous voudrions pouvoir le laisser avec Dieu, mais nous ne sommes pas trop sûrs nous-même que Dieu existe. Aussi le laisserons-nous seul avec son grand amour pour une terre qui ne lui a jamais rien donné et qu'il s'obstine à chérir. Nous espérons seulement que de nouvelles Sebastiana et de nouveaux Père Pardo viendront lui tendre une main amie. Alors il esquissera son sourire et sera content. Peut-être ira-t-il jusqu'à trouver la vie belle?

Paris, octobre 1954. – Madrid, juillet 1956.

TABLE

Achevé d'imprimer en juin 1990
sur les presses de l'Imprimerie Bussière
à Saint-Amand (Cher)

PRESSES POCKET - 8, rue Garancière - 75285 Paris
Tél. : 46-34-12-80

— N° d'imp. 1689. —
Dépôt légal : 4e trimestre 1978.

Imprimé en France